CAKES AND ALE

高高国际　出品

[英] 威廉・萨默塞特・毛姆 著
王晋华 译

寻欢作乐

Cakes and Ale

时代出版传媒股份有限公司
安徽文艺出版社

图书在版编目（CIP）数据

寻欢作乐/（英）威廉·萨默塞特·毛姆著；王晋华译. —合肥：安徽文艺出版社，2017.8

（毛姆文集）

书名原文: Cakes and Ale

ISBN 978-7-5396-6173-5

Ⅰ. ①寻… Ⅱ. ①威… ②王… Ⅲ. ①长篇小说—英国—现代 Ⅳ. ①I561.45

中国版本图书馆CIP数据核字（2017）第190979号

出 版 人：朱寒冬

责任编辑：姜婧婧　　　　装帧设计：张丽娜

出版发行：时代出版传媒股份有限公司　www.press-mart.com

安徽文艺出版社　www.awpub.com

地　　址：合肥市翡翠路1118号　邮政编码：230071

营 销 部：（0551）63533889

印　　制：北京时捷印刷有限公司　电话：（010）51645685

开本：880×1230　1/32　印张：7.5　字数：250千字

版次：2017年8月第1版　2017年8月第1次印刷

定价：32.00元

W. Somerset Maugham

译本序

威廉·萨默塞特·毛姆是英国二十世纪伟大的文学家，他的文学生涯跨越了半个多世纪，经历整整三代人。毛姆一生至少创作了四部重要的长篇小说：《尘网》《月亮与六便士》《刀锋》和《寻欢作乐》，以及一百多部短篇小说、三十多个剧本，还有不少的游记和自传性质的书。毛姆是二十世纪英国小说界为数不多的几个雅俗共赏的作家之一。他的作品虽然未受到学术评论界太多的关注，但是却流行世界，影响深远，引起不同国家、不同阶层读者的兴趣，而且这种兴趣经久不衰，大有与日俱增之势。

毛姆生于法国巴黎。他的父亲是名律师，受雇于英国驻法国大使馆。毛姆在法国度过了他的童年，从小就受到法国文化的熏陶。父母死后，1884 年他由伯父接回英国送进寄宿学校读书。对于年幼的毛姆来说，英格兰是个灰暗、沉闷的陌生国家。毛姆的少年生活是凄苦的，他贫穷、寂寞，得不到至亲的关爱，口吃的毛病使他神经紧张，瘦弱的身体使他在同学中间低人一头。1891 年，他赴德国海德堡大学学医，次年回伦敦在一家医院就医，实习期间曾在兰贝思贫民区为穷人接生、治病，学成后并未正式开业。他早年的学医生涯及法国自然主义文学对他的影响都反映在他 1897 年出版的第一本小说《兰贝斯的丽莎》中。第一次世界大战期间，他去欧洲战场救护伤员，还曾服务于英国情报部门，这些经历又为他以后写作间谍故事提供了素材。毛姆一生喜好旅游，足迹所至遍及印度、缅甸、马来亚、中国以及南太平洋中的英属和法属岛屿，他还到过俄国及南北美洲。1930 年以后，他定居法国南部的海滨胜地。在这段时间里，毛姆创作了大量的小说和剧本。1948 年，他开始撰写回忆录和评论文章。鉴于他在文学创作上取得的成功，五十年代牛津大学曾授予他荣誉博士学位，女王也授予他“骑士”称号。毛姆于 1965 年病逝，终年 91 岁。

毛姆一贯主张写自己的亲身感受，从不写他不熟悉的人或事物。他说任何有理智、有头脑的作家都写自己的经历，因为唯有写自己的经历时他才具最有权威性。作为一个多才多艺的短篇小说巧匠、优秀的长篇小说家、剧作家、评论家、散文作家和自传作者，毛姆的文学成就就是他漫长曲折、阅历深广的一生的忠实反映。在文学的创作方法和它的社会功用方面，毛姆与他同时代的高尔斯华绥、威尔斯等这些英国批判现实主义传统的继承者有所不同，后者将小说作为揭露时弊、阐述思想的工具，并以此来达到实现社会改良的目的。毛姆更多的是接受了法国自然主义的影响，常常是以自然主义的创作方法表现人生。毛姆对于文学的社会批判功能并不十分感兴趣。他认为，作家在戏剧和小说中不应该灌输自己的思想。他认为艺术的目的在于娱乐，当然也可以有教谕的作用，但是如果文学不能为人们提供愉悦和消遣，便不是真正的艺术。因此，毛姆更关心的不是内容的深化，而是情节的冲突。尤其是在他的短篇和剧本中，毛姆执意寻求人生的曲折离奇，擅长于布疑阵，设悬念，描述各种山穷水尽的困境和柳暗花明的意外结局。他说他的基本题材就是“人与人关系中的个人戏剧”，这种戏剧性毛姆认为是文学想要愉悦读者所必须具备的。

《寻欢作乐》又名《家丑》，创作于 1930 年，是毛姆个人最为喜爱的作品。作者为这部小说选取的题材决定了他要采取回忆、倒叙的手法，因为当时要为已故的著名作家德利菲尔德写传记的流行作家阿尔罗伊·基尔（还有德利菲尔德的第二个妻子，他的遗孀）对年轻时的德利菲尔德了解甚少，这样他必然要来求助于作品中故事的叙述者阿申登（他也是一位作家，与基尔是相识多年的朋友。他在少年时代曾与当时已有作品发表的德利菲尔德生活在同一个小镇上，他们是有过相处的要好的朋友）。在基尔的死缠硬磨下，阿申登同意了将德利菲尔德的那段鲜为人知的经历讲给基尔。这自然就勾起了阿申登对往事的回忆。在这里，令我们叹服不已的是作者倒叙的手法，在这部作品中，过去与现实可谓是交织、穿插得天衣无缝，比之于《月亮与六便士》，作者的创作技巧更为娴熟了。原文没有分部，为了彰显作者的这一写作技法，译者把该书分为了五部，以便于读者更容易看清作者在过去和现实之间的完美相接和转换。

也是在这部作品中，毛姆作为小说家、批评家、散文作家的多才多艺的天赋（因为故事的起因是基尔打算写一部著名作家的传记，所以其中必然会有些对该作者作品的评论），他的讽刺和嘲讽的才能得以天才的、淋漓尽致的展现。英国文学界当时的那一追慕虚荣、玩弄社交手腕、相互吹捧、讨伐异己、论资排辈、扼杀作者创造性的令人窒息的文化氛围，在毛姆敏锐、犀利的笔锋下，被刻画得栩栩如生，入木三分。作者对基尔、对德利菲尔德的遗孀和巴顿·特拉福德夫妇是极尽了嘲讽之能事，从字里行间中无不表露出对他们的揶揄和讥讽。对德利菲尔德则是既有针砭，也有同情。作者在小说快要结尾的部分，对德利菲尔德曾有这样的一段描述："从这些照片中你能看得出来，他的脸在渐渐地变瘦，皱纹在一点点地增加。……你看到的脸只是个面具，他做出的各种行为也毫无意义。我有一个这样的印象：德利菲尔德其实一直都很孤独，至死也没有多少人能够了解他，真实的他好像一个幽灵，一直悄然地不为人知地徘徊在作为作家的他和实际生活中的他之间，操着一副嘲讽的、超然物外的笑容，看着这两个被世人认作是德利菲尔德本人的傀儡。”英国那样的一个文化氛围磨钝了作家的锐气，泯灭了作家的个性，人们看到的只是一副面具，真实的他就像个幽灵隐在暗处，不为人察觉，因此他一直是很孤独的。从这里，我们看出了毛姆对生活和创作于英国那一时期的作家们的理解和同情。

在《寻欢作乐》中，作者也为我们创造了一位感人——虽说有些另类却令人难忘的女性形象罗西。主人公罗西可谓是与英国文学界当时那一龌龊、浮夸、爱慕虚荣的风气形成鲜明的对照。罗西是一位友善、清纯、坦诚、率真、充满热忱和温情的女子。她是作者心目中的女神、爱神和最理想的恋人。作者对她充满了爱慕之情，对她的描写完全是正面的，与世人对她的看法截然不同。作者对她的赞美是发自内心的，因此尽管罗西也有缺点（生活上不太检点），可在对罗西与朋友的亲密相处（包括肉体的接触）的描写中，在对她与其情人有妇之夫乔治偷情以及最后随他一起私奔到美国并在那里度过余生的描写中，丝毫也看不出有邪恶的影子，我们看到的和感受到的罗西是一位温馨、友善、姣好、豁达、开朗、迷人的女子。下面是毛姆对阿申登和罗西在剧院看完戏后第一次接吻和第一次在一起过夜的描述：

“戏看完后，我们穿过圣詹姆斯公园往回走。夜色格外姣好，我们坐在了公园的一条长凳上。在星光下，罗西的脸庞和她的秀发都发着熠熠的光儿。她的全身似乎都充溢着（我表达得很笨拙，可我真的不知道该如何描述她带给我的那一情感）既坦诚又温柔的情谊。她像是夜色下的一朵银色的花朵，只把自己的芳香献给遍洒的月光。我用一只手臂搂住了她的腰身，她把脸转过来冲着我，这一次是我吻了她。她没有动；她柔软红润的嘴唇是那么倾心而又平静地委身于我唇儿的挤压，像是湖水受着月光的沐浴。我不知道我们这样子待了多久。”

紧接着是罗西在阿申登家里第一次过夜时的情形：

“我打开屋门，点上了蜡烛。罗西跟在我后面走了进来，我把镜子举起来一些，这样她就方便看到自己了。在她整理头发的时候，我看着她镜中的形象。她拿下两三个发卡，衔在嘴上，拿起我的一把梳子，把头发从后面往上梳。完了把头发盘在头顶，轻轻地拍了拍，接着又把发卡别了上去；在这样梳着的当儿，她看到了镜中的我，冲着我笑了。在插上最后一个发卡后，她转过身子脸朝着我；她什么也没说；只是平静地看着我，蓝色的眸子里依然是那种友好的笑意。我放下了蜡烛。屋子很小，梳妆台就在床边。她抬起手来，轻轻地抚着我的脸颊……

“我不知道我当时为什么会那样做；这一点儿也不像在那种场合下我想要自己表现出的样子。从我哽塞的嗓子眼里，我发出一声呜咽，我不知道这是因为我的羞怯和孤独（不是环境上的孤独，因为我一整天在医院里就是跟各种各样的人打交道，而是精神上的），还是因为我的欲望太强烈了，我开始哭了起来。我真为自己感到羞愧；我极力想控制住自己的情绪，却也是枉然；泪水从我的眼眶里涌了出来，顺着我的脸颊流下来。罗西解开了她的胸衣，摁低我的头，直到我的头伏在了她的胸口上。她摩挲着我的脸。像她臂弯里的一个孩子那样，她摇晃着我。我亲吻着她的乳房，和她白皙修长的脖颈；她的身体从她的胸衣，裙子和衬裙中间滑落出来，有一会儿我搂着她穿着紧身褡的腰部；临了，她屏住呼吸，缩紧身子，解开了紧身褡，只穿着汗衫站在了我面前。我用手抱着她身体的两侧，能感觉到紧身褡在她白嫩的皮肤上留下的压纹。

“‘吹灭蜡烛。’她说。

“当晨曦透过窗帘窥了进来、驱赶走滞留的夜色、显现出了床和衣橱的形状时，是罗西唤醒了我。她吻着我的嘴唇，披散下来的头发拂在我的脸上，痒痒的，就这样，我醒了。

"'我必须起来了，'她说，'我不想让你的房东看见我。'

"'时间还早着呢。'

"在她向我俯下身子的时候，她的乳房就沉甸甸压在我的胸脯上。不一会儿，她下了床。我点燃了蜡烛。她对着镜子，扎好了头发，有一会儿，她看着自己的玉体。她的腰生来就细，所以，尽管她的身体很丰满，却依然窈窕姣美；她的乳房很挺，它们直直地耸在胸前，就像是雕刻在大理石上的美人。这是一个为爱的欢悦而造就的身体。在摇曳的烛光下（此时，晨曦已经快要盖过了暗淡的烛光），她的整个身体都呈现出银光闪闪的金色，只有她的坚挺的乳头是淡红色的。"

从这里我们感受到的是罗西对朋友的友好、温情、体贴和理解，以及给予朋友爱的那种慷慨，哪里有一点儿淫荡的影子？

当别人说罗西是荡妇时，作者以阿申登之口给予了坚决的驳斥，说出了自己对罗西的认为和看法：

"'你并不了解她，'我说，'她是个非常单纯的女人。她的天性是健康和坦诚的。她愿意让大家快乐。她愿意去付出爱。'

"'你把那也称作为爱吗？'

"'哦，那么就叫它爱的行为好了。她天生的多情善感。当她喜欢某个人的时候，跟他一起睡觉，在她看是再自然不过的事。她从不会再去考虑别的什么。这不是道德败坏，不是生性淫荡；这是她的天性。她这么做，就像是太阳给予光照，鲜花散发出芳香那么自然。这对她是一种愉悦，她也愿意把这份愉悦给予别人。这对她的人格没有任何影响；她依然是那么真诚、纯贞、天真无邪。'

"……

"'那么，她的丈夫为什么还要容忍她呢？'

“‘我认为我能回答你的这个问题。她不是那种能激起人们爱情的女人。她给你的是温馨和快乐。你对她产生妒忌是荒谬的。她就像是森林空地中的一泓清水，深邃、清澈，你纵身跳入里面，那是一种天堂般的享受，它不会因为有一个流浪汉、吉普赛人或是一个猎场看守人在你前面跳进去过，它的水就不清凉、不澄澈了。’”

这样美好的描述还有很多，恕译者不能在这里一一地列举了。我认为毛姆说出了他对这样一位女子（她的原型是他年轻时的恋人）的真情实感，他怎么认为的，就怎么写来，毫无矫饰，毫无隐讳。从这一点，我们也可看出毛姆是一位多么真诚和坦诚的作家。尽管对作者的观点我们可以持或反对或赞同的意见。

王晋华

于中北大学外语系

2017 年 7 月 1 日

作者序

我最初打算写的并不是现在的这样一部长篇小说，而是一个短篇，一个篇幅不太长的故事。在一有了这个想法时，我就做了点笔记："有刊物要我为我青少年时代的一个朋友，当代的一位著名小说家，写一点儿我们那时候的事情，当时他就住在我生活的那个镇子惠特斯特布尔，他娶了一位很普通、对他又很不忠的女子。在那里，他写出了许多伟大的作品。后来，他又再婚了，娶了他的女秘书，她给予他方方面面的照顾，把他塑造成了一个知名人物。我很想知道，即便在其老年，他会不会为别人这样造就（摆布）他而表现出些许的不耐烦呢？"那时，我正在为《世界主义者》杂志写系列小说。这些短篇的字数都被规定在1200～1500之间，加上插图，一般会占到刊物的一页。不过，有的时候我会突破这一限制，字数会超过了这个数目，那样的话插图就挪到了下一页。这样一来，我便多争取到了一点篇幅。我觉得这样的一个篇幅就能完成我要写的这个故事了，于是，我把它放在了一边，打算再写过几期短篇后使用。但是，长时间以来，在我脑子里一直萦绕着罗西这样一个人物。很多年来都想把她写出来，可苦于没有恰当的机会；我想不出一个能合适放她进去的情景或是背景，我开始觉得我永远不会有这样的机会了。不过，我也并没有觉得遗憾。一个没有写出、还盘桓在作者头脑中的人物依然是作者的所有；他会常常地想着他或是她，他的想象力会使他头脑中的人物变得日益丰满，他会有一种特别的愉悦之情，觉得有一个人在他头脑中过着一种生动、鲜活的生活。这个人物受着他的想象力的驱使，可又以一种奇怪、任性的方式独立于他。可是，一旦他或她被写进书里以后，这个人物就不再属于作者了。作者也就忘掉他了。想一想也真令人奇怪，一个在你脑海中存活了这么多年的人物，竟然就这样在你脑中消失了踪影。我突然想到了我记下的这一故事梗概，罗西完全可以放到我这个故事的框架中去，这样也便了却了我多年的一个心愿。我将把她写成我的这位著名小说家的妻子。我看出来了，我的这个故事用几千字是怎么也写不下了，因此我决定再等等，用这一材料写成一篇一万四五千字的故事，就如我前些时候创作的短篇小说《雨》那样。对这样一个篇幅的作品，我已经能够驾轻就熟了。不过，越在我这样想的时候，就越觉得甚至这样的一个篇幅也根本写不下我的罗西了。儿时的记忆又活跃在我的脑海里。我发现，对我在笔记中提到的我青少年时代生活过的惠特斯特布尔（在《人生的枷锁》中我把该地称作“黑马厩”），我还远远没有写够。自《人生的枷锁》出版后，许多年过去了，我在想当我再去写这个地方的时候，我为什么不能把它写得更接近于事实呢？因此，在《人生的枷锁》中的威廉叔叔、黑马厩的教区长和他的妻子伊萨贝尔，在《寻欢作乐》中就改回到了亨利叔叔（这一教区的牧师）和他的妻子苏菲。在《人生的枷锁》中的菲利普·凯里在《寻欢作乐》中成了故事的叙述者“我”。

《寻欢作乐》一出版就遭到了来自各方的攻击，大家都认为我塑造的爱德华·德利菲尔德这个人物是在影射托马斯·哈代。这可不是我的初衷。哈代在我心里的位置跟乔治·梅瑞狄斯[①] 或是阿纳图尔·

---

① 乔治·梅瑞狄斯，George Meredith，1828—1909，英国作家。写有小说二十余部，代表作是长篇小说《利己主义者》。还写有不少诗歌，其中以组诗《现代的爱情》最为著名。

法朗士[①] 没有什么两样。我在笔记中曾写下我的这样一个认为：一位高龄而又享有盛誉的作家所受到的尊重和敬仰，在他尚存冒险精神和幻想的活跃心灵看来，一定是乏味的。我想，在他保持着他的崇拜者们想要看到的庄严外表时，他的头脑里一定闪现过许多奇怪的不安分的想法。在我十八岁读《苔丝》时，我所感受到的激情让我那时候下决心一定要娶一个挤奶姑娘，但是哈代的其他作品我觉得都逊于大多数的当代作家，我认为他的英语并不是很好。我对他的兴趣还不如有段时间我对乔治·梅瑞狄斯的兴趣浓厚，也不如我后来对阿纳图尔·法朗士所产生的兴趣。对哈代的生平，我几乎没有什么了解。我现在所知道、所敢肯定的只是，哈代和《寻欢作乐》的主人公爱德华·德利菲尔德之间的共同点完全可以忽略不计。他们的共同之处只在于两人都出身卑微，两人都娶过两位太太。我跟托马斯·哈代只见过一面。那是在圣希利尔夫人所举办的一个隆重的晚宴上，这位夫人喜欢把在各种行业中受到公众关注的人物请到自己家来给予款待，其门槛和规格都很高，不像当今的宴会什么人都能来。当时，我是作为走红的剧作家受到邀请的。这是一战前人们所举行的那种盛大晚宴，上了许多道菜肴，有肉汤，有清淡一点的汤，有各种鱼以及与鱼肉搭配的菜，各种果汁，还有肘子、野味、甜食、冰水、美味小盘菜肴等。被邀请的二十四位嘉宾，不是身份高贵显赫，就是政界要人，或是有很高艺术成就的作家、艺术家。当女客们都退下到了客厅去的时候，我发现自己坐在托马斯·哈代的身边。我记得他个子很矮，有一张泥土气很重的脸。尽管他穿着晚礼服，穿着高领的硬胸衬衫，他的身上还是奇怪地让人觉得有一种泥土气。他很慈祥，很和蔼。我当时觉得在他身上腼腆和自信奇怪地混合在一起。我俩谈了些什么，我不记得了，我只记得我们聊了四十五分钟。在谈话结束时，他给予我一

① 阿纳图尔·法朗士，Anatole France，1844—1924，法国小说家。著有长篇小说《波纳尔之罪》《黛依丝》《当代史话》等。

个不小的关切：问我（他还对不上号，不知道我是谁）是在什么行业做事。

我听说，有两三位作者认为我塑造的阿尔罗伊·基尔这个人物是对他们的针砭。他们实在是误会了。阿尔罗伊·基尔是一个集合而成的人物：我从一个作家那儿取了相貌，从另一个作家那里取了热衷于结交社会名流的嗜好，又取了另一个作家的率直热忱，从第四个作家身上取了其健壮的体魄和高傲的心理，另外，还有我自己身上的许多东西也被放进了这个人物里面。由于我有一种几近于苛刻的能力，能看出自己身上的荒谬，我发现自身就有许多让我取笑的地方。我觉得我之所以在看人的时候（要是我相信别人说我或写我的那些话的话），比那些没有这一怪癖的作家少一些赞许、称道的眼光，其原因就在这里。因为我们所创造的所有人物其实都是我们自身的写照。当然啦，他们也许比我本人更崇高，更有操守，更有精神和思想。很自然，因为作家们本人就优秀，所以他们都是参照着自己的形象来塑造人物的。当我想刻画一个不择手段来宣传包装自己以促销自己作品的作者时，我并不需要把自己的注意力投到某个特定的人身上。这一方面的实例和实践太多、太普遍了。而且，对这种行为人们也不可能不抱有同情。每年都有成百上千的书籍出版却无人问津，其中不乏许多有价值的书。每一本都花费了作者几个月的工夫，也许在他的脑子里已经构思了许多年；他把自己的一些永远失去的东西写进了里面。一想到批评家书桌上堆满了要评论的书籍、待售的书压弯了书商的柜架、他的书很有可能会淹没在这书海当中，他便会有一种心碎的感觉。所以他自然应该动用一切手段，去吸引公众的注意力。经验已经教会了他该如何去做。他必须让自己变成一个公众人物。他必须一刻也不离开公众的视线。他必须不断地接受采访，在报纸上刊登他的照片。他必须常常给《泰晤士报》写信，在会议上发言，让自己关注社会问题；他必须在宴会结束时做演讲，在出版商的广告上推荐各种书籍；他必须总是要在适当的时间出现在适当的场合。他多会儿也不能让自己被别人忘记。这是一件费心费力的工作，因为任何的疏忽都可能给他造成无法挽回的损失。对这样一个费尽心力说服大众去看他自己真诚地认为是值得一读的书的作者，除了对他抱有同情和理解，其他任何的态度都是不近人情的。

不过，有一种推销的形式却叫我感到厌恶。那就是举办鸡尾酒会来促销自己的作品。你请摄影师们来到现场，你请来专栏作家和许多著名人士。这些专栏作者会在他们的栏目里给你写上一段，拍下的照片会刊登在插图多的报纸上，可是那些著名人士除了能得到一本有你签名的书籍外却一无所获。即便这种酒会是出版商掏腰包给举办的（有时候，这也不能说不对），也不能把这一不名誉的行为变得少许光彩了。在我写作《寻欢作乐》时，这一不好的风气还没有流行开来，否则的话，我会用这一材料给本书增添上生动的一章。

1

我发现，当有人给你打电话，你不在，他留言说有重要的事找你，要你一回来就给他打电话时，他说的事一定是对他而不是对你重要。如果是送礼物给你，或是为你办事，大多数人都能够沉得住气，不会那么急切的。所以，在回到寓所时间还早、在更衣吃晚饭前我坐下来喝茶、抽烟、读报纸的当儿，我的女房东费洛斯小姐告诉我阿尔罗伊·基尔先生打来电话，请我立刻给他回个电话，我觉得我完全不必把他的请求放在心上。

“来电话的是那个作家吗？”她问我。

“是的。”

她朝电话机那边亲切地望了一眼。

“用我帮你接通他吗？”

“谢谢你，不用了。”

“要是他再来电话，我怎么说？”

“请他留个口信。”

“好的，先生。”

她噘起了嘴唇，拿起空水瓶，环视了一下屋子看看整洁了没有，随后步出了房间。费洛斯小姐特别爱看小说。我想她一定读过了罗伊所写的全部作品。她对我这一怠慢态度的不赞许表明她很喜欢罗伊的小说。在我下午回到家中的时候，我看到餐具柜上有一张费洛斯小姐用清晰有力的字体写的便条：

基尔先生今天来过两次电话。问你明天能跟他一起吃午饭吗？如果明天不行，那么你觉得哪天合适呢？

我扬了扬眉，感到了些许的诧异。我有三个月没有见过罗伊了，而且上次还是在一个聚会上，见面只说了几分钟的话。他表现得十分友好，他待人总是这样的；分手时，他还为我们难得见面表示了由衷的遗憾。

“伦敦的生活太忙碌了，”他说，“你总是抽不出时间见见自己想见的人。让我们下周的哪一天一起吃顿饭好吗？”

“好啊！”我回答说。

“等我回家看了我的记事簿，就给你打电话。”

“行。”

我认识罗伊二十年了，当然知道在他背心左上方的口袋里，就装着那个上面记着他所有约会的小本子；因此，当下周再没有听到来自他那方面的任何消息时，我一点也没有感到意外。眼下，我更是无法说服自己相信，他这样急切地想要见我，只是为了跟我叙叙朋友间的情谊。在我睡前抽着烟斗的当儿，我脑子里翻腾着罗伊想要让我与他共进午餐的种种原因。也许是他的一个崇拜者死缠着他，要他把我介绍给她认识，或者是从美国来的一位编辑在伦敦待几天，希望罗伊安排我和他取得联系。可是，我又不能这样小视我的这位老朋友，认为他连这样一个局面也应付不了。何况，他已经说了让我来定日子，这样就几乎排除了他想让我见别的人的可能。

没有哪个小说家比罗伊对一个广受人们爱戴赞誉的同行表现得更加坦诚和热情了，可对那些失意了的、懒散的或是被别人的成功掩隐了名声的同行，谁也比不上罗伊那样，马上就表现出了明显的冷淡。作家都有得意和失意的时候，我心里很清楚眼下我还没有受到大众的青睐。显然，我可以找到各种的理由拒绝了罗伊而不至于得罪他，尽管他是一个意志坚决的人，我知道，假如他任由着他的性子要见我，我只要直截了当地说声“滚开”，他也就不会坚持了。可是，我的好奇心却在怂恿着我。而且，我和罗伊有着深厚的朋友情谊。

我满怀钦佩地看着罗伊在文学界的崛起。他的作家生涯可为任何一个追求文学事业的年轻人树立起一个很好的榜样。我觉得，在当代作家中间没有哪一个人像罗伊那样，凭着不多的才能却在文学界取得了如此重要的地位。这种情形好比聪明人每天服用比迈可斯[①]，他的用量可能早已增加到满满的一大汤匙了。罗伊当然清楚他有多大的能耐，因此以他的这点儿才能竟然已经写出了三十部作品，有时候让他觉得这简直就是个奇迹。托马斯·卡莱尔[②] 在一次宴会后的演说中说，天才就是一种不竭的刻苦努力的能力。我不禁猜想在罗伊头一次读到卡莱尔的这段话时，他一定得到了某种启示，而且仔细琢磨过这句话了。如果事实真是这样的话，那他一定在暗自告诉自己，他也一定能和别人一样成为一个天才。后来，当一家妇女刊物的书评撰稿人在给他的一部小说写评论时激动地使用了“天才”一词时（近年来，批评家们常常爱用这个词），他一定像一个经过长时间的思考终于猜出一个复杂的字谜一样，得意地长长地舒了口气。看到他多年来持之以恒、不懈努力的人都不会否认，不管怎么说，他应该算得上是一位天才了。

---

① 比迈可斯，一种由小麦胚芽制成的麦胚食品，含有丰富的维生素 B。

② 托马斯·卡莱尔，Thomas Carlyle，1795—1881，英国作家，历史学家和哲学家。著有《法国革命史》《论英雄与英雄崇拜》等。

在他事业开始的阶段，罗伊便具有一些有利的条件。他是家里的独生子，父亲是一位文职官员，在香港当了多年的殖民长官后出任了牙买加总督，最后从那里辞官回国。如果你打开《名人录》，在字排得很密的书页中寻找阿尔罗伊·基尔这个名字，你会看到这样的条目：圣米迦勒和圣乔治高级勋位爵士，皇家维多利亚勋章高级爵士雷蒙德·基尔爵士的独生子，母亲艾米莉为已故印度军队陆军少将珀西·坎珀唐最小的女儿。罗伊早年在温切斯特和牛津大学读书。他是牛津大学学生俱乐部的主席，如果不是当时不幸得了麻疹，他很可能成为大学里的划船运动员。他的学习成绩虽说不上十分的优秀，但可谓优良，他离开学校时没有留下一丁点儿的债务。罗伊甚至还养成了节俭的习惯，从没想着要去乱花钱，他的确是个孝顺的孩子。他知道父母供他上这么名贵的学校，已经做出了很大的牺牲，花了不少的钱。他的父亲退休以后住在格洛斯特郡斯特劳德附近的一幢并不豪华却也不错的房子里，有时候他会去到伦敦，参加一些与他过去管理过的殖民地有关的官方宴会。每有这种机会他就总要顺便去文艺协会看看，因为他也是该协会的成员。正是通过这个协会里的一位老朋友，他才使他的儿子从牛津学成归来时便当上一个勋爵独生子的指导教师。这使罗伊在年轻的时候就有机会熟悉了上层社会。有的作家仅仅是通过那些附有画页的报刊去研究上流社会，因而在描述中往往出现败笔。而在罗伊的作品中，你绝不会发现有这种问题。他确切地知道公爵之间是如何交谈的，知道一位下议院议员、律师、赛马赌注登记人和男仆各应该如何跟一位勋爵说话。在其早期小说中，他对总督、大使、首相、皇亲国戚和贵族妇女的描写便显得游刃有余，很是精彩迷人。他友好而不盛气凌人，亲切而不冒昧失礼。他并没有让你忘记他们高贵的地位，可愿意让你分享他的一种令人慰藉的情愫，即他们跟我们一样，都是有血有肉的人。由于时尚的改变，贵族的生活已不再是严肃小说的适当主题，罗伊作为一个对时代趋势总是相当敏感的作家，在其后来的小说中，让自己专注于描写律师、特许会计师和农产品经纪人的精神冲突。对于这一点，我总是为罗伊感到遗憾。他在刻画这些阶层的人物时少了他早期小说中的那种从容自信。

我最初认识罗伊，是在他刚辞掉指导教师的职务专事于文学创作的当儿，那时的他是个潇洒、身材挺拔的年轻人，不穿鞋身高六英尺，像是一个运动员，宽宽的肩膀，一副自信的神态。他长得并不漂亮，可却有一股阳刚之气。他有一双蓝蓝的坦诚的大眼睛和一头卷曲的浅棕色的头发；他的鼻子很短，却很宽，他的下颚方方的，有棱角。他看上去整洁、诚实和健康，具有运动员的某些品质。读过他早期小说中有关携犬打猎之描述的人，都不会怀疑这些生动准确的描写全是出自他的经历和体验；直到最近，他还会时不时地离开书桌，打上一天的猎。他出版第一部小说的时候正是文人们为了显示他们的男子汉气魄喝啤酒、打板球的时期。在一些年里，只要文学界里有板球比赛，几乎总有他的名字出现在参赛者名单上。我不太清楚是什么原因让这一流派的作家失去了他们的锋芒，他们的作品被世人冷落了，尽管他们仍是板球队员，却很难找到刊登他们文章的地方了。许多年前罗伊就放弃了打板球，转而养成了品红酒的习惯。

对于他的第一部小说，罗伊表现得十分谦虚。这部小说篇幅不长，结构布局都很紧凑，就像他后来创作的所有作品一样，格调品位，无可挑剔。他把这部作品寄给了当时所有的重要作家，并附有一份措辞动听的信，在信中他告诉对方，他是多么欣赏他的作品，在学习这些作品的过程当中，他获得了多么大的教益，尽管他与对方相差甚远，却仍然热切地希望追寻着对方开辟的道路前进。他把自己的作品呈现给一位伟大的艺术家，作为刚刚步入文学界的一个年轻人给他一直以来非常仰慕的文学大师献上的礼物。他完全清楚，请工作如此繁忙的一位大师在一个初出茅庐的毛头小伙的作品上浪费时间，实在是有些冒昧妄为，但他还是满怀歉意恳请对方给予批评和指导。给他的回信很少有搪塞敷衍的。那些收到他信件的作家听到他的赞美之词，心里美滋滋的，都给他回了长长的信。有的还为他的这本书写了评论，不少的人请他吃了饭。他们都对他的坦诚和他对文学表现出的热情留下了深刻的印象。他向他们请教，态度之谦恭令人感动，他真心诚意地表示要遵照他们的教导去做，那份真诚令人难忘。这些大作家都觉得这是一位值得他们费点儿劲去点拨一下的年轻人。

他的这部小说获得了不小的成功。这让他在文学界里交了不少的朋友。没有多久，不管你是去布鲁姆斯伯里、坎普登山，还是去威斯敏斯特[①] 参加茶会，都会见到他的身影，看到他不是在给客人们递送黄油面包，就是为一位年长的女士添茶倒水，免得她拿着空杯子在那里局促不安。他那么年轻、那么率真、那么欢快，听见大家讲的笑话，总是笑得那么开心，他将这么多的优点集于一身，谁都不由得会去喜欢他。他参加各种聚餐会，跟文人、年轻律师以及穿利伯蒂绸衣、戴串珠的女士在维多利亚街或是霍尔本街饭店的地下室里，吃着三先令六便士一份的饭菜，讨论着文学和艺术。不久，人们便发现他还具有很好的餐后演讲的才能。他的言谈举止招人喜爱，以至于他的同事、他的对手以及他的同代人甚至原谅了他属绅士阶层的这一事实。他对他们尚显稚嫩的作品慷慨地加以褒扬。当他们把手稿送来请他批评指正时，他从不去挑剔他们的错误。所以，他们认为他不仅是个好人，还是位公允的批评家。

罗伊写出了第二部小说。为这部作品他花费了不少的心血，也从前辈作家的建议里获益匪浅。他事先与报社的编辑打好了招呼，他请德高望重的作家们写的评论当然会顺利地见报，这些评论自然也都是溢美之词。他的第二部小说是成功的，但还不足以成功到能引起他的竞争对手们的妒忌。实际上，倒是证实了他们的一个看法：他绝对写

① 布鲁姆斯伯里、坎普登山、威斯敏斯特，这是伦敦的三个区，二十世纪初曾为文化艺术中心。

不出什么传世之作。他是个快快乐乐、心底坦荡的年轻人，不会搞拉帮结派之类的事情。对一个才干不是那么杰出、不会构成他们前进道路上的障碍的人，他们当然乐于提携一下。在他们反思他们所犯下的这一错误时，我知道他们中的一些人正在懊恼、无奈地苦笑。

当人们说他会变得头脑发热、自负起来时，他们错了。谦虚是罗伊身上的一个最为可爱的品质，这一品质在他年轻时就具备了，而且从未丢弃过。

“我知道我不是一个伟大的小说家，”他会告诉你，“在我拿自己跟那些文学巨匠相比时，我简直就不存在了。以前我常常想，将来总有一天我会写出一部真正伟大的作品。不过，我早就不再抱有这样的希望了。人们只要评价我说，我已尽了自己最大的努力，就够了。我的确是在勤奋地工作。我决不让自己的作品中有什么草率疏忽的地方。我认为我能把一个故事讲得很生动，我创作出的人物也显得真实可信。说到底，布丁味道的好坏，一尝便能知道。我的《针眼》在英国销售了三万五千册，在美国销售出八万册，至于下一部小说的连载版权，我所得到的稿酬是我迄今为止最多的一笔。”

直到现在，他仍然写信给那些为他的作品写了文章的评论家，感谢他们对作品的夸赞，请他们和他一起吃饭，如果不是谦虚，还会是什么美德促使他这么做的呢？不，这还远远不够呢：当有人写了辛辣的批评文字、罗伊（尤其是他现在的名气已经很大了）不得不忍受这些恶毒的毁谤时，他并不像我们大多人那样只是耸耸肩膀，心里对那些不喜欢我们作品的无赖骂上几句，随后便忘掉了此事；罗伊会给批评他的人写上一封长长的信，告诉那人尽管他认为他的书不好叫他有些遗憾，可是就他的评论本身而言还是写得很生动很有趣的，如果他可以再冒昧地加上一句的话，那篇文章可说是表现出作者极高的批评眼光和极佳的文字修养，因而感到非给他写这封信不可。没有人比他（指罗伊）更渴望要提高自己的水平，他希望自己能够活到老学到老。

他并不想讨饶别人，可若是对方在星期三或是星期五有时间的话，愿不愿意跟他在萨伏伊饭店一起吃顿午饭，顺便谈谈他之所以认为这部作品不好的确切理由呢？谁都不像罗伊那样能点上一桌丰盛的午餐。一般来说，在对方吃下五六只牡蛎和一块小羊的里脊肉之后，他把他要说的话也就都咽回到肚子里去了。随后就会出现一个富于诗意的变化：待罗伊的下一部小说出版后，这位评论家便会说这部新作有了很大的进步。

一个人一生中所不得不应对的一个难题是，对他一度曾亲密相处过而其重要性已不复存在的人们，该如何对待。如果是双方的社会地位都很一般，这种分开就再自然不过了，双方之间不会心存芥蒂，但如果其中的一方有了名望，情形就比较尴尬了。他交结了许多新朋友，可那边的老朋友还是不依不饶；他忙得不可开交，可他们觉得对他的时间他们拥有优先占有权。如果他不唯命是从，他们就会长吁短叹，并且耸耸肩膀说：

“哦，我看出来了，你和别的人没有什么两样。既然你现在是成功人士了，我看现在就是你甩掉我们的时候了。”

要是他（泛指）有勇气，他当然巴不得这么去做了。在多数情况下，他却并没有这样的勇气。他忍气吞声地接受了在星期天傍晚吃晚饭的邀请。冷冻的烤牛肉来自澳大利亚，在中午的时候刚刚烤得过了火；还有勃艮第红酒——哎，干吗要叫它勃艮第呢？难道他们没有去过博恩[①]，在那里的邮政饭店待过吗？当然啦，谈谈过去在一个阁楼上同啃一块干面包片的时光，也不无快乐，可是当你想到你们现在一起坐着吃饭的餐厅多么像是一间阁楼时，你便有点儿不自在了。在你的朋友告诉你，他的书卖不出去，他写的短篇没有地方发表，你更是有点儿坐不住了。剧团经理对他写的剧本连看也不想看一眼，在他拿他的剧本跟有些上演的剧本进行比较的时候（这个时候他在拿责备的眼

① 博恩，法国东部城市，是勃艮第红酒业的中心。

神盯着你），你更是觉得有点儿受不了了。你感到很难堪，把话题转向了别处。你夸大你所遭受的挫折和失败，想让他认识到生活对你也很艰难。你尽量贬抑你的作品，把它们说得多么的不好，谁知你却有点儿惊讶地发现，请你吃饭的朋友对你的作品持有与你同样的看法。你提到读者大众的变化无常，好让他联想到你的名声也不可能持久，或许从这中间他能得到一些慰藉。然而，他却是个不依不饶的严厉的批评家。

“你最近出版的这部作品，我还没有读过。”他说，“不过，我看了它前面的那一本。书名我一下记不起来了。”

你告诉了他。

“对你的这本书，我感到很失望。我觉得它不如你以前写的作品。当然啦，你知道我喜欢的是哪一部。”

你在别人那里也受到过这样的批评，所以你赶紧把你写的第一部小说的名字告诉了他：那时你还年轻，才二十岁，小说写得粗糙，不含蓄，你的稚嫩和幼稚表现在书中的每一页上。

“你再也写不出那么好的作品了，”他由衷地说，他使你觉得从最初那次你侥幸地获得成功后，你就一直走着下坡路了，“我总认为你从未能把你最初显露的才华充分地展现出来。”

煤气取暖器烤得你的两只脚直出汗，可是你的手却是冰凉。你偷偷地看着你腕上的手表，你在想如果你在十点钟就起身离开，你的老朋友会不会生气。你早先告诉了你的司机等在街道的拐角处，免得停在饭店门前，让你的朋友觉得你是在用你的阔绰来取笑他的贫穷，可是到了门口，他却说：

“到了这条街的顶头，就有公共汽车站。我陪你走过去吧。”

你一时有点儿手足无措，只好承认自己有辆轿车停在那边。他觉得很奇怪，你为什么会让你的司机等在拐角那里。你敷衍说这是司机的一个怪癖。当你们一起走到你的汽车那儿时，你的朋友却用一种傲慢且带着宽容的眼神看着你的车。你有些局促不安地邀请他哪一天跟你一起吃饭。你还答应写信给他，在你回去的路上你心里想，如果请他去克里奇饭店他会不会认为你在显摆，而要是到索霍吃饭，他会不会又觉得你小气呢？

罗伊・基尔却从来没有过这样的难堪。他从别人身上得到了他所能得到的一切后，便把他们抛弃了，这话听起来有些粗鲁，但是要把事情说得婉转一些太费时间，而且还需要把暗示、中性的语调、委婉的影射等做巧妙的安排，而实际上事实还是如此，我看倒不如直截了当说出来的好。我们大多数的人在对别人做了什么亏心事后，总会对那个人心存怨恨，可罗伊的心却能放得宽宽的，从不允许他自己的心胸这么狭隘。他可以在很不体面地对待了一个人以后，心里却丝毫没有什么愧疚之意。

"可怜的老史密斯，"他会这么说，"他人很好，我非常喜欢他。可惜他的境况和情绪都变得日益糟糕。我希望能为他做点儿什么。可我有好多年没见着他了。硬撑着要保持以往的情谊也没有什么好处。这对双方来说都是个痛苦。事实上是一个人总是在不断地成长出他以前的环境和朋友，唯一可取的做法就是面对事实。"

然而，如果要是在皇家艺术院的绘画预展之类的场合偶尔碰到史密斯，谁都不会像他那样显得友好。他会紧紧握着对方的手不放，告诉他见到他，自己有多么的高兴。他的脸上放着光彩，他流露出的美好情谊，就像温暖的太阳放射出的光辉。史密斯对他这种兴高采烈的表现很是开心，而罗伊这时又很是佩服地告诉他，如果他能写出一部有史密斯刚出版的那部书一半好的作品，他就烧高香了。可是，如果罗伊觉得史密斯并没有看到自己，他就会把眼睛转向一边；但是，史密斯却偏偏看见了他，对自己受到的冷遇很是不满。史密斯会刻薄地说，以前罗伊跟他好到在一家寒碜的饭店里同吃一块牛排，和他在圣艾芙斯[1] 一个渔民的小屋里一起度过整整一个月的时间。史密斯说罗伊是个趋炎附势的家伙。他说他就是个势利小人。他说他就是个骗子。

可在最后一点上，史密斯是错了。阿尔罗伊·基尔身上的一个最为光彩照人的优点就是他的真诚。一个人不可能欺骗二十五年而不被人发觉。虚伪是一个人最难追求、最为费神的恶习；它需要你随时保持着警觉，不能有片刻分心的时候。它不像通奸或是品尝美食，有点儿时间就够了；它是一件全天候的工作。而且，还需要一点儿玩世不恭的幽默；尽管罗伊这个人是笑口常开，可我从来都不认为他有较强的幽默感，而且，我确信他也没有冷嘲热讽的才能。虽然我很少读完过他的小说，可却也翻过他的不少作品。我觉得在那些厚厚卷帙的每一页上，都烙印着作者的真诚。这显然是他持续走红的最主要的原因。罗伊总是真诚地相信着人们当下所相信的一切。当他在创作关于贵族阶层的小说时，他真诚地认为它的成员都是骄奢淫逸、放浪形骸的。然而，在他们身上同时又有着一种高贵的品质和治理大英帝国的天生的才干。当后来在他写中产阶级时，他又真诚地相信他们是社会的中流砥柱。他小说中的坏人总是那么邪恶，他笔下的英雄总是那么英勇无畏，他笔下的少女总是那么纯洁无瑕。

罗伊邀请赞扬他的评论家吃饭，是因为他诚挚地感谢评论家为他做出的好评；他邀请批评他的作者吃饭，是因为他真心想要提高自己的水平。在一些他素不相识的崇拜者从德克萨斯州或是从澳大利亚的西部来到伦敦，他领着他们去国家美术馆参观，他这不仅是要给他的读者以艺术的熏陶，也是因为他特别渴望了解他们对艺术的反应。你只要听听他的演讲，你就能领教到他的忠诚了。

他穿一身让人艳羡的晚礼服，或是根据场合的需要，穿着洗旧的、款式很好的宽松便服，站在讲台上，他面对听众的表情既严肃又坦诚，还有一种动人的谦逊神情，这会让你不由得想到他是把全副身

---

① 圣艾芙斯，英国英格兰康沃尔郡圣艾芙斯湾的一个海滨胜地和渔业中心。

心都投入到这件工作中去了。虽然他有时会停下来，似乎在找一个恰当的词来表达，可实际上他只是为了在说出它的时候更具有强调的效果。他嗓音洪亮，音调铿锵。他很会讲故事。他从来也不会令你感到乏味。他喜欢谈论英美的年轻作家们，他热情地向听众讲解他们的优点，足以见出他的豁达和大度。不过，或许他讲得有点儿太多了，因为当你听完他的演讲时，你会觉得关于这些作家你真的已经了解了你想要知道的一切，再无须去阅读他们的作品。我想这大概就是罗伊在外地的某个城镇演讲完后、他所提到的作家的书连一本也卖不出去的原因，可他自己的作品呢，却始终畅销。他的精力十分充沛。他不仅多次成功地到美国巡回演讲，而且在大英帝国各地讲学。再小的俱乐部，再不起眼的（想要提高其自身修养的）协会，罗伊也不会嫌弃，也会花上个把小时去做一次演讲。他不时地修改他的讲演稿，把它们编成好看的小册子出版。对这类讲稿感兴趣的人大都至少读过了《现代小说家》《俄罗斯小说》和《对一些作家的评价》等作品；很少有人能够否认，这些作品表现出作者对文学的真实情感和其人格的魅力。

然而，罗伊所从事的文学和社会方面的活动远远不止这些。他还是许多组织中的积极成员，这些组织都是旨在促进作者的利益，在年老和生病使一些作家遭受贫困的厄运时去减轻他们的痛苦。每逢出现涉及立法的版权问题时，他总是愿意伸出援手，每逢为了在不同国籍的作家之间建立友好关系需派代表团出国时，他总是走在前面。在公众性的大型宴会上，总可以信任他来回答文学上的问题。每逢为了欢迎海外的文学名流而要组织一个接待委员会时，罗伊总是其中的一员。在每次举办的图书义卖会上，至少会有一本他亲笔签名的作品。他从来不拒绝别人对他的采访。他颇为公允地说，没有人比他更了解写作这一行的艰辛，如果通过跟他的一次愉快的聊天，便能帮助一位还处在起步拼搏阶段的记者挣到几个畿尼，那他怎么会不通人情地加以拒绝呢？一般情况下，他总要请来访的记者跟他一起吃午饭，而且总能给对方留下良好的印象。他唯一的一个要求就是在文章刊登出来之前，让他过过目。对那些为了向报社读者提供信息，不分时间场合给名人打电话进行询问（比如说问他们是否相信上帝，或是早饭吃什么等）的人，罗伊从未表现出过不耐烦。他会出席每次召开的专题讨论会，公众们都知道他对禁酒、素食主义、爵士乐、大蒜、体育运功、婚姻、政治和妇女在家庭里的地位等社会问题上的观点。

罗伊对婚姻的看法比较抽象，因为许多艺术家发现难以协调好的婚姻与他们对艺术的热烈追求之间的矛盾，却被他成功地避开了。大家都知道，在一些年里他暗恋着一位身份高贵的已婚女子，尽管一提到她，他总是操着谦恭仰慕的口吻，可是大家都清楚这位女子对他却是十分的冷漠。他创作中期小说中的那一少有的苦涩折射出他所遭受的折磨。他在那段时间所经历的这一精神上的痛苦使他能够避开没有什么名望的女子的纠缠，而不至于得罪她们。这些女子都是狂热追逐时尚的社会圈里的可怜装饰和点缀。她们渴望嫁给一位成功的小说家，过衣食无忧的生活，以结束她们眼下这生活无定的状况。当他在她们那明亮的眸子里看到结婚登记处的影子时，他便会告诉她们，他无法忘记他上一次的刻骨铭心的爱情，这使得他永远不可能与任何一个什么别的女子结为终身伴侣。他的这种单相思可能会使追他的女人们感到无奈和沮丧，却不会真正惹恼了她们。当他想到自己一定会永远享受不到家庭的快乐，不会有做父亲的那种满足感时，他也会轻轻地叹息，但是，这是他为了他的理想，也为了那个可能与他同享欢乐的伴侣，随时准备做出的牺牲。他早就发现，作家或是画家的妻子并不受人们的欢迎。无论去哪儿都要坚持带上妻子的艺术家只会使自己变成一个讨厌的人，结果常常是他们想要去的地方却得不到人家的邀请；可如果把妻子留在家里，待他回到家时就会发生严重的争执，搅乱了他内心的平静，妨碍了他把内心最好的东西表达出来。阿尔罗伊·基尔是个单身汉，现在五十岁了，他仍然愿意继续做他的单身汉。

罗伊可说是作家的一个典范，他昭示出一个作家可能做出的成绩，昭示出通过他的勤奋、诚实，对人情世故的了解以及手段与目的的有效结合，他所能达到的高度。他是一个好人，除了性情乖戾、在鸡蛋里挑骨头的人，谁会妒忌他的成功呢？我觉得，入睡前有他的形象在我的脑子里，我这晚一定能够睡个好觉。我草草地给费洛斯小姐写了个便条，磕掉烟斗里的灰，关灭了起居室的灯，上床睡了。

2

第二天早晨起来我按铃要信件和报纸，费洛斯小姐顺便给我带来一张便条，那是答复我上次留给她的条子的，上面说阿尔罗伊·基尔先生将于下午一点十五分于圣詹姆斯街他的俱乐部里等我。不到一点时，我溜达到了我的俱乐部，在那里喝了一杯鸡尾酒，因为我知道罗伊是不会请我喝这种酒的。随后，我顺着圣詹姆斯大街游逛，悠闲地看着沿街商店的橱窗，因为还有几分钟的时间（我不愿意把赴约搞得分秒不差），我走进了克里斯蒂拍卖行，看看有没有我喜欢的东西。拍卖已经开始一会儿了，一群个子不高、皮肤黧黑的人正在传看着几件维多利亚时代的银器，那个拍卖商用略带倦意的眼神瞅着他们打出的手势，懒洋洋地咕哝着："有人出十先令，有人出十一先令，有人出到十一先令六便士……"这是六月上旬里的一个晴好天气，国王街上的空气十分明净。相形之下，克里斯蒂拍卖行墙上挂着的那些画幅倒显得暗淡了不少。我步出了拍卖行。街上的行人都是漫不经心的样子，好像中午闲适恬静的氛围已经浸入他们的心灵，使得他们在各种事务的忙碌中间，想突然意外地停下来，观赏一下生活的图景。

罗伊的俱乐部里显得很安静。前厅里只有一位年老的看门人和一位侍者。我突然产生了一种悲凉的感觉，好像所有的会员都去参加侍者头儿的葬礼了。在我跟侍者提了罗伊的大名后，侍者就把我领进一条空荡荡的过道，让我放下了我的帽子和手杖，然后进入一个空荡荡的大厅，大厅的墙上挂着一些如同真人大小的维多利亚时代政治家的肖像。罗伊从皮沙发上站起来，热情地和我打招呼。

“我们现在就上去好吗？”他说。

我猜对了，罗伊不会给我喝鸡尾酒的，我暗自为我的考虑周全而得意。他带着我走上气派堂皇、铺着厚地毯的楼梯，途中没有碰到一个人；我们走进宾客用饭的餐厅，里面只有我们两个人。饭厅宽敞，整洁，墙壁刷得很白，有一扇亚当式的窗户[①]。我们在窗户旁坐下来，一位举止端庄沉稳的侍者给我们递上一份菜单。上面有牛肉、羊肉、羊羔肉、冷冻鲑鱼、苹果馅饼、大黄馅饼、鹅莓馅饼等。在我顺着这个单调的菜单往下看的时候，我不禁想到了就位于街角处的那些饭店，那里有法国风味的美食，有喧闹的生活气息和穿着夏季衣裙的淡妆浓抹的漂亮女人们，我不由得叹了口气。

“这里的小牛肉火腿馅饼挺好的。”罗伊说。

“好的。”

“色拉我自己来拌吧。”他用随便却带着命令的口吻跟侍者说，随后，眼睛又一次落在了菜单上，他颇为大方地说，“再来点儿芦笋怎么样？”

“不错。”

他的态度变得更神气了点儿。

“两份芦笋，告诉厨师长让他亲自挑选。你喝点儿什么呢？白葡萄酒怎么样？我们都喜欢这里的白葡萄酒。”

在我表示了赞同后，他吩咐侍者把酒类总管找来。在他给出指示时，我不由得对他那一发号施令却又不失礼貌的态度充满了钦佩。你

---

① 十八世纪英国建筑师和家具设计师罗伯特·亚当和詹姆斯·亚当兄弟俩的一种精致的设计风格。

好像觉得是一位富有教养的君王在召唤他的陆军元帅前来。酒类总管很快拿着酒单来了，此人胖胖的，穿着一身黑衣服，脖子上挂着说明他职务的银链条。罗伊傲慢又不失亲切地向他点了点头。

“喂，阿姆斯特朗，给我们来点儿二一年的圣母乳酒。”

“好的，先生。”

“这种酒的供应还好吗？还正常吗？你知道，我们以后很难再弄到这种酒了。”

“恐怕是这样的，先生。”

“不过，也用不着过早的担忧，你说是吗，阿姆斯特朗？”

罗伊朝总管笑着，神情既快活又坦诚。根据他与会员们多年打交道的经验，总管知道他得说点儿什么来回应罗伊的这句话。

“是的，用不着，先生。”

罗伊哈哈大笑起来，眼睛望着我。真是个角色，这个阿姆斯特朗。

“嗨，先把它冰一下，阿姆斯特朗；不过，也别太凉了，你知道的，得正好。我想让我的客人看看我们在这方面有多在行。”罗伊转向我说。“阿姆斯特朗在我们这儿已经四十八年了。”在总管离开之后，他接着说，“我希望你不要太在意我请你来这里吃饭。这儿安静，我们能好好地聊一聊。我们很久没有畅谈过了。你看上去身体挺好的。”

这句话也让我注意起罗伊的外表来。

“可与你比，还是差远了。”我说。

“这是过一种正直规律、节制饮食、清心寡欲的生活的结果，”他大笑着说，“充足的工作。足够的锻炼。打打高尔夫怎么样？最近几天，咱们俩得打一场。”

我知道这是罗伊一时想起的应酬话，浪费一天的时间跟我这么一个差劲儿的对手打球，应该是他最不情愿做的事了。所以我觉得我完全可以应承下他这种含糊其辞的邀请。他看上去就是健康的化身。他卷曲的头发虽然已经变得灰白，可于他却很相称，使他那坦诚、晒黑的面庞看去更年轻了。他那双显得异常坦诚的眼睛明亮、清澈。他的身材已不像年轻时那么修长，所以当侍者端来小圆面包、看他要了黑面包时，我并不感到诧异。其实，他的略显肥胖的身体只是增加了他的尊严，使他的说话更有分量。他的行为举止比以前更沉稳了，这叫你对他会有一种放心和信任感；他的身体把椅子坐得满满的，像是坐在一个纪念碑上，给人一种稳如泰山的感觉。

我不知道从我刚才描述他和侍者的那段对话中，读者是否已经看出：就一般而言，罗伊的谈吐称不上妙趣横生或是才华横溢，但十分流畅，他谈话中间常常爱笑，有时候会给你一种错觉，好像他说的东西都很有趣。他从未有过找不到话说的尴尬，他和别人谈论当下的一些话题时，显得平易随和，让听的人一点儿也不会感到紧张。

许多作家在谈话中，也像他们写作时那样字斟句酌，用词太过慎重。他们不知不觉地就在很是用心地组织句子，说话时不想多用也不想少用了一个字。这就使与他们的交谈变得极不顺畅，尤其是对于那些上层社会的人，这些上层人物精神生活简单，词汇有限，所以他们跟这些作家交往时总是显得有些踌躇。可跟罗伊在一起却从来不会有这样的感觉。他可以用对方完全能够理解了的语言，跟一个爱跳舞的卫兵说话，用她马夫所用的语言跟一位赛马的伯爵夫人谈话。人们总是热情地颇感欣慰地提到罗伊，说他一点儿也不像个作家。再也没有比这赞扬的话儿更让他高兴得了。聪明人总是喜欢用许多现成的短语（在我眼下写这本书的时候，“谁也管不了”就是人们爱说的一句）、流行的形容词（比如“绝妙的”“叫人脸红的”），还有那些你唯有生活在特定的圈子里才会了解其含义的动词（比如说“推搡”），这些词语使聊天变得特别亲切，而且也不必动什么脑筋。美国人是这个世界上最讲效率的一个民族，他们把这一说话的技巧运用到了极致，造出了大量平凡、简洁的短语，让他们在进行着生动有趣的谈话的同时，不必用脑去考虑他们所说的内容，而可以去想一些更为重大的事情或是男女私通的事。罗伊掌握的词汇很多，他对词语的感觉敏锐精准，这使他的言语辛辣，可又很恰当，每当他使用这些词语的时候，他总是神采飞扬，充满激情，仿佛是他那思想丰富的头脑刚刚创造出了它们似的。

此刻，他跟我东拉西扯地谈到了我们都认识的朋友、最新出版的书籍，还有上演的歌剧。他显得很愉快。虽说他对人一贯热情，可他今天表现出的热忱还是让我有些惊讶。他对我们彼此见面这么少，深表遗憾，他坦率地（这是他最讨人喜欢的品质之一）对我说，他是多么的喜欢我和多么的钦佩我。我觉得我非得迎合一下他这种友好的表示不可。他问起我正在写的书，我接着赶忙问起他正在写的书。我们相互告诉对方，我们都未能获得我们应该获得的成功。我们吃着小牛肉火腿馅饼，罗伊告诉我他是怎么拌色拉的。我们津津有味地喝着莱茵白葡萄酒。

可我心里却在纳闷，他到底要等到什么时候才谈正题呢。

我无法相信在伦敦这一繁忙的季节，阿尔罗伊·基尔会为一个既不是什么评论家又不是什么有影响的大作家的同行，浪费上一个小时的时间，只为谈谈马蒂斯①，俄国芭蕾舞和马塞尔·普鲁斯特②。再说，在他欢快的外表下面，我隐约感觉到了他的一些不安。若是我不知道他家资丰厚，我会以为他想要从我这里借一百英镑呢。看起来到午饭吃完时，他似乎是没有机会把心里的话说出来了。我知道他行事一贯谨慎。或许，他认为分别这么长时间后的第一次见面，最好还是先用来叙叙旧，打算把这顿丰盛愉快的午餐仅仅作为撒在水底的鱼饵。

“我们到隔壁的房间喝点儿咖啡好吗？”他说。

① 亨利·马蒂斯，Henri Matisse，1869—1954，法国画家、雕刻家和版画家，野兽派领袖。作品以线条流畅、色彩明亮、不讲究明暗透视法为特点。

② 马塞尔·普鲁斯特，Marcel Proust，1871—1922，法国小说家。以他的长篇巨著《追忆似水年华》而闻名于世。

“随你便。”

“我觉得那儿环境更舒适一点。”

我跟着他来到隔壁那间显得更宽敞的屋子，屋里摆着一些很大的皮扶手椅和很大的沙发，桌子上有报纸和杂志。屋角里坐着两个老年人在小声地交谈。他们警觉地看了我俩一眼，不过，这并没有妨碍了罗伊跟他们热情地打招呼。

“嗨，将军。”他大声喊，一边愉快地朝他们那边点了点头。

我在窗前站了一会儿，望着街面上热闹的景象，我希望我能更多地了解一些圣詹姆斯街的历史背景。我感到有些惭愧，我甚至不知道街道对面的那个俱乐部的名称，我又不敢问罗伊，怕他会因为我对每个体面人都知道的事一无所知而看不起我。他问我喝咖啡时要不要来点儿白兰地，他这一声问话将我的思绪拽了回来。在我谢绝时，他一味地坚持要我喝上一杯。他说他们俱乐部的白兰地是很有名的。我们并排在一张靠着壁炉的沙发上坐下来，点着了雪茄。

“爱德华·德利菲尔德最后一次来伦敦，就是在这儿跟我一起吃的午饭。”罗伊口气很随便地说道，“我让这位老人品尝我们这里的白兰地，他很是喜欢。上个周末，我是在他太太家度过的。”

“是吗？”

“她让我转达对你的真挚的问候。”

“真是谢谢她了。我以为她早就忘了我了。”

“噢，哪能呢！你六年前在他家吃过一次午饭，不是吗？她说老头儿见到你很是高兴。”

“我觉得，当时她可并不高兴。”

“哦，这你可是说错了。她自然不得不格外小心。这位老人总是受到想要见他的人们的叨扰，她不得不让老头儿保存点精力。她总是担心他劳累过度。你只要想想，她让老头子活到了八十四岁，而且精神心理状态良好，实在也是件不简单的事了。老头儿去世后我常去看她。她现在很孤独。毕竟，她全身心地投入照顾了他二十五年。这可是奥赛罗[①]的工作。她付出了很多。”

“她还年轻，我敢说她完了会再嫁的。”

“噢，她不会再嫁了。若是那样的话，就太糟了。”

在我们呷着白兰地的当儿，出现了片刻的沉默。

“在德利菲尔德成名之前就认识他的人并不多，还活着的就更少了，你便是其中的一个。有段时间，你常常见到他，是吗？”

“见到过不少次。可我那时几乎还是个孩子，他却已是个中年人了。我们并不是那种知己的朋友，你知道。”

“也许不是。不过，关于他，你一定知道许多别人都不知道的事情。”

“可能吧。”

“你曾想到过要写他的回忆录吗？”

“天啊，我可从未这么想过！”

“难道你不认为你应该这么做吗？他是我们这个时代伟大的小说家之一，也是维多利亚时代的最后一位小说家。他是一个伟大的人物。在近一百年所问世的小说中，他的作品最有可能流传下去。”

“我看也未必吧。我总觉得他的小说比较乏味。”

罗伊看着我，眼睛里闪烁着笑意。

“你总爱这样抬杠！不管怎么说，你得承认有你这种看法的人毕竟是少数。我不介意告诉你，他的小说我已读过不是一遍两遍，而是至少五六遍了，而且，每次读，我都觉得它们越发精彩。你看过在他去世时报上刊登的那些评论他的文章吗？”

“读过几篇。”

“大家的意见都惊人的一致。每一篇我都看过了。”

① 奥赛罗，Othello，莎士比亚剧作《奥赛罗》中的主人公，他爱护自己的妻子甚至到了丧失理智的地步。这里借指深爱自己配偶的妻子。

“如果都说得一样，写那么多还有必要吗？”

罗伊和气地耸了耸他宽宽的肩膀，却没有回答我的问题。

“我觉得《泰晤士报·文学副刊》上的那篇文章写得真好。读一读它，会对这位老人有更深的了解。我听说《评论季刊》在下一期上也要刊登评论他的文章。”

“不过，我仍然认为他的小说很乏味。”

罗伊宽容地笑了笑。

“你跟那些个重要人物的看法都大相径庭，想到这一点，你内心就没有一点儿不安吗？”

“我没觉得怎么不安。我到现在从事写作已经三十五年了，你想象不到在这段时间里有多少被捧为天才的人，只享受了短暂的荣耀便湮没无闻了。有时我真想知道这些人后来到底怎么样了。他们是死了吗？是被关进了疯人院，还是远远地藏匿到各种事务所里去了？我不知道他们会不会把他们的书偷偷地借给哪个偏远山村里的医生和老姑娘看。我也不知道他们是否仍然是哪个意大利膳宿公寓里的大人物。”

“哦，是的，他们只是昙花一现。我见过这样的人。”

“你甚至还做过关于他们的演讲。”

“是的。只要能办到的，总是应该尽力帮他们一把，尽管知道这些人绝不会有什么大的前途。不管怎么说，一个人可以做得大度一点。不过，德利菲尔德毕竟跟他们不同。他的作品全集共有三十七卷，在索斯比书店的最后一套卖了七十八英镑。这本身就能说明问题。他作品的销售量每年都在递增，去年是他最好的一年。你可以相信我的话。去年我到德利菲尔德太太家里的时候，她让我看过他的稿费清单。德利菲尔德的地位已不可动摇。”

“谁能看到以后呢？”

“喂，你不是认为你能吗？”罗伊有些尖酸地说。

我并不想就此打住。我知道我把他惹恼了，这给予我一种快慰感。

“我认为，我青少年时形成的直觉判断就是正确的。人们跟我说卡莱尔是个伟大的作家，我私下里却羞愧地发现他的《法国革命史》和《旧衣新裁》都不堪卒读，现在还有人会读他的作品吗？我以为别人的见解都比我的高明，所以我说服自己说乔治·梅瑞狄斯的作品气派宏伟。可在我心底里，却觉得他的小说矫揉造作，啰唆冗长，缺乏真诚。现在，有好多人也这样认为了。因为人们告诉我说要是你欣赏瓦尔特·佩特，那就表明你是个有教养的人。于是，我就学着去欣赏佩特。可是天啊，他的《马利乌斯》你怎么能读得下去呢！”

“哦，是的，现在没有人再去读佩特了。当然了，梅瑞狄斯也早已过时了。而卡莱尔呢，只是个目空一切、空话连篇的人。”

“你不知道，在三十年前，他们看上去似乎都会名留青史呢。”

“你做出过错误的判断吗？”

“也有过那么一两次。我以前对纽曼[①] 的看法还不及我现在的一半好，从前我很看好菲茨杰拉德[②] 的音调铿锵的四行诗。对歌德的《威廉·迈斯特》我曾读不下去，而现在我认为这是他的杰作。”

“对哪些作品，你过去的认为仍和现在的一样呢？”

“哦，比如说《项狄传》[③]《阿米莉娅》[④] 和《名利场》《包法利夫人》《巴马修道院》[⑤] 和《安娜·卡列尼娜》，还有华兹华斯、济慈和魏尔兰[⑥] 的诗歌。”

“我这么说你可不要介意，我认为你的看法也并不新颖。”

---

① 约翰·亨利·纽曼，John Henry Newman，1801—1890，英国天主教枢机助祭，神学家，散文家。

② 弗朗西斯·斯科特·基·菲茨杰拉德，Francis Scott Key Fitzgerald，1809—1883，英国作家，以意译的方式翻译了波斯诗人欧玛尔·海亚姆的四行诗《鲁拜集》。

③《项狄传》，*The Life and Opinions of Tristram Shandy, Gentleman*，英国小说家斯特恩（1713—1768）的小说。

④《阿米莉娅》，*Amelia*，英国小说家菲尔丁（1707—1754）的作品。

⑤《巴马修道院》，*la chartreuse de parme*，法国小说家司汤达的小说。

⑥ 保罗·魏尔兰，Paul Verlaine，1844—1896，法国著名诗人。

“我一点儿也不介意你这么说，我也认为它不新颖。只是你问我为什么我会相信自己的判断，我试着在给你做解释，不管是出于胆怯还是出于对当时知识界观点的尊重，我说了怎样的话，我对那时受到普遍好评的一些作家并不看好，后来的发展也似乎表明我是对的。我当时出于真诚和本能所喜欢的一些作家，却与我和社会上的一些中肯的评价，一起经受住了时间的考验。”

罗伊有一会儿没有说话。他望着他杯子的底部，我不知道他是想看看杯子里有没有咖啡了，还是想着要找话说。我朝壁炉台上的钟表扫了一眼。再过一会儿，我就可以起身告辞了。也许，我是错怪罗伊了，他邀请我吃饭可能只是为了与我随便聊一聊玻璃琴[①] 和莎士比亚。我责备自己尽瞎猜想人家。我关切地望着他。如果这真是他请我吃饭的唯一目的，那他一定是感到有些厌倦和失意了。如果他并无其他的企图，那就可能是，至少在眼下，繁忙的社交事务有点儿叫他吃不消了。罗伊发现我在看钟，就又开口说：

“我看不出，你如何能够否认在这个人身上一定是有某种特别的品质，因为他坚持创作已经六十年，一本书接着一本书地出版，而读他作品的人数也是一年比一年地增多。而且，他的书毕竟已经被翻译成了各个文明国家的文字，在他的弗恩宅邸里的书架上摆满了他作品的译本。当然啦，我也愿意承认，他写的许多东西在今天看似乎有点儿过时了。他成名于一个文风不太好的时期，他的作品往往显得冗长。他的大多数故事情节都显得离奇，不怎么合情理；可是，这里有一点你必须承认他有：那就是美。”

“是吗？”我说。

“说到底，只有这一点才是最重要的，在德利菲尔德作品的每一页上都自然流露出一种美。”

---

① 玻璃琴：十八、十九世纪欧洲较为风行的一种由一套定音的、按音节排列的碗制成的乐器，用湿手指摩擦碗边发音。

“是吗？”我说。

“在德利菲尔德过他八十岁的生日时，我们去他家里，为他制作了一幅他的肖像，作为礼物送给了他。我真希望你当时也在那里就好了。那真是一幕令人难忘的场景。”

“我在报上看到了对它的报道。”

“你知道，到场的不只是作家们，那是一个非常有代表性的聚会——有科学、政治、商业、艺术以及上流社会的代表；当这些各行各业的著名人士下了火车、从黑马厩的火车站走了出来时，那长长的队列你几乎都望不到头。在首相把勋章授给老人时，那场面也十分动人。随后，首相还做了一个生动的发言。我不介意告诉你，那天许多人的眼眶里都浸着泪水。”

“德利菲尔德哭了吗？”

“没有，他异常的平静。他总是这样的，你知道，他很腼腆、安静，举止得体，怀有感恩的情怀。当然啦，虽说从外表看他有点儿淡漠。德利菲尔德太太担心他太累了，在我们去吃午饭的时候，让他留在了书房，用托盘给他送来点吃的。在人们吃完饭还在喝咖啡的时候，我溜出来到了书房。德利菲尔德正在那里一边抽着烟斗，一边看着我们送他的那幅画像。我问他，这画像好吗？他没回答，只是微微地笑着。过了一会儿，他问我他是否可以把假牙拿掉了，我说不行，代表们很快就会回来与他道别了。临了，我问他，他是否觉得这是一个美好的时刻。“怪得很，”他说，“真是怪得很。”我想，他一定是累坏了。在他活着的最后几年，他吃东西、抽烟都很邋遢——在他给烟斗里装烟丝的时候，他把烟丝撒得满身都是；德利菲尔德太太不愿让人们看到他这个样子。当然啦，她并不怕我看到；我帮他拍掉了身上的碎屑，不一会儿，人们都进来跟他握手道别，随后，我们就都回城里去了。”

我立起身来。

“哦，我真得走了。今天见到你真的是很开心。”

“我正要到莱斯特画廊看一个预展。我认识里面的人，如果你愿意我能带你进去。”

“谢谢你。不过，他们也给我了一张请柬。不，我现在就不去了。”

我们下了楼，我拿上了放在大厅里的帽子。我们一起步到大街上，在我转向皮卡迪利大街时，罗伊说：

“我跟你一起走到这条街的顶头吧。”他追上了我，“你认识他的第一位妻子，是吗？”

“谁的妻子？”

“德利菲尔德的。”

“噢！”我已把他忘在脑后了，“是的，我认识。”

“很熟吗？”

“可说是相当熟。”

“我想，这女人一定很另类。”

“我没有这样的印象。”

“她一定很粗俗。她是个酒店的女招待，不是吗？”

“是的。”

“我真不知道他为什么要娶她。我总是听人们说，她对他非常的不忠实。”

“说得没错。”

“你还记着她长什么样儿吗？”

“记着，很清楚地记得，”我笑着说，“她长得很甜美，很迷人。”

听我这么说，罗伊笑了一声。

“她给大多数人的印象可不是这样的。”

我没有回答。我们一起走到了皮卡迪利大街，我停了下来，向罗伊伸出了手。他在握着我的手时，少了他平日里的那股热情劲儿。我感到他好像对我们的这次见面有点儿失望。我想不出他为什么失望。

不管他想让我做的是什么事，我都没有办法帮他，因为他根本就没有给出我任何暗示。我走过了里茨大酒店的拱廊，临了，沿着公园的栅栏一直散步到了对面的半月街，这段时间我总在想，我今天的表现是不是比平时更加不友好了？很显然，罗伊觉得请我给他帮忙的时机还不成熟。

我顺着半月街往前走。在刚刚经历了皮卡迪利街道上的繁华和热闹之后，半月街上的寂静显得很怡人。这是一条安静肃穆很体面的街道。沿街的大多数住宅都有房屋出租，不过，却并不是粗俗地写成租房告示那样张贴出去；有的房子像医生的诊所似的，在门口挂一块锃亮的铜牌子来说明它是要出租的，有的是在它扇形的窗户上用油漆工整地写着“有房出租”的字样。有一两家出于慎重的考虑，只写出了房主人的名字。如果你不了解这里的情况，你会以为这是一家裁缝店或是一间当铺呢。这里一点不像也有房子出租的杰明街那么交通拥挤，只是偶尔有辆漂亮的小轿车没人看管地停在门外，有时会有一辆出租车停下来放下一位中年妇女。你有一种感觉，住在这里的人似乎不像杰明街上的住户（那里的赛马汉子一早起来，昨夜下肚的酒还叫他的脑袋昏昏沉沉的，就又嚷着要喝酒）那么欢快，那么名声不好；在这里的是一些从乡下来的有身份的女人，她们每年在伦敦社交活动的季节从乡下来到这里住上六个星期；再就是一些老年绅士，他们都是一些规格较高的俱乐部的成员。他们年复一年地都到同一幢房子来租住，在房主还年轻的时候就认识房主了。我的房东费洛斯小姐曾在一些大户人家当过厨娘，可是当你看见她走着在牧羊人市场买东西时，你绝对猜不出她做过多年的大师傅。她一点不像人们想象中的女大师傅的样子，不是那种粗壮的身材，红红的脸颊，穿着宽大罩衫的女人；她身材削瘦，挺直，穿着入时、整洁，她是一个神情坚毅的中年女子；她的嘴唇上涂着口红，戴着单片眼镜。她做事干练，性情恬静，说话时带着一点儿冷冷的嘲讽，花起钱来阔绰得很。

我住的房子在一层。客厅的墙壁上贴着旧时的有云石花纹的墙纸，墙上挂着一些水彩画，上面画的都是一些浪漫的场景：骑士向他们的情人道别，古代的武士在宏伟的大厅里设宴；地上摆放着几盆巨大的蕨类植物，扶手椅上的皮革已经褪色。在我的客厅里到处弥漫着十八世纪八十年代的气息，在我向窗外眺望时，我觉得我看到的该是一辆私人双轮马车，而不是克莱斯勒牌的汽车。窗帘也是那种厚厚的红棱纹平布。

3

那天下午我有很多事情要做，可与罗伊谈话的情形，还有我前天产生的感想，以及那种萦绕在尚未年老的人们心头的对旧日的怀念（我也不知道为什么，在今天进到我的房间时，这一怀旧的情绪变得比平时越发强烈了），一起诱引着我的思绪沿着回忆的路径徜徉。那就好像是以往不同时期在我寓所住过的人们都拥到了我面前，他们操着过时的举止，穿着古怪的衣装，男人都留着羊排络腮胡，身着长礼服；女人则穿着带衬垫和有荷叶边的裙子。我不知道是我的想象呢，还是我真的听到了伦敦市井的喧闹声（我住的房子在半月街的尽头）。这种市声和六月天阳光明媚的美好天气（今天何其美丽，贞洁和充满活力）[①]，使我的遐想平添了一种强烈却并不怎么痛苦的情愫。我眼前的往事似乎失去了其真实性，它在我的眼中就好像一出正在台上演出的戏剧，我则是坐在楼上最后一排黑暗处里的一个观众。戏中的场景我都看得十分清楚。那并不像你我所过的生活，由于各种印象的接踵而来，显得轮廓不清，而是像维多利亚时代中期一位精心创作的艺术家所画的一幅风景油画那般栩栩如生。

我以为现在的生活比起四十年前有趣得多了，我觉得现在的人变

① 原文这里是法语，是法国诗人马拉美（1842—1898）的《天鹅十四行诗》的首行。

得更和蔼了。过去的人也许更值得尊重，禀有操守厚德，因为我听人们说他们有着更渊博的知识；我不知道事实是不是这样。我只知道过去的人脾气很坏，他们吃得太多，不少的人酗酒成性，很少进行身体锻炼。他们的肝脏都有毛病，导致他们的消化系统不良。他们都性情急躁。我这里所指的不包括伦敦人（我小时候对伦敦一无所知），也不包括打猎射击的达官贵人，我所说的是由乡下的人们，城镇里的平民，鲜有家资的绅士、牧师、退役的军官，以及其他诸如此类组成当地社会的人。他们过着乏味的生活，沉闷得令人难以置信。没有高尔夫球场，在个别住家的附近，或许会有一个条件很差的网球场，那也只是年纪很轻的人们偶尔玩玩。镇上的大会场每年只举行一次舞会，有马车的人家下午乘着车出去兜兜风，其他的人只好做“健身散步”！你可以说，他们从未希冀过他们脑子里压根儿就不知道的娱乐活动，他们彼此偶尔举行一些聚会，为自己的生活增添一点乐趣（往往是茶会，要求你带上乐谱，唱一些莫德·瓦莱里·怀特[①] 和托斯蒂[②] 的歌曲）。日子总是显得很漫长，让人难以打发。注定要住在一英里之内的邻居们相互间不断地发生激烈的争吵，他们天天在镇上见面，可二十年来却谁也不理谁。他们爱慕虚荣，思想顽固，行为古怪。生活在这样的环境里或许就容易产生性格古怪的人；那时的人们不像现在这样彼此有许多相似之处，他们各自凭着自己的怪癖，获得了一些小小的名声，可彼此却很难合得来。或许是我们现在的人率性，不太较真，我们彼此之间没有旧日的成见，所以能够互相包容对方。也许，我们态度粗鲁，随意，但友好；我们并不乖戾，更乐于互谅互让。

小时候，我跟叔叔和婶婶住在肯特郡的一个靠海的小镇边上。这个镇子叫作黑马厩，我的叔叔是那里的教区牧师。我婶婶是德国人。

---

① 莫德·瓦莱里·怀特，1855—1937，法国作曲家。

② 弗朗切斯科·保罗·托斯蒂，Francesco Paolo Tosti，1846—1916，意大利作曲家。

她出身于一个破落的贵族家庭，出嫁时她带过来的唯一嫁妆就是她的某个祖先在十七世纪制作的一张细木镶嵌书桌和一套平底玻璃酒杯。在我到了他们家时，这酒杯已经所剩无几，都被放在客厅里做了装饰品。我很喜欢那些密集地刻在酒杯上的很美观的盾形纹章，我也不知道它们数量有多少，我婶婶过去经常一本正经地向我解释那些纹章。纹章中站立一旁扶持着盾牌的人和兽都镌刻得很精致，那王冠上的顶饰特别富于浪漫色彩。我婶婶是个非常单纯的女人，性情温和，善良。虽然嫁给一个除了薪俸很少有其他收入的教区牧师已经三十多年了，仍然没有忘记她高贵的贵族出身。有一次，一个在当时金融界颇有名气又非常富有的伦敦银行家来这里度夏，租下了一所邻居的房子，尽管我叔叔去访问了他（我猜想，主要是为新助理牧师协会募集捐款），但是婶婶却因为他是个生意人始终没有去造访他。镇上没有人觉得她势利。大家都认为她的态度完全合情合理。那个银行家有个儿子跟我的年龄差不多，我忘了我是怎么跟他好上的。我仍然记得在我问叔叔婶婶我能不能带他到家中来玩时，他们俩为此进行了讨论；最后勉强同意了我可以领他到家中来玩，但是不允许我去他们家。我婶婶说若这次同意了，再下来我就该要去煤贩子家中去玩了，我叔叔说："不良的交友会叫你染上恶习。"

那位银行家在每个星期六的早晨都会去教堂，他总要给放善款的盘子里丢进半个英镑。不过，如果他以为他的慷慨能给人们留下个好印象，那他就大错特错了。所有黑马厩的人都知道他在捐助，可他们认为他这是在炫富。

黑马厩有一条长长的蜿蜒的街道，一直通向海边，沿街多是两层楼的房子，有许多是住宅，也有不少的商铺；从这条街道上叉出一些新近修建的距离不长的马路，一头通向乡下，另一头通向沼泽。港口周围有许多狭窄、弯曲的小巷子。一有运煤船从纽卡斯尔[1] 来到黑马

① 纽卡斯尔：英国英格兰东北部城市。

厩，港口就充满了生气。在我长大到能单独出来走动时，我常常几个小时地在这里游逛，看着那些穿着紧身套衫、性格粗犷、满身煤屑的工人把煤从船上卸下来。

正是在黑马厩我第一次遇见了爱德华·德利菲尔德。那时候我十五岁，学校放了暑假，我刚回到叔叔家里。回来的第二天早晨，我拎着毛巾和游泳裤，去往海边。天空万里无云，灿烂的太阳把空气照得热烘烘的。不过，当有北海波涛吹送来的清凉之气也融入进来时，单是生活在这里，呼吸这空气，都会令人陶醉，令人心旷神怡。冬天到来时，黑马厩的当地人走在空荡荡的大街上，都是脚步匆匆，缩着身子和脖子，尽量让那凛冽的东风少点儿吹进自己的体内。但是现在人们都在外面闲逛；他们三五成群地站在“肯特公爵”和“熊与钥匙”两家客店之间的空地上。你能听到他们那种东盎格鲁方言说话的嗡嗡声，拖着很长的音调，口音可能不太好听，可因为从小听惯了，仍然觉得它有一种恬适悠闲的韵味。这些当地人肤色健康，有着蓝蓝的眼睛和高高的颧骨，头发的颜色较浅。他们看上去真挚、坦诚。我觉得他们也许并不是特别的聪明，但忠厚，没有心计。他们身体健康，虽然个子不高，却强壮有力、行动敏捷。那个时候，黑马厩还很少有汽车，当人们站在路边闲聊时，除了给大夫的双座马车或是面包店老板的双轮轻便马车让让路外，便很少有别的车辆通过了。

经过银行时，我进去跟那里的经理打招呼，因为他也是我叔叔教区的教区委员，出来时碰上了我叔叔的助理牧师。他停下来跟我握手时，身边站着一个陌生人。助理牧师并没有把我介绍给那个人。只见那人身材瘦小，留着胡子，穿着挺花哨，裤子和上衣都是鲜艳的棕色灯笼衣料，裤腿很紧，下面是深蓝色的长筒袜、黑皮靴，头戴一顶圆顶硬礼帽。灯笼裤这种服饰那时还很少见，至少在黑马厩是这样。当时因为年纪小，又刚从学校回来，我立刻就把他看作了一个缺少教养的下等人。可在我跟助理牧师闲谈时，他却十分友好地望着我，浅蓝色的眼睛里流露着笑意。我觉得他巴不得马上就加入我们的谈话，于是我摆出一副冷峻傲慢的样子。我不想冒险，让这样一个穿着灯笼裤像猎场看守人的家伙跟我搭话，我厌恶他那种想要跟我亲近、对我示好的表情。我当时的穿着无可挑剔，下身是白法兰绒长裤，上身是胸前口袋上印有校徽的蓝法兰绒运动衣，头上戴着一顶黑白相间的宽边草帽。后来，助理牧师说他非得走了（真谢谢他这么说，因为在街上碰见熟人时，我从不知道该如何结束这碰面，苦于找不到走开的机会，我只好忍受着这偶遇的窘困和尴尬）。不过，他又说下午他会来牧师公馆，让我告诉我叔叔一声。在我们告别时，那个陌生人朝我笑着点了点头，我却狠狠地瞪了他一眼。我以为他是来这里度夏的游客，在黑马厩我们不和这些游客交往。我们都认为伦敦人很庸俗。大家说每年夏天这些市井无赖都从京城跑到这里来，真的让人讨厌，但对黑马厩的生意人来说，当然是求之不得了。不过，即便是他们在看到九月行将结束、黑马厩又要回到往日的平静时，也会宽慰地舒上一口气。

在我回到家里吃饭的时候，我的头发还没有干透，仍阴湿地贴在额头上，我告诉了叔叔，在去的路上我碰见了助理牧师，他说他下午要过来一趟。

“谢泼德老太太昨晚去世了。”我叔叔解释说。

我叔叔的助理牧师姓盖洛韦，瘦高挑个子，一头黑发乱蓬蓬地顶在脑袋上，模样儿也不好看，一张小脸显得黑黄黑黄的。他应该还很年轻，可是在我看他似乎像是个中年人了。他说话很快，而且说话时爱打手势。这种习惯让大家都觉得他很古怪，要不是因为他精力充沛，吃苦耐劳，我叔叔可能早就不用他了。我叔叔这人特别懒，很乐意有个人能够替他分担那么多的工作。在来到牧师公馆跟我叔叔谈完事情后，盖洛韦先生来到我婶婶这里问候，婶婶留下他请他喝茶。

“今天早晨跟你在一起的那个人是谁？”在盖洛韦坐下后我问他。

“哦，是爱德华·德利菲尔德。我没有给你介绍，是因为我不知道你叔叔是否愿意让你认识他。”

“我想，我是不会赞同的。”我叔叔说。

“呃，他是谁？他是咱们黑马厩镇上的人吗？”

“他是出生在这个教区，”我叔叔说，“他父亲是老沃尔夫小姐庄园弗恩大宅的管家。不过，他们都不是国教徒。”

“他娶了一个黑马厩的姑娘。”盖洛韦先生说。

“大概还是在教堂结的婚吧。”我婶婶说，“她从前真的是铁路徽章酒店的女招待吗？”

“从她的言谈举止看，倒像是干过那一行的。”盖洛韦先生笑着说。

“他们是打算长期住下来吗？”

“我想是的。他们已经租下了一幢房子，就在公理会教堂所在的那条街上。”助理牧师说。

在那个时候的黑马厩，尽管新修的街道都起了名儿，可是大家都不知道，要不就是不习惯叫它们。

“他会来教堂吗？”我叔叔问。

“我还没有跟他谈过这件事，”盖洛韦先生说，“你知道，他是个受过不少教育的人。”

“对这一点，我几乎不敢相信。”我叔叔说。

“我听说，他上过哈佛沙姆学校，在那里获得过不少的奖学金和奖章。后来，他在瓦德哈姆获得了一份继续深造的奖学金，结果他却出海去了。”

“我听说他是个冒冒失失的家伙。”叔叔说。

“他看上去不太像当过水手。”我说。

“噢，许多年前他就不干这行了。自那以后，他做过各种各样的活计。”

“什么都做过，什么也不精。”我叔叔说。

“现在，他是一个作家。”

“就这一行，他也干不长久。”

我还从未结识过一个作家，我突然来了兴趣。

“他写什么？”我问，“是书吗？”

“我想是的。”助理牧师说，“当然啦，也写文章。去年春天，他出版过一部小说。他还答应借给我看呢。”

“我要是你，就不把时间浪费在这些无聊的书上面。”我叔叔说。除了《泰晤士报》和《卫报》，我叔叔再没读过其他东西。

“他那本小说叫什么？”我问。

“他告诉了我名字，可我一下子想不起来了。”

“反正你也完全没有必要知道，”我叔叔说，“我非常反对你读小说，它们都毫无价值可言。在假期里，你最好是多参加一些户外活动。而且，我想你大概也有暑期作业吧？”

我确实有作业。那就是阅读《艾凡赫》[①]。这本书我在十岁的时候就读过了，想到还要再读一遍，而且还得写感想，心里就腻烦。

考虑到爱德华·德利菲尔德后来所取得的伟大成就，我一想起我们当时在叔叔的饭桌上是如何说人家的，就不免觉得好笑。在前不久他去世时，那些崇拜他的人纷纷要求把他埋葬在威斯敏斯特大教堂[②]，而黑马厩现任的教区牧师（在我叔叔之后，教区牧师已换过两届）则写信给《每日邮报》，指出德利菲尔德出生在他那个教区，不仅是早年，而且在他生命的最后二十五年，都生活在黑马厩，他的好几本最有名的小说的背景也都是在这个地方；所以，只有将他的尸骨安葬在黑马厩的教堂墓地里才最为合适，他的父母就是安息在肯特郡的这些榆树底下。后来，不知怎么的，威斯敏斯特大教堂的教长断然拒绝了

①《艾凡赫》，英国小说家瓦尔特·司各特的著名小说。

② 威斯敏斯特大教堂，是英国国王加冕和著名人物下葬之处。

把德利菲尔德葬在大教堂，为此，德利菲尔德太太给报社写了一封颇有尊严的信，在信中她坚信把自己的丈夫安葬在他最为熟悉最为热爱的平凡的人们中间，是在实现死者生前最大的愿望。只是在这时，黑马厩的人才松了口气。然而，如果迄今为止黑马厩人的观念还没有大的改变的话，我相信黑马厩的绝大多数都不会喜欢“平凡的人”这个表达，而且，我事后也了解到他们从来都不能够容忍这第二位德利菲尔德太太。

4

令我惊讶的是，在跟阿尔罗伊·基尔吃过饭两三天之后，我就收到了爱德华·德利菲尔德遗孀的一封信。她的信是这样写的：

亲爱的朋友：

听说你和罗伊上个星期就爱德华·德利菲尔德有过一次长谈，得知你对他赞扬有加，我很高兴。爱德华·德利菲尔德常常跟我提起你。他对你的才华非常赏识，在你那次来我们家吃午饭时，他见到你就特别高兴。我不知道你是否保存着他写给你的信件，如果有，可否让我抄录一份？你能答应来我这里住上两三日吗？我这里现在就我一个人，十分清静，你在你方便的时候来就好。很希望能再次见到你，谈谈过去的岁月。另外，我有件特别的事想请你帮忙，我相信，为了我已故的丈夫，你是不会拒绝的。

忠实于你的，

埃米·德利菲尔德

我只见过德利菲尔德太太一面，对她的印象不深，谈不上有好感；我不喜欢她把我称作“亲爱的朋友”；单凭这一点，就足以让我拒绝她的请求；而这一邀请还有一个叫我恼火的地方：不管我找一个什么样巧妙的借口来回绝，我不应邀前往的理由都会十分明显，那就是我不想去看她。我没有保存下德利菲尔德的信件。我记得许多年前他好像给我写过几封信，都是短短的几行，但那时他还是个无名小辈，就是我当时要保留信件，也不会想到要保留他的。我怎么知道他后来会成为我们这个时代的最伟大的小说家呢？我还在犹豫而没有拒绝她，只是因为德利菲尔德太太说她有事想请我帮忙，尽管我讨厌为她做事，可是如若我能帮而不帮，那未免显得我不近人情。毕竟，她的丈夫是个非常著名的人物。

这封信是跟着头一班邮件来的，吃过早饭后，我拨通了罗伊那边的电话。我刚报上我的姓名，他的秘书就帮我接通了他的电话。如果我正在写一部侦探小说，我就会马上想到罗伊是一直在等我的电话，而罗伊电话中跟我打招呼的浑厚有力的声音也恰恰证明了我的猜疑。没有人一大清早起来，心情就会无缘无故地这么好的。

“希望我没有惊了你的觉。”我说。

“天哪，那可没有！”他那爽朗的笑声带着颤音从电话那头传过来，“我七点钟就起来啦。刚才在公园里骑了一会儿马，回来正准备吃早饭。你过来跟我一起吃怎么样？”

“虽说我对你有很深厚的朋友情谊，罗伊，”我答道，“但我并不认为你就是那种我愿意与之共进早餐的人。再说，我已经吃过早饭了。喂，我刚收到来自德利菲尔德太太的一封信，她邀我到她那里小住几日。”

“哦，她跟我提到过她想请你去她家。我们俩可以一块儿去。她家有个不错的草地网球场，而且她待人也挺好的。我想你会喜欢的。”

“她到底想让我帮她做什么？”

“噢，我觉得还是让她自己告诉你的好。”

罗伊的语调很柔和，这让我想到他在告诉一个准父亲他的妻子很快就会满足他得子的愿望时，便会用这样的语调。不过，他的这一招却未能打动我。

“告诉我，罗伊，”我说，“你不要想从我这里蒙混过去。你痛快点说了吧。”

电话那边有片刻的沉默。我觉得罗伊不喜欢我的这一表达。

“你今天上午有时间吗？”他突然问，“我想过去看看你。”

“有时间，你来吧。一点钟之前我都在家。”

“我大约一个小时后到。”

我放下话筒，点上了烟斗，又瞥了一眼德利菲尔德太太的那封信。

我清楚地记得德利菲尔德太太所提到的那顿午餐。

当时，我碰巧在一位住在特堪伯里附近的霍德马什夫人家里度周末，霍德马什夫人是个聪明漂亮的美国女人，而她的丈夫却是位智力平平、没有什么风度、只爱好运动的准男爵。也许是为了给沉闷乏味的家庭生活增添点乐趣，霍德马什夫人常常在家中招待一些艺术界的人士。她举办的这些聚会有各种各样的人参加，气氛很欢快。绅士、贵族们带着惊讶、畏惧和不安的心情跟画家、作家和演员们待在一起。霍德马什夫人既不读她热心款待的这些作家的书，也不看这些画家们的画，她只是喜欢和他们在一块，享有一种她与艺术界息息相关的感觉。就是在这样的一次聚会上，谈话无意间有一会儿落到了她的邻居，享有很高威望的德利菲尔德身上，此时我插进来说，有段时间我跟这个人很熟，霍德马什夫人听我这么一说，就建议下个星期一在她的客人们要回伦敦前我们去他家看看，跟他一块吃顿饭。我有点儿犹豫，因为我跟德利菲尔德已有三十五年没有见过面了，我觉得他也许不会记得我了；即便记得（这是我在私下里想），他也未必高兴看到我。可是这中间有个叫斯卡利昂勋爵的贵族，有着狂热的文学热情，他没有像人类和自然的法则所要求他的那样去治理国家，而是把自己的精力全放在了写侦探小说上。他想要见德利菲尔德的好奇心大得出奇，等霍德马什夫人一说出她的想法，他便说这主意妙极了。这次社交聚会的主客是一高大、肥胖、年轻的公爵夫人，她对这位著名的作家也是钦佩有加，乐意辞掉她在伦敦的约会，待到星期一的下午再返回伦敦。

“这样，就是我们四个人了，”霍德马什夫人说，“我想人再多了，他们也招呼不过来。我这就给德利菲尔德太太打电话。”

我实在不想跟着这帮人一起去拜谒德利菲尔德，就试图给这个计划泼冷水。

“这会让人家讨厌的，”我说，“这么多的陌生人一下子闯进他的家里。他毕竟是个年过古稀的人了。”

“所以，要想见他就得趁早，趁现在。他活不了太久了。德利菲尔德太太说他喜欢见些客人的。一天到晚去他们家的人不是医生就是牧师，客人们去他们家，这对他们来说是个调剂。德利菲尔德太太说我随时可以带些有意思有情趣的人上他们家。当然啦，她也不得不非常的小心。各色各样的人们出于好奇都想见见他，采访者、想让他读他们作品的作者，还有一些愚蠢的、歇斯底里的女人，都来叨扰他。不过，德利菲尔德太太做得棒极了。除了她认为他应该一见的人，她成功地支开了所有人。我的意思是说，要是他会见每一个想要见他的人，那么不出一个星期，他就累垮了。她必须得考虑他的体力。我们自然是不同啦。”

当然，我认为我和那些人是不同；不过，在我看着这几个人的时候，我发现公爵夫人和斯卡利昂勋爵也认为他们自己和那些人不同；因此，我最好还是少开尊口。

我们开着一辆亮丽的劳斯莱斯牌黄色轿车去看望德利菲尔德。弗恩大宅离黑马厩有三英里。我想，它大约是在一八四〇年前后修建的一幢拉毛粉饰住宅吧，外表简朴，不张扬，却很坚固；房子前面和后面的样子完全相同，当中平整，两边有两个很大的圆肚窗，前门就开在两个窗户之间，低矮的屋顶被一道没有什么装饰的护墙所遮挡。房子周围是一个大约占地一英亩的花园，花园里虽然长满了树木，却整饬得井然有序，从客厅的窗户那里，你可以看到屋外悦人的景色，葱茏的树林和绿草如茵的坡地。客厅里的陈设一如每一个不太大的乡间宅第的客厅里所应具有的。舒适的椅子和大沙发上都罩着鲜亮的印花棉布套子，窗帘也是色泽鲜艳的印花棉布质地。在几张奇彭代尔[①]式的桌子上摆放着几个东方风格的大碗，里面盛着百花香[②]。奶油色的墙上挂着一些 20 世纪初著名画家的水彩画。房间里还摆放着一簇簇美丽的鲜花，在大钢琴的上面，有许多镶在银框里的照片，这些照片上的人都是著名的女演员、去世的作家，或是皇室成员。

难怪公爵夫人一走进客厅，就嚷着说这间屋子真可爱。一个知名作家正是应该在这样的一个房间里度过他傍晚的时光。德利菲尔德太太颇为自信大方地接待了我们。我约莫她有四十五六岁，一张有些发黄的小脸上五官倒挺端正、分明。她把一顶钟形黑色女帽紧紧地扣在她的脑袋上，身穿一件灰色的上衣和灰色的裙子。她身材苗条，个子不高也不低，整个人看上去整洁、干练、机敏。她的模样颇像是一个乡绅的守了寡的女儿，替父亲管理着教区的事务，禀有很强的组织才能。她把我们介绍给了已经在客厅的一位教士和女士，在我们进来时，他俩都站了起来。这两人是黑马厩的牧师和他的太太。霍德马什夫人和公爵夫人马上现出一副和气、谦恭的神情，有身份的人在遇到比他们身份低的人时总是这样的表情，用来表示他们丝毫也不曾意识到在他们之间有地位上的差异。

① 奇彭代尔，Chippendale，1718—1779，制作英国家具的木工，其家具式样以优美的外形和华美的装饰为特点。

② 指放在罐、碗等器皿内的干燥花瓣和香料混合物，能散发香味。

随后，爱德华·德利菲尔德也走了进来。我有时在有插图的报纸上看到德利菲尔德的照片，可现在见到他本人，还是觉得有些异样。他的个子比我记忆中的要矮，也显得更削瘦，银白色的头发稀稀拉拉地覆在脑壳上，他的脸刮得很干净，皮肤几近于透明。他的眼睛呈浅蓝色，眼圈周围略微有些发红。他看上去很老很老，他的生命就好像已系在了一根细细的线绳上，随时都有绷断的可能；他戴着一口雪白的假牙，这使他笑起来时显得很勉强和生硬。我从前见过的他总是蓄着胡子，现在刮了胡子，他的嘴唇看上去又薄又没有血色。他穿着一套式样很好看的新做的蓝哔叽衣服，低低的领口比适合他穿的要大上两三个尺码，这把他枯瘦、满是皱褶的脖子给露了出来。他戴着的黑色领带上别着一个珍珠的领带夹，看上去倒像是个穿着便服去瑞士度夏的教长。

他进到客厅里时，德利菲尔德太太迅速地瞥了他一眼，脸上现出鼓励的笑容；她一定对他整洁的外表感到甚是满意了。他跟每个客人握手，跟每个客人都友好地寒暄。等他走到我这里时，他说：

"像你这样一个事务繁忙、功成名就的人也大老远跑来看我这个老朽，真是太感谢了。"

我不免有点儿吃惊，因为听他这说话的口吻，好像我俩以前从没见过似的，我担心我的这几个朋友会认为我说曾经跟他很熟是在吹牛。我在纳闷，他难道真的把我完全忘了。

"我都记不起来，我俩上次见面是在多少年前了。"我尽力显得很热情地说。

他盯着我看了我想顶多不过也就是几秒钟的时间吧，但这几秒钟对我来说可真够漫长了。接着，我猛地一怔；他跟我（调皮地）眨了一下眼，其动作之快除了我，别人谁也没有看着，这样的表情出现在一位名人衰老的脸上，着实出乎人的意料，我几乎不敢相信自己的眼睛是不是真的看到了刚才的那一幕。很快他的脸上又平静下来，恢复了他睿智、安详、沉静、善于观察的神态。随后，侍者报午饭准备好了，我们都走进餐厅里。

饭厅的陈设也可说是极具雅致和情趣。在奇彭代尔式的餐具柜上放着银烛台。我们都坐在奇彭代尔式的椅子上，围着一张奇彭代尔式的桌子吃饭。在桌子中央的一个银盆里插着玫瑰，在银盆周围摆着的银碟里放着巧克力和薄荷奶油糖；银盐瓶擦得亮闪闪的，显然是乔治王朝时期的东西。奶油色的墙壁上挂着彼得·莱利爵士[①] 的仕女画的网线铜版印刷品，壁炉台上有一件蓝色的代尔夫特陶瓷[②] 摆设。两个身穿棕色制服的侍女在桌前伺候，德利菲尔德太太在跟我们不停地说着话的当儿，也留神注意着这两个侍女的举止。我不知道她是如何把这些体态丰满的肯特郡姑娘（她们健康的肤色和高高的颧骨表明她们都是当地女孩）训练得如此动作麻利、行为得体的。午饭的几道菜也跟这一场合相称，美味却不奢华，浇上白汁沙司翻卷起来的板鱼片，烤鸡配上新上市的土豆和嫩豌豆、芦笋和鹅莓冷布丁。这样的餐厅、这样的饭菜和这样的招待与一个享有盛名却并不富有的文人家庭正好相符。

跟大多数文人的妻子一样，德利菲尔德太太也很健谈，她从不让她这边的谈话有冷场的时候；所以，尽管我们很想听听坐在另一头的丈夫在说些什么，却始终没有这样的机会。她性情欢快、活泼。虽然由于爱德华·德利菲尔德的健康状况不佳而且年事已高，多半时间她不得不陪着他待在乡下，她却能设法不时地去一趟伦敦，好使自己跟上时代的步伐；没有多一会儿，她便和斯卡利昂勋爵讨论起伦敦各大剧院正在上演的戏剧，以及皇家艺术院里参观者太多的情况。这让她跑了两趟，才看完了所有的展品。可即便这样，她还是没有来得及看

---

① 彼得·莱利爵士，Sir Peter Lely，1618—1680，荷兰肖像画家，一六四一年移居英国，以作英国贵族肖像画闻名于世。

② 代尔夫特陶瓷：荷兰西部城市代尔夫特出产的通常有蓝色图案的陶瓷。

上展出的水彩画。而她却是那么地喜欢水彩画，因为水彩画朴实，少凿痕；她不喜欢矫揉造作的东西。

我们就这样聊着，房子的男女主人各坐在餐桌的一头，教区牧师挨着斯卡利昂勋爵坐在桌子一边，他的妻子挨着公爵夫人坐在另一边。此时，公爵夫人跟牧师太太谈起劳动阶级的住房问题——显然在这一话题上她比牧师太太似乎要在行得多，这样就免去了我的谈话之劳，我开始观察起爱德华·德利菲尔德来。他正跟霍德马什夫人说话。而霍德马什夫人显然是在给他讲如何写作一部小说，并在给他列出一些他应该好好认真去读一读的书目。他客气地听着，不时地插进一两句话，声音低得我刚好听不清楚，当霍德马什夫人讲了一句玩笑话时（她常常会说出一些非常有趣的话），他就咯咯地小声笑着，并很快地看她一眼，似乎在说：这个女人倒还不是那么蠢。我想起了过去，不禁好奇地思忖到，他会如何看这几位尊贵的客人呢？如何看待他的这位能干、事事考虑周全又整洁体面的妻子呢？还有，会如何看待他现在的这一优雅的生活环境呢？我想知道这一切是否会让他觉得开心，想知道在他友好、和蔼的态度下面是否隐藏着他的厌烦和不屑。或许是他察觉到了我落在他身上的目光，他抬起了眼睛。有一会儿，他用一种柔和却又含着怪怪的审视目光，若有所思地望着我，接着，突然之间他又朝我眨了一下眼睛，这一次我看得真真确确。这样一种顽皮的表情出现在一张衰老、布满皱纹的脸上，让我不仅感到诧异，而且感到难堪。我不知该如何做才好，只是在嘴角露出一丝不解（疑惑）的笑容。

这时候，公爵夫人加入了饭桌那头的谈话，牧师的妻子转向了我。

“你认识他好多年了，是吗？”她小声问我。

“是的。”

她四下望了望，看看有没有人在听我们说话。

“他的妻子很担心，怕你勾起他往日痛苦的回忆。你知道，他的身体非常虚弱，一点儿小事就能搅乱了他的心情。”

“我会多加小心的。”

“她对他的照顾真是无微不至。她的这种献身精神是我们每一个人都应该学习的。她意识到自己责任的重大。她的这一无私的精神难以用语言来表达。”她把她的声音放得更低了一点儿，“当然啦，他已是位进入古稀之年的老人，而人老了有时怪癖也就更多了；可我从未看到她有过不耐烦的时候。就一个全心照料丈夫的妻子而言，她简直和他一样的了不起。”

对于这样的一些评论，你很难找到对答的话，可是我知道对方在等着我的回答。

“总的来说，我觉得他的状态看上去很好。”我咕哝着。

“这都是她的功劳。”

吃完饭大家又回到了客厅，在我们站了两三分钟后，德利菲尔德也走了进来。我正在跟教区牧师聊天，因为找不到更好的话题，我俩在赞美着窗外的景致。这时，我转过身来对着德利菲尔德。

“我刚才正在说，那边的一小排村舍看上去真有诗情画意。”

“从这里看，是这样的。”德利菲尔德望着那排村舍参差不齐的轮廓，薄薄的嘴唇上现出嘲讽的笑意，“我就出生在其中的一间房子了。很怪，是吗？”

偏巧这时德利菲尔德太太一脸和蔼，匆匆来到我们这边。她的嗓音轻快又悦耳。

“噢，爱德华，我想公爵夫人一定很想看一下你的书房。她马上就得走了。”

“很抱歉，我必须赶从特堪伯利开出的三点十八分的火车。”公爵夫人说。

我们鱼贯进入位于房子另一侧的书房。书房很宽敞，有一个圆肚窗，从这里看出去的景色跟饭厅看出去的一样。这正是一个富于奉献精神的妻子会给她从事写作的丈夫精心布置的那种房间。屋子里太干净整齐了，盆盆簇拥着的鲜花赋予这里一种女性的情趣。

“就是在这张桌子上，他写出了他后期所有的作品，”德利菲尔德太太说，一边把一本打开反扣在桌子上的书合了起来，“他的精装本第三卷卷首的插图画的就是这张书桌。这是一件古式家具。”

我们都交口称赞这张写字台，霍德马什夫人在认为没有人注意的时候，用手摸了摸桌子下面的边缘处，看看是否货真价实。德利菲尔德太太朝我们快速地递了个眼色，高兴地笑了。

“你们想看看他的手稿吗？”

“我想看，”公爵夫人说，“看完我就该走了。”

德利菲尔德太太从书架上拿下一摞外面装订有蓝色摩洛哥皮面的手稿。趁在场的人都恭恭敬敬地观看着手稿时，我瞧着四周书架上的书。像作者们惯常所做的那样，我快速地扫看着屋子里的书籍，看看这里面会不会有我的作品，结果一本也没有找到；不过，我倒是看到了阿尔罗伊·基尔的一套全集和许多装帧很漂亮的小说，它们看上去都不像是被读过的样子；我猜想这些作品都是其作者们仰慕大师的才华、希望大师在书商的图书广告上能给美言几句而特意寄给他的。所有的书都整整齐齐、干干净净地摆放在那里，让我觉得它们都很少被人翻过。架上有《牛津大辞典》，装帧精美的菲尔丁、鲍斯韦尔[①]、黑兹利特[②]等英国经典作家的作品的标准版本；另外，还有大量的有关海洋的书籍；有海军部发行的一本本颜色各异、凌乱不齐的航海指南读物，还有一些关于园艺的书籍。整个房间看上去不像是一个作家的工作间，倒像是个名人的纪念室，你似乎已经看到一些零零星星的游人因没有更好的事情做，在这里游逛，似乎已经嗅到了博物馆里由于鲜有人去、空气不流通的味道。我猜想，如果说德利菲尔德现在还读

① 鲍斯韦尔，James Boswell，1740—1795，英国苏格兰传记作家。写有《塞缪尔·约翰逊传》。

② 威廉·黑兹利特，William Hazlitt，1778—1830，英国作家和评论家。

点儿什么东西的话，那就只有《园艺新闻》和《航运报》了，我看到就有这样的一摞书放在房间角落里的一张桌子上。

在女士们把想看的都看完了以后，我们跟主人告别。霍德马什夫人是个头脑很机敏的女人，此时她一定是想到了我是这次访问的起因，而我几乎还没有跟爱德华·德利菲尔德说上一句话呢，所以在走到门口时她停了下来，友好地看着我，对德利菲尔德说：

“听说你跟阿申登先生好多年前就认识了，我很想知道那个时候他是个乖孩子，还是个淘气的男孩呢？”

有一会儿，德利菲尔德用沉静、嘲讽的目光望着我。我觉得要是现在只有我们两人，他就会向我吐舌头了。

“嗨，”他回答说，“我还教过他骑自行车呢。”

我们又坐上了那辆很宽敞的黄色轿车，往回开去。

“他这人真不错，”公爵夫人说，“我很高兴我们来了这一趟。”

“他的举止很得体，很优雅，不是吗？”霍德马什夫人说。

“你真的不会是想让他拿刀子吃豌豆吧？”

“我希望他会，”斯卡利昂说，“那将是多么富于戏剧性的一个画面啊。”

“我觉得那很难，”公爵夫人说，“我试过很多次，没有一次能把它们停在刀面上。”

“你一定要用刀扎住它们。”斯卡利昂说。

“不是那样的，”公爵夫人反驳说，“你得让它们平稳地停在刀面上，可它们总是一个劲儿地乱滚。”

“你们认为德利菲尔德太太怎么样？”霍德马什夫人问。

“我认为她起到了她该起的作用。”公爵夫人说。

“可怜的人儿，他太老了，他必须得有个人照顾。你们知道吗？她以前是医院里的护士。”

“噢，是吗？”公爵夫人说，“我还以为她以前是他的秘书或是打字员什么的。”

“她这人很好。”霍德马什夫人护着她的朋友说。

“呃，是不错。”

“在二十年前，他得过一场大病，她当时是负责他的护士，在他病好以后，他娶了她。”

“男人们很怪，不是吗？她一定比他小几十岁呢。她超不过四十，最多超不过四十五岁。”

“不，我不这么认为。我看她有四十七岁了。听人说她为他付出了许多。我的意思是说，她把他整个人照料整饬得够体面了，阿尔罗伊·基尔告诉我说，在这之前，他几乎过着放浪不羁的生活。”

“一般而言，作家们的妻子都很讨厌。”

“和她们在一起真乏味，不是吗？”

“乏味透了。我真纳闷难道他们自己就看不出来这一点吗？”

“这些可怜的太太，她们总以为人们都很喜欢她们呢。”我咕哝着说我们到达了特堪伯利，在火车站放下了公爵夫人后，我们继续前行。

5

爱德华·德利菲尔德说得一点儿也没错，他曾教过我骑车。我最初正是这样跟他认识的。我不清楚低座自行车到底发明有多久了，我只知道在我所住的肯特郡这样的僻远地区，骑车的人还寥寥无几，当你看到有人骑着实心轮胎的自行车飞快地从你身边驶过时，你会转过身子去眺望，一直看到看不见它的时候。对黑马厩的中年男子来说，骑车人乃是他们调笑的对象，他们说用他们的两条腿走路就蛮好的；而老一些的女士一见骑车人过来，便会吓得赶忙往路边跑。我真羡慕那些把自行车骑到校园里的男孩子。骑到校门口时，他们常常双手离把，炫耀他们高超的技艺。我缠着叔叔让他在暑假到来时给我买一辆，我婶子不同意，她说我会摔断了我的脖子的，我叔叔倒没有太坚决地反对，因为我是用自己的钱买。在学校放假前我订购了车子，几天以后，物流公司就从特堪伯利把它运了过来。

我决心靠自己来学会自行车，学校的同学们告诉我，他们都是只用了半个小时就学会了。我练啊，练啊，却毫无效果，最后我不得不对自己说，我是个笨得不能再笨的人。尽管我已不像开始时那么要强，让花匠在车子后面扶着我学，可到了中午时，我还是跟刚学的时候一样，跨不到车子上面去。第二天，我想也许是靠着牧师公馆的这条马车道弯道太多，不利于学，所以我把车子推到了附近的一条又平又直的马路上，这条路很偏静，没有人会看到我摔跤出丑。我试了好几次想跨到车子上，可每一次都摔了下来。我的小腿撞到脚蹬子上生疼生疼的，浑身又热得冒汗，心里也变得烦躁起来。在这样子练了半个小时后，我甚至开始想是不是上帝在有意为难我，不让我学会，可我的拗劲也上来了（一想到我叔叔，上帝在黑马厩的代表，也许会为此而取笑我，我就受不了），仍在努力地学着。谁知这时我又烦心地看到有两个人骑着车沿着这条僻静的道骑了过来。我赶紧把我的车子推到了路旁，在路牙边上坐了下来，装着没事似的望着大海，像是我刚骑了很远的路，现在坐在这里眺望浩瀚的海想养养精神。虽然我有意把目光避开向我骑过来的这两个人，可我仍然能够觉得出来他们离我越来越近了，我用眼睛的余光看到来人是一男一女。在经过我时，那个女的突然歪向我坐着的马路边，撞上了我，自行车也倒在了地上。

“噢，抱歉，”她说，“我知道遇到你我就会摔跤的。”

在这种情况下，我再也无法对着海出神了，我的脸一下子涨得通红，跟人家说这没有关系的。

在女子跌倒的时候，那位男子也下了车子。

“你没有摔着你自己吧？”他问。

“哦，没有。”

这时，我认出了这个男人，他就是前几天我看见跟助理牧师一起走着的那个作家，爱德华·德利菲尔德。

“我正在学骑车，”这位男士的同伴说，“只要我看到马路上有什么人或是车，我总会摔倒。”

“你不就是牧师的侄儿吗？”德利菲尔德说，“那天我们见过面了。盖洛韦告诉了我你是谁。这位是我的妻子。”

她伸出手来，一副异常坦诚的神情，在我握住她的手时，她给我使劲地一握，让我感觉到她由衷的热忱。她的嘴唇和眼睛里都充满着笑意，甚至就是在那个时候，我也觉得出来在她的笑容里有一种特别悦人的东西。我一时很是慌乱。见了陌生人我总是特别不好意思，我没能把她的长相细细地看在心里，只觉得她是个高挑健硕的金发女郎。我不清楚是我当时留意到的，还是我事后记起来的：那天她穿着一条蓝哔叽布的长裙，一件前胸和领子都上过浆的粉红色衬衫，在她浓密的金发上戴着一顶那时叫作“硬壳平顶帽”的草帽。

“我觉得骑车很有趣。你觉得呢？”她看着我靠在路边台阶上的崭新的自行车说，“自行车骑好了，那一定是一种享受吧。”

我想她这话里隐含着一种对我骑车技术的赞赏，于是我说：“这就是个多实践的事儿。”

“这仅是我第三次学骑车。德利菲尔德先生说，我学得很快，可我觉得自己笨得都想要踹我自己了。你是学了多长时间学会的呢？”

我的脸一下子红到了耳朵根上。我几乎羞于把真情告诉人家。

“我还不会骑车。”我说，“我刚刚买下这辆车子，这是我第一次试着学。”

这里我隐瞒了一点儿实情，不过，为了安慰自己的良心，我在心里又补充了一句说，除了昨天在家里花园的那一次。

“如果你愿意的话，我可以教你。”德利菲尔德很友好地说，“来吧。”

“噢，不，”我连忙说，“我真的不愿这么麻烦你。”

“为什么不呢？”他的妻子说，她蓝色的眸子里依然是那一悦人的笑意，“德利菲尔德先生愿意帮你，我呢，也能趁这个机会休息一下。”

德利菲尔德帮我推过来了自行车，我有点不好意思，却又抵不住人家的一片盛情和执着，笨手笨脚地跨到了车子上面。我一会儿左一会儿右地摇摆着，可德利菲尔德却能把车子撑得稳稳的。

“再快一点。”他说。

我加快地蹬了起来，在我左右摇晃着时，他扶着车子跟着我跑。尽管有他给我撑着，我最终还是从车子上摔了下来，此时我们俩都觉得热极了。在这种情况下，要保持教区牧师的侄子对沃尔夫小姐的管家的儿子应有的冷淡和距离感，恐怕是很难了。我站起来后开始往回骑，其中有三四十米实际上是我独自骑过来的，德利菲尔德太太看到后站在路中央，双手叉着腰，冲着我喊："加油，加油，两次成功，一次失败，快学会了。"我高兴地大声笑着，全然忘记了自己的社会地位高于他们的这个事实。我自己从车子上跨了下来，脸上流露着难以掩饰的胜利感，毫不忸怩地接受了德利菲尔德夫妇对我的祝贺：我第一天学自行车就学会了，这孩子脑子真灵。

"我想看看我自己能不能骑上去。"德利菲尔德太太说，我坐到了路牙边上，和她丈夫一起看着她一次次不成功的尝试。

尽管没有成功，可她愉快的心情丝毫也没有受到影响，没过多一会儿，她也想歇歇了，就坐在了我身边。德利菲尔德抽着烟斗。我和她聊着天。当时我并没有意识到，可我现在知道了，在她的言谈举止中间有一种令人折服的坦诚，让你会很快消除不安的心理。她充满着生命的活力，像个孩子那般热烈地、不停地倾吐着，她明亮的眸子里总是流溢着迷人的笑意。我也不知道我为什么喜欢她的笑容。应该说在那里面不乏一点儿小小的狡黠，如果狡黠不是一种令人不悦的品质的话；可那笑容又显得太天真太纯洁了，让人觉得那不可能是狡黠。毋宁说是一种调皮的神情，就像孩子做了一件他觉得是很有趣的事儿，可他心里也十分清楚你会认为他淘气的；不过，他也知道你不会真的生他的气，如果你不能很快地发现出来，他便会自己来告诉你的。当然啦，在那时，我只是觉得她的笑容能祛除了我的紧张，使我的精神放松。

过了一会儿，德利菲尔德看了看他的手表说他们该回去了，并建议我们浩浩荡荡一块儿骑回去。可我想到这正是我婶婶和叔叔每天散步从城里回到家里来的时候，怕万一让他们看见了我跟他们不愿让我与之相处的人们在一起；所以，我说他们还是先走吧，因为他们都骑得比我快。德利菲尔德太太还是坚持要一块回去，可德利菲尔德给了我一个颇有意味、善解人意的眼色，使我觉得他一定是识破了我的借口，我不由得脸红了。他说：

“哦，让他自己骑着走吧，罗西。他一个人会骑得更好一些。”

“好吧。你明天还来这里吗？我们还来的。”

“我尽量吧。”我回答说。

他们先骑着走了，过了几分钟，我也动身回去。一路上，我心里都美滋滋的，一直骑到牧师公馆的大门口，我也没有摔下来过。在吃饭的时候，我把自己夸赞了一番。不过，我并没有提起遇见德利菲尔德夫妇的事。

第二天十一点来钟的时候，我从马车房里取出自行车。虽说叫马车房，其实它里面连个小马车也没有，只是花匠用来放割草机和辊轧机，玛丽·安用来放她的喂小鸡的饲料袋子的地方。我把车子推到了大门口，费了不少的劲儿才跨了上去，然后沿着特堪伯利大道一直骑到从前收税的关卡，从那儿拐进了欢乐巷里。

那天，天空格外地湛蓝，北海那边吹来的清凉海风在跟这里的热空气相遇交融时，似乎能听到冷热空气交汇时发出的响声。天是明朗朗的天，但并不酷热。太阳把它的光儿直直地照射在白晃晃的路面上，又像个皮球似的向天空中反弹了回去。

我在这里骑来骑去地等着德利菲尔德夫妇，很快我看到他们俩骑了过来。我跟他们招手，掉转了车把（我是下了车子才掉过头来的），我们三人一块儿往前骑。德利菲尔德太太和我相互祝贺着彼此的进步。我们提心吊胆地骑着，死死地握着车把，一下子也不敢松开，可心情却异常兴奋，德利菲尔德说等我们一旦熟练到能骑得稳当了，我们就骑车去黑马厩的周边好好地玩玩。

“我想在我们附近的地方拓一两块碑。”他说。

我不明白他的意思，而他也没有做进一步的解释。

“以后我会做给你看的，”他说，“你觉得你明天能骑上十四英里吗？去七英里，回来七英里。”

“当然能啦。”我说。

“我会给你带上一张纸和一些蜡，你也可以试着拓片。只是你最好征求一下你叔叔的意见，看看他是否同意你去。”

“我不需要经过他的同意。”

“不管怎样，我觉得你最好还是问问你叔叔的好。”

这个时候，德利菲尔德太太一直用她那种独特的目光——调皮可又很友好的目光——看着我，我的脸唰地一下红了。我知道要是我问我叔叔，他一定会说不的。最好还是不跟他提的好。可就在我们这样骑着车走着的当儿，我看见医生的双轮小马车朝着我们驶了过来。在他经过我们的时候，我拿眼睛直愣愣地望着前方，徒劳地以为只要我不看他，他就不会看到我了。我的心里很不安。如果医生看到我了，那么这个消息就会迅速地传到我叔叔和婶婶的耳朵里，我在想，把一个已不再能保存住的秘密自己先说出来，是不是更为妥当？当我们在牧师公馆的大门口分开时（盛情难却，我没法不跟他们一起骑到了我的家门口），德利菲尔德说，如果我第二天能跟他们一块去，最好是能早一点儿去找他们。

“你知道我们住在什么地方，对吧？就在公理会教堂的隔壁。叫莱姆乡间别墅。”

在我坐下来吃饭的时候，我留心寻找着时机，想把我“偶尔碰到”德利菲尔德夫妇的事在不经意间告诉给叔叔，谁知在黑马厩消息比什么都传播得快。

“今天早晨和你一块骑自行车的那两个人是谁？”我婶婶问，“我们在城里碰上了安斯蒂医生，他说他看见你了。”

我叔叔闷闷地吃着他盘子里的烤牛肉，脸上一副不赞同的神情。

“是德利菲尔德夫妇，”我装着没事似的说，“你们知道，就是那个作家。盖洛韦先生认识他们的。”

“他们在这里的名声很不好，”我叔叔说，“我不希望你跟他们来往。”

“为什么？”我问。

“我不想告诉你我的理由。我不希望你这么做，这就够了。”

“你是怎么认识他们的？”我婶婶问。

“我正骑着车走，他们也骑着车走，他们问我愿意不愿意和他们一块儿骑。”我说，略微改变了一点儿事实。

“我说你这交友是不是也太快了一点儿？”叔叔说。

我有点不高兴了。一会儿甜食端了上来，尽管是我最喜欢吃的多汁可口的紫莓馅饼，我也不去碰，以此来表达我的气恼。我婶婶问我是不是身体不舒服了。

“没有，”我摆出一副很傲、很神气的样子说，“我好着呢。”

“那就吃一点儿吧。”婶婶说。

“我不饿。”我回答说。

“就为让婶婶高兴，也吃一点儿。”

“他一定知道他自己吃饱了没有。”我叔叔说。

我狠狠地瞪了叔叔一眼。

“我并不反对吃上一小块。”我说。

我婶婶给我掰了一大块，我慢慢地吃着，像是有一种严厉的职责感在逼使我，让我做着一件自己极不情愿做的事。紫莓馅饼的味道很美。玛丽·安做的这种松脆馅饼放到嘴中就融化了。可当婶婶要我再吃上一块时，被我冷冷地拒绝了。婶婶不再坚持。我叔叔做起祷告，我气鼓鼓地去了客厅。

在我觉得仆人们也差不多吃完了饭时，我便溜进了厨房。艾米莉正在餐具室擦拭着银器。玛丽·安在洗着碗碟。

“哦，我说德利菲尔德这两口子能有什么不好呢？”我问玛丽·安。

玛丽·安十八岁就来到了牧师公馆。在我小的时候，她给我洗澡，我感觉不舒服时，她把药粉放在梅子酱里喂我，我上学时她为我整理行装，我病了时精心地照顾我，我厌烦了时读故事给我听，在我淘气时则狠狠地骂我。打扫房间的女仆艾米莉是个轻浮的女孩，玛丽·安说要是让艾米莉从小照料我，她真的不知道我会变成什么样子呢。玛丽·安是黑马厩当地的女孩。她从来没有去过伦敦，我想就是到特堪伯利她这一生也顶多去过三四次。她从未生过病，从未歇过假日。每年叔叔支付她十二英镑。一个星期里她有一个傍晚去城里看她的母亲（她给牧师公馆洗衣服），每个星期天的晚上她去教堂。玛丽·安知道黑马厩这个地方发生的一切事情。她熟悉这里的每一个人，知道是谁娶了谁、谁家的父亲是害什么病死的、谁家的女人生了多少个孩子、他们叫什么名字。

在我问了玛丽·安这个问题时，她把一块湿抹布啪的一声丢在洗碗池里。

“我并不怪你的叔叔，”她说，“如果你是我的侄儿，我也不会让你跟着他们到处跑的。你想想他们竟然能邀你和他们一块儿骑车。一些人就是什么事情也做得出来。”

看得出来，在餐厅里的谈话已经传到了玛丽·安这里。

“我已不是个小孩子了。”我说。

“那会使事情变得更糟。他们的脸皮也真厚，竟敢把家安在了这儿！”玛丽·安在说话时，往往把位于字首的“h”音省略掉，“租了个房子，把自己装扮成绅士和贵妇人。别动那块馅饼！”

紫莓馅饼就放在厨房的桌子上，我用手指掐了一点儿它上面的酥皮，放进嘴里。

“那是我们的晚餐。如果你想再来一块，为什么不在吃饭的时候要？特德·德利菲尔德干什么也干不长。他上过不少的学。我为他的母亲感到难过。他从生下来的那天起，就没有叫他的母亲好活过。后来是他娶了罗西·甘恩。人们告诉我说当他跟母亲说他要娶她时，他母亲一下子气得就卧床不起，在床上躺了三个星期，跟谁也不说话。”

“德利菲尔德太太在结婚前是叫罗西·甘恩吗？不知道她是哪家姓甘恩的孩子？”

甘恩是黑马厩最常见的姓氏之一。在教堂的墓地里到处都有姓甘恩的人的坟茔。

“噢，你不会知道这家人的。老乔赛亚·甘恩是她的父亲。他也是个放荡的人。参军回来时，一条腿安了假肢。他四处干油漆活儿，可常常没有活干。他们家住在黑麦巷我们家的隔壁。我和罗西常常一块儿去主日学校。”

“可是她看上去比你小啊。”我说，由于年纪轻，我不免会有些冒失。

“她再也没有三十岁可以活了。”

玛丽·安是个身材娇小的女人，鼻子长得又短又扁，牙齿也不好，可肤色挺好的，我想她最多超不过三十五岁。

“不管她怎么打扮自己，让自己年轻，罗西顶多比我小上四五岁。人们告诉我她现在穿戴打扮得都快让人认不出来了。”

“她以前真的当过酒吧的女招待吗？”我问。

“是的，开始时是在铁路徽章酒店，后来是在哈佛沙姆的威尔士亲王羽毛酒店。先是里夫斯太太在铁路徽章酒店的酒吧间雇用了她，最后迫于压力不得不辞退了她。”

铁路徽章是个不起眼的小酒店，位于从伦敦开往沙塔木和多佛尔的火车站对面。酒店里弥漫着一种放纵的欢娱气氛。在冬天的夜晚当你经过这里时，透过玻璃的门窗，你能看到男人们懒散地在酒吧那里游逛。我叔叔对这个酒店深恶痛绝，多年来一直想取缔了它的营业执照。它是铁路搬运工、运煤船上的工人和农场劳工经常喝酒的地方。黑马厩有身份的居民根本不屑于到那里去，在他们想喝杯苦啤酒时，他们会去“熊与钥匙”或是“肯特公爵”客店。

“哦，她在那里做什么？”我眼睛睁得大大地问。

“还有什么事情是她不做的呢？”玛丽·安说，“如果让你叔叔知道我在告诉你这样的一些事情，你想他会怎么说我呢？进来喝酒的男人，她没有一个不去勾搭的。不管他们是谁，是哪行哪业的。她无法对一个男人好，总是好了一个又一个。我听人们说那简直是让人作呕。正是在这个时候，她跟乔治勋爵好上了。当然啦，这不是乔治勋爵通常来的地方，他那么个大人物，不可能来这种地方。只是有一天他的火车晚点了，他碰巧走进这家酒店，看见了她。自那以后，乔治勋爵就再也离不开那个地方了，整天跟那些粗俗的普通劳工混在一起。当然啦，他们都知道他去那儿是为了什么，都知道他有妻子还有三个孩子。噢，我真替她难过！这件事被传得沸沸扬扬。唉，最后里夫斯太太实在听不下去人们的议论，她说对人们的流言蜚语她一天也不想忍受了，她给了罗西工钱，告诉她打包行李走人。甩掉了这个惹是生非的包袱，我为里夫斯太太感到庆幸，我当时就是这么说的。”

对乔治勋爵我很熟悉。他的名字叫乔治·肯普，至于勋爵这个称号则是人们看不惯他那副派头十足的样子给他起的绰号。他是我们这一带的煤炭商人，同时也做着一点儿房地产生意，还拥有一两艘运煤船上的股份。他住在一幢于自己的宅基地上建起的新砖房里，出门乘坐着自己的双轮轻便马车。他身体强壮，面庞红润，留着一撮山羊胡子，长着一双毫无怯色的蓝眼睛。现在回想起来，我觉得他非常像荷兰古老油画中的那种性情欢快、红光满面的商人。他穿戴得总是很花哨，每当看到他驾着轻便马车从大街中央快速地驶过——穿着大纽扣、淡黄色的细纹薄呢外套，一顶棕色圆顶礼帽歪着戴在脑袋上，一朵红色的玫瑰花插在扣眼里——你就忍不住会多看他几眼。礼拜天他喜欢穿着礼服、戴一顶光亮的高顶礼帽去教堂。人们都知道他想做教区委员，很显然凭他的能力他是能为大家做点事情的，但我叔叔说在他的任期内他休想，尽管为了表示抗议乔治去分离派教堂做了一年多的礼拜，可我叔叔依然没有松口。在城里碰上了，我叔叔也不会跟他打招呼。后来双方之间达成了一个妥协，乔治勋爵又上教堂来做礼拜了。不过，我叔叔的让步很有限，只是叫他做了副教区委员。黑马厩的绅士们觉得他很粗俗，我也毫不怀疑地认为他这人爱虚荣，好吹牛。他们（指绅士）讨厌他的大嗓门和他放纵的笑声——当他在路边跟一个人说话时，你在马路的另一边也能听得清清楚楚——他们觉得他的言谈举止令人憎恶。他对人表现得过于亲近；他和绅士们说话时，就好像他压根不是个生意人一样；他们说他有些太放浪，太爱出风头了。不过，假如他以为凭他做的这一切——对人过分亲热的态度，他对公共事务的参与，在划船比赛或是收获节到来需要捐赠时他的慷慨解囊，以及随时向任何人施予援手的意愿——就能够消除他与黑马厩人们之间的隔阂的话，那他就大错特错了。他想与人交往的热情和为此所做的努力遇到的都是人们的冷眼和敌意。

我记得有一次大夫的妻子来看我婶婶，艾米莉进来对我叔叔说乔治·肯特先生前来拜访他。

“可我听到是前门的门铃在响，艾米莉。”我婶婶说。

“是的，夫人，他走的是前门那边。”

此时出现了片刻的难堪。谁也不知道该如何应对这一不常出现的情况，就是艾米莉（她知道什么人该走前门，什么人走边门，什么人走后门）也有点儿慌乱起来。我婶婶是个软心肠的人，我想无论是谁来访，让自己处在了这样一个尴尬的境地，她也会为他感到难过的；大夫的妻子只是鼻子里轻蔑地哼了一声。最终，还是我叔叔镇定了下来。

“把他带进书房吧，艾米莉，”我叔叔说。“我喝完这杯茶就过去。”

但乔治勋爵依然是那副兴高采烈、大大咧咧、吵吵嚷嚷、神气活现的样子。他说整个镇子都太死气沉沉了，他要将它唤醒。他打算请来铁路部门，在这里开通旅游列车。他不明白黑马厩为什么不能成为另一个马盖特[①]，为什么他们就不能有个市长，弗恩湾不是就有个市长吗？

“我想大概是乔治勋爵他自己想当市长吧，”黑马厩的人们嘲讽地噘起他们的嘴唇说，“骄傲定会叫他栽跟头的。”

我叔叔说，你能把一匹马牵到河边，你却不能硬按下它的头叫它饮水。

可以说，像所有黑马厩的人一样，我对乔治勋爵也是充满了轻蔑和嘲讽。他竟敢在马路上拦住我，直呼我的名字，跟我随便地聊天，仿佛在我俩之间没有任何社会地位的差别似的。他甚至建议我跟他的几个年龄与我相仿的儿子一块儿打打板球。他们都在哈佛沙姆上文法学校。当然啦，我是不可能跟他们有任何瓜葛的。

玛丽·安告诉我的事情让我感到震惊和激奋，只是我很难相信她的话。我在学校读了许多的书，学了不少的知识，对爱情还是知道不少的。我认为爱情只是和年轻人有关。我无法想象在一个留了山羊胡子、已有了几个像我这么大的儿子的男人身上，还会有这类情感。我以为人只要一成家，所有这样的感情就都不复存在了。三十岁以上的人再谈恋爱，给我的是一种怪怪的感觉。

“你不是在说，在他们俩之间什么事都已经发生过了吧？”我问玛丽·安。

“从我所听到的，我以为没有什么事情是罗西·甘恩不敢做的。乔治勋爵并不是她的唯一。”

“那么，为什么到现在她还没有孩子呢？”

在我所读过的小说里，只要有可爱的女子不珍爱自己做下蠢事

① 马盖特，Margate，英国肯特郡萨尼特岛的一个海港城市。

的，总会有个婴孩来到人世。至于她生小孩的原因，作者总是处理得极其谨慎，有时候只是用一组星号来做出暗示，可这样的结果却总是不可避免的。

“我说，能否避免怀上孩子，那主要是凭运气，而不是靠你小心的防范。”玛丽·安说。这时她不再擦干手中的盘子，停下来定了定神。“在我看，你似乎懂的比你应该知道的多得多。”她说。

“我当然知道得多了。”我颇有点儿得意地说，“说到底，我实际上已经长大了，不是吗？”

“我还能告诉你的是，”玛丽·安说，“在里夫斯太太解雇了罗西以后，乔治勋爵就在威尔士亲王羽毛酒店给她找了份工作，这以后他总是乘着他的双轮马车到那边去喝酒。你能说这两个地方的酒会有什么不一样吗？”

“那么，为什么特德·德利菲尔德还要娶她呢？”我问。

“我哪里知道？”玛丽·安说，“他是在羽毛酒店见到的她。我想，也许是他找不到别的女人了吧。没有哪个体面自爱的女孩会嫁给他的。”

“他了解她吗？”

“你最好是去问他自己。”

我没吭声。这一切都使我感到困惑。

“她现在看上去好吗？”玛丽·安问，“她结婚以后我就再也没有见过她。在我听说发生在铁路徽章酒店的事情后，我甚至再也没有理过她。”

“她看上去挺好的。”我说。

“哦，你要见了她，问问她是否还记得我，看她怎么说。”

6

我打定主意，第二天早晨我就跟德利菲尔德夫妇一块儿去，我知道若是征求叔叔的意见，他是不可能同意的。如果事后他发现我去了，跟我大吵一架，那也毫无办法，如果特德·德利菲尔德问我有没有征得我叔叔的同意，我会跟他说我得到叔叔的允许了。不过，我完全没有必要去编织谎话了。下午在海水涨潮时，我走着到海边去洗浴，叔叔到城里有事，和我一块儿走了一段路。在我们走到熊与钥匙客店时，正碰上特德·德利菲尔德从里面出来。他看到我们后，便径直朝着我叔叔走了过来。他那副镇定的样子令我惊讶。

“下午好，牧师，”他说，“我不知道你还记不记得我。小的时候我常常在教堂的唱诗班里唱歌。我叫特德·德利菲尔德。我已故的父亲是沃尔夫小姐家里的管家。”

叔叔平时胆子很小，德利菲尔德主动上前来跟他打招呼，着实叫他惊了一跳。

“哦，我记得你的。听到你父亲去世的消息，我很难过。”

“我已经跟你年轻的侄子交了朋友。我想知道你能否允许他明天跟我一起骑车出去。他一个人骑车挺没意思的，我正好要到弗恩教堂那里去拓一块碑。”

“谢谢你的好意，可……”

我叔叔刚想要拒绝，但德利菲尔德打断了他的话。

“我一定不让他捣乱惹事的。我想他自己或许也想要拓上一张吧。他会感兴趣的。我会给他一些纸和蜡，他不会有任何的花费。”

我叔叔并不是那种思维连贯的头脑，特德·德利菲尔德要为我支付纸和蜡的建议惹恼了他，叫他一下子全然忘记了他要拒绝我去的想法。

“他自己完全买得起纸和蜡，”我叔叔说，“他的零用钱足够他花的，他最好还是把它用在像这样的一些事情上，这比他买糖果吃得让自己生病强多了。”

“好吧，如果他去海沃德文具店，就跟店主说要我刚买过的这种纸和蜡，他们会拿给他的。”

“我要去海边了。”我说，担心叔叔会改变主意，我赶紧跑到马路对面去了。

7

若不是出于善意和好心，我真不知道德利菲尔德夫妇为什么会这么愿意跟我交朋友。我不是那种性格活泼的男孩，也不怎么爱说话，如果我多少引起了特德·德利菲尔德对我的兴趣，那也一定是不自觉的。或许对我所持有的那种优越感，他觉得好玩。我总认为与沃尔夫小姐管家的儿子（我叔叔称他为穷文人）交朋友，在我这方面是屈尊降贵；有一次我带着些许的傲慢，向他借一本他写的书看看，当他说我是不会对他的书感兴趣时，我信了他的话，没再坚持。自从我叔叔同意了我跟德利菲尔德夫妇一起外出以后，他就不再反对我跟他们交往了。有时候我们一块儿乘船到海上，有时候我们去风景优美的地方，德利菲尔德会在那里画些水彩画。我不知道是英国那时候的气候就比现在好，还是那时我年轻觉得一切事物皆都美好，在我的印象中，整个夏天都是在阳光明媚中度过的，好天气一个接着一个，从未有过中断。我开始对有丘陵起伏、物产丰富和风景如画的乡间产生了一种特别的情感。我们骑车出去，一个教堂挨着一个教堂地跑，我们摹拓那里的碑刻，其中有身披盔甲的骑士，也有贵妇人穿着那种僵硬的用鲸骨衬箍撑开的裙子。特德·德利菲尔德拓碑的热情感染了我，让我也劲头十足地拓了起来。我颇为自豪地把我劳动的成果拿给叔叔看，我想叔叔这一下也不会有什么意见了，不管我的同伴怎么样，只要我是在教堂范围内活动，就不会弄出什么乱子伤害到自己。在我们工作时，德利菲尔德太太常常就待在教堂的院子里，她不坐下来看书，也不带针线活，多是在院子里来回转悠；她能够长时间地什么也不做而不感到厌烦或是无聊。有时候我走到教堂外面，跟她在草地上坐上一小会儿。我们聊我的学校，我学校的朋友和老师，聊黑马厩的人，或者是随便说点什么。我很高兴她称我阿申登先生。我想她是第一个这样称呼我的人，这让我觉得自己长大了。我不喜欢人们叫我威利少爷。我觉得无论谁叫这样的名字，都会显得有点儿可笑。实际上，我也不喜欢我现在的名字，我花了不少的时间给自己起了一些更适合我的名字。其中，我比较喜爱的是罗德里克·雷文斯沃思，我在纸上刚劲有力地一遍又一遍地书写着这个名字。还有鲁多维克·蒙哥马利这个名儿也不错。

我怎么也想不通玛丽·安说德利菲尔德太太的那些话。尽管我在理论上也知道人们在结婚以后会干什么，而且能用最直截了当的语言把这些事实讲出来，可实际上我还是不真正明白这些事情。我觉得那些话令人憎恶，我也并不完全地相信。就像我知道地球是圆的，可我每天见到、感觉到的地球却是平的。德利菲尔德太太看上去那么坦诚，她的笑声那么爽朗，她的言谈举止几近于像孩子那般的天真烂漫，我简直不能想象她会和海员们“混在一起”，尤其是会跟那个粗鲁、讨厌的乔治勋爵厮混。她一点儿不像我在小说中读过的那种坏女人。当然啦，我也知道她不是那种“举止优雅”的女子，她说话带着很重的黑马厩这个地方的口音，她时常会漏掉字首“h”的发音，有时候她说话中出现的文法错误令我惊诧，可尽管是如此我却没有办法不喜欢她。我最终得出结论说，玛丽·安所告诉我的应该全是谎言。

有一天，我无意中跟她提到玛丽·安是我们牧师公馆的厨师。

“玛丽·安说她家就住在黑麦巷里你家的隔壁。”我说，心里想着我这就会听到德利菲尔德太太说她从来也没有听说过这个人了。

然而，她却笑了，她蓝色的眸子里闪烁着光亮。

“是的。她常常送我到主日学校。她常常是费很大的劲儿，才能叫我安静下来。我早就听说牧师公馆雇了她。没想到她现在还在那里！我好多年没有见过她了。我真想再见见她，聊聊我们的过去。请你代我问她好，告诉她在她哪天傍晚没事的时候过来坐坐。我请她喝茶。”

我听了这话有点儿惊讶。毕竟德利菲尔德夫妇是住在他们打算要买下的一所宅子里，他们还雇着一个干杂活的仆人。他们请玛丽·安来家喝茶显然不太合适，而且让我也会觉得为难。德利菲尔德夫妇似乎对一个人可以做什么事，不可以做什么事，毫不知晓。他们谈到他们过去做过的事情（我没有想到他们竟然还会提到）时的态度，总是使我感到很尴尬。我并不知道我们那个地方的人有那么强的虚荣心，总是想使自己显得比实际的状况更富有、更气派。可现在回头去看，我真的觉得他们过的是一种虚伪、造作的生活。他们是生活在一层体面的外罩下面。你永远不会瞥见他们穿着衬衫、把脚搁在桌上的时候。到了午后时，女士们不穿上下午的盛装，你是不会看到她们的身影的。他们私下里过着颇为拮据的生活，所以你不能为吃顿便饭随意前往，可在他们要招待客人时，桌子上会摆满了放也放不下的美食。有灾难降临到哪个家庭的头上时，这家人仍然会高昂着头，好像什么事也没有发生过似的。家里的哪个儿子可能会娶了一个女戏子，但这家人绝不会提及这件丑事，尽管邻居们会在私下议论，可当着这家人的面他们小心谨慎得连“剧院”这两字也不会提到。我们黑马厩的人都知道，买下三山墙豪宅的格林考特少校的妻子跟商界有些关系，可无论是少校本人还是他太太，从未提及或是暗示出过这个不光彩的秘密。尽管在背后对人家嗤之以鼻，可在他们面前我们甚至都不太好意思提起陶器（这是格林考特太太主要收入的来源）。人们还常听说这样的事：一位生了气的父亲剥夺了儿子的继承权，或是告知他的女儿（像我母亲一样，她也找了个律师）再也不要回来，免得辱没了他的门风。我已经习惯了这一切，早已见怪不怪，认为这一切似乎都很平常、很自然。令我震惊的是，听到特德·德利菲尔德像全然没事似的提到他在霍尔本街的一家饭店里当过侍者。我知道他出过海，当过海员：那种经历很是浪漫；我知道书中的男孩在他们得到丰厚的嫁妆、找到一个伯爵的女儿之前，常常会做水手，或者是经历其他各种令人激奋的冒险；可特德·德利菲尔德后来却是在梅德斯通[①] 赶过出租马车，在伯明翰的一个售票处当过售票员。有一次，我们骑车经过铁路徽章酒店，德利菲尔德太太很随意地提到她曾在这里工作过三年，好像这是任何人都可能会干的一份职业似的。

"这是我打第一份工的地方，"她说，"在这之后，我去了哈佛沙姆的羽毛酒店。直到结婚时，我才离开了那里。"

德利菲尔德太太说着笑了起来，好像这是一段很愉快、美好的回忆一样。我不知道该说什么才好，眼睛也不知道该看向哪里，我的脸一下子涨得通红。又有一次，我们从很远的地方经过弗恩湾往回骑，天气很热，我们都口渴得厉害，她建议我们进海豚酒店，喝上一杯啤酒。在酒店里她跟站在吧台里面的姑娘聊了起来，我吃惊地听到她说，她曾经在这里干这个活儿干了五年。这时，酒店老板走了过来，特德·德利菲尔德为他要了一杯啤酒，德利菲尔德太太说给这位酒吧女也一定要来杯红酒，有一会儿他们聊得很投机，他们谈售酒业，谈专卖某种牌子的特邀酒店，以及各种物品的价格都在上涨，等等。与此同时，我站在那里，身上一会儿冷，一会儿热，不知如何是好。在我们出来的时候，德利菲尔德太太说：

"我很喜欢那个女孩，特德。她应该是干得不错的。就像我跟她说的，酒店的生活挺艰难，但很快活。在那里，你确实可以见点儿世

① 梅德斯通：英国英格兰东南部城市，是肯特郡的首府。

面，如果你谙熟世事玩得转，应该能嫁上个好男人的。我注意到她戴着一个订婚戒指。不过，她告诉我说，她戴上它只是想叫那些男人逗她的乐子。”

德利菲尔德听了笑起来。她把脸转向了我。

“在酒店里做女招待，我度过了一段很难忘很美好的时光。当然啦，你不能一直干这个的。你还得为你的未来着想。”

不过，还有更令我惊讶的事在前面等着我呢。那时已是九月中旬，我的假期眼看就要结束了。我脑子里装着的、心里想要说的都是德利菲尔德夫妇的事情。可是，我在家里想谈谈他们的愿望总是被叔叔给挡了回去。

“我们并不想让你朋友的事整日灌进我们的耳朵里，”他说，“我们有更合适的话题可以谈。不过，我倒是认为因为特德·德利菲尔德就出生在这个教区，你们几乎每天都要见面，所以他不妨偶尔来来教堂。”

有一天，我告诉了德利菲尔德：“我叔叔希望你来教堂做礼拜。”

“好吧。我们下个星期日的晚上就去教堂，好吗，罗西？”

“我没意见。”罗西说。

我告诉了玛丽·安他们要来教堂的事。那天，我坐在乡绅的座位后面牧师家人的座位上，坐在那里我不能随意地左顾右看，可从走廊那边我邻座的举止表情上，我意识到他们俩就在那边。第二天一有机会，我便去问玛丽·安她是否看到了他们。

“我看见罗西了。”玛丽·安板着脸说。

“做完礼拜你跟她说话了吗？”

“我跟她说？”玛丽·安突然一下子发起火来，“你给我从厨房出去。你一整天这样子来烦我，是想要干什么？你动不动就来叨扰我，你让我怎么干活呢？”

“好了，”我说，“你不要生气嘛。”

“我真的不知道你叔叔干吗允许你跟着这样的人到处乱跑。她的帽子上插满了花。我真想不到她还有脸来教堂。现在你赶快给我走开，我忙着呢。”

我不清楚玛丽·安为什么生这么大的气。我不再跟她提德利菲尔德太太了。又过了两三天，我碰巧到厨房里去拿件东西。在牧师公馆里，有两个厨房，小一点的这一个就是我们现在做饭的地方，那个大一点的我想开始时是为那些有众多家庭成员的乡村牧师修建的，有时也用来举办盛大的宴会，招待周边的上层人士。现在它是玛丽·安做完饭后歇坐和做针线活的地方。我们晚上八点的饭通常都是吃冷食，所以一到下午吃过茶点以后，玛丽·安也就没有什么事情做了。现在快到七点钟了，天色也渐渐地黑了下来。这一天是艾米莉晚上歇工的日子，我想眼下应该只有玛丽·安一个人在，可在我走到过道的时候，我听见里面传出阵阵的话语声和笑声。我想是有人串门来看玛丽·安了。里面的灯亮着，不过被遮上了一层厚厚的绿色罩布，屋子里的光线显得很暗淡。我看见桌上放着茶壶和杯子。玛丽·安在和她的朋友喝晚茶。我开门的时候，里面的谈话中断了，接着，我听到了一个声音：

“晚上好。”

我惊讶地看到玛丽·安的这个朋友正是德利菲尔德太太。看到我满脸诧异的神情，玛丽·安咏咏地笑了。

“罗西路过来看我，跟我喝杯茶，”她说，“我们俩正在谈论过去的岁月。”

让我撞见她跟罗西在一起，玛丽·安有点儿不好意思，可更加难为情、不好意思的却是我。德利菲尔德太太冲我笑着，是她平日的那种孩子似的调皮的笑容；她的神情十分的闲适自在。不知怎么的，我注意到了她的衣饰。我想可能是因为以前我从未见她打扮得这么漂亮过吧。她穿着浅蓝色的衣服，衣服合身，显出她苗条的腰身，袖口很高裸着秀美的胳膊，长长的裙子下面缀着一片荷叶。她戴着一顶很大的黑色草帽，上面有不少的玫瑰和绿叶，还有蝴蝶结。这显然就是她星期日去教堂戴过的那一顶。

“我想我要是等玛丽·安来看我，恐怕到世界末日也等不上，所以，我觉得最好的办法还是我来看她吧。”

玛丽·安不好意思地咧嘴笑着，不过却并没有显出不悦的神情。我要了我来拿的东西，就快快地离开了。我走到外面，进了花园，无目的地转悠着。不知不觉在朝着马路那边走，我向大门外眺望。夜幕已经降临。很快我看见有一个人在那边走动。一开始我没有留意，可他在那里一直地走来走去，好像在等什么人似的。起初，我想这可能是特德·德利菲尔德吧，我正准备出去找他，他突然停下，划火柴点燃了烟斗，借着火光，我看见那是乔治勋爵。在我正纳闷他在这里做什么时，我蓦然想到他可能是在等德利菲尔德太太的。我的心跳加快，尽管隐在暗处，我还是退到了后面的灌木丛里。我在那儿停了几分钟，随后看到边门开了，玛丽·安送出了德利菲尔德太太。接着我听见了她踏在石子路上的嚓嚓的声音。她来到大门前，开门时发出的咯吱声响让乔治勋爵听到了，他从马路对面走了过来，在她还未迈出大门，他已经溜了进来，用胳膊搂住了她，紧紧地抱了她一下。她发出一阵轻轻的笑声。

“小心别把我的帽子弄掉了。”她小声说。

我离他们不到三英尺远，我吓坏了，怕他们发现了我。我真为他们感到害臊。我内心的烦乱使我在不停地发抖。有一会儿，他将她搂在怀里。

“在花园里怎么样？”他压低着声音说。

“不行，那个男孩在这儿。让我们到外面的庄稼地里去。”

他搂着她从大门里出来，消失在了夜色中间。此时，我才感觉到我的心跳在重重地敲击着我的心壁，叫我几乎喘不上气来。刚才的景象使我感到的惊讶，几乎让我不能再理智地思考。如果能把我看到的告诉什么人，就是叫我付出再大的代价，我也会在所不惜，但这是个秘密，我必须把它烂在肚子里。有这样重大的一个秘密在心里使我激动不已。我慢慢地朝家的方向走，从边门走了进去。玛丽·安听到了开门的声音，朝我这边喊：

“是你吗，威利少爷？”

“是我。”

我朝厨房里看了看。玛丽·安正在把晚饭放在托盘里，准备端到饭厅。

“我不想让你叔叔知道罗西·甘恩来过这儿的事。”她说。

“噢，不会的。”

“她来让我很意外。当我听到敲门声前去把边门打开，看到站在我眼前的竟是罗西时，我几乎都不敢相信自己的眼睛。‘玛丽·安’，她唤着我的名字，我还没有明白过来是怎么回事，她已经抱住我在遍吻着我的脸了。我不能不把她让进屋子里来。在她进来后，我又怎能不请她喝杯茶？”

玛丽·安着急地在为自己开脱。她说了德利菲尔德太太那么多的不好，现在却被我看见她们俩坐在一起聊天聊得那么开心，这肯定会让我感到奇怪的。可我并没有想拿着这一点就去取笑她。

“她没有那么坏，不是吗？”我说。

玛丽·安笑了。尽管她有一口发黑的蛀牙，她的笑依然很甜美、动人。

“我也说不出这是怎么回事，可她身上确实有些东西让你不由得会去喜欢。她来这儿快一个小时了，为她说句公道话，她没有摆过一丝儿的架子。她亲口对我说，她身上穿的那件衣服的布料每码的价钱是十三英镑十一先令，她说的我信。她记着我们在一起做过的每件事情，她记着在她几岁的时候，我常常是怎么给她梳头，在吃下午的茶点前，我如何拉着她去洗她的小手。你知道，有时她妈妈把她送到我那里去跟我们一起吃茶点。她小时候就长得很漂亮，就像画上的人儿似的。”

玛丽·安的思绪回到了过去，在她那张生动、已生皱纹的脸庞上现出对往日缅怀的神情。

“噢。”她在停顿了一会后说，“我敢说，有不少的人都不会比她好到哪里去，如果他们做的事都被人知晓了的话。比起大多数人，她身边有更多的诱惑。我敢说，那些对她说三道四的人如果有她这样的机会和条件，说不定还不如她呢。”

8

天气突然之间变坏了，变得阴冷，时常下起瓢泼大雨。我们不可能再骑车到各处跑了。不过，我并不感到遗憾，因为既然看见了德利菲尔德太太与乔治勋爵幽会的事，我真的不知道该如何面对她。与其说是感到震惊，还不如说是感到惊诧。我不明白她怎么可能愿意让一个年龄比她大很多的男人吻她，在我读过不少小说的头脑里闪过一些怪诞的念头：由于某种原因乔治勋爵把她控制在了自己手中，也许是知道了她的什么可怕的秘密，使她不得不屈从于他那令人憎厌的拥抱。我驰骋的想象力揣测着各种可怕的可能性。也许是她犯过重婚、谋杀或是伪造的罪行。小说中的无赖很少有不拿要揭露出这些罪行来要挟某个不幸的女子就范的。或许德利菲尔德太太在一张票据背后签了字，我从来也没弄明白过这是什么意思，但我知道这种行为的后果是灾难性的。我脑子里浮现出她痛苦不堪的样子（许多个不眠的漫漫长夜，她穿着睡衣坐在窗前，丰美的头发垂下来拂在她的膝头，心力交瘁的她期盼着东方露出鱼肚白色），想象中我看到自己（我已经不是那个一星期只有六便士零花钱的十五岁的男孩，而是一个高大健壮的男子，蓄着上了蜡的胡子，穿着帅气的晚礼服）正英勇无畏、机智灵活地把她从敲诈勒索的恶棍手中解救出来。可另一方面，我又似乎觉得她愿意俯就于乔治勋爵的爱抚，她的笑声至今还回荡在我的耳鼓。这笑声里有一种我以前从未听到过的调子。它给予我一种奇怪的、令我屏息的感觉。

在我接下来的假日里，我只见过德利菲尔德夫妇一次。我在城里偶尔碰上了他们，他们停下来跟我说话。我突然一下子又感觉到非常的羞涩，在我看着德利菲尔德太太时，我的脸不由得涨得通红，因为从她的面部表情上根本看不出她有什么令她愧疚的秘密存在。她用她温柔的蓝色眸子看着我，依然是那种孩子般的调皮淘气的神情。她的嘴常常略微张开着一点儿，好像正在要掬出一个笑容，她的嘴唇圆嘟嘟的，很红润。你从她的脸上看到的全是真挚坦诚、纯洁无瑕，尽管那个时候我还不会这样表达，可却是深切地感觉到了。如果当时非让我表达，我可能会说：她看上去再诚实也不过了。她怎么可能跟乔治勋爵有暧昧关系呢？这里一定是有什么误会；我无法相信自己眼睛看到的东西。

接着，返校的日子到了。马车夫把我的箱子早一点运到了车站，我自己步行着往过走。婶婶要送我，我拒绝了，心想自个儿走会显得更像个男子汉，可走到街上时我的心情却很低落。通往特堪伯利的铁路是一条小的支线，火车站在小城的另一头，靠近海滩。我拿着车票，坐到了三等车厢靠近角落的一个座位上。突然，我听到一个喊叫声“哦，他在这儿”，德利菲尔德夫妇兴冲冲地跑到了火车上来。

“我俩觉得必须得来一趟送送你。”她说，“离开家要去学校了，心里难过吗？”

“不难过，当然不啦。”

“噢，不过，一个学期过得很快。等你圣诞节放假回来，我们有的是时间玩。你会滑冰吗？”

“不会。”

“我会。我教你。”

她的高兴劲儿让我也变得欢快起来，与此同时，想到他们大老远跑到火车站来为我送行，让我的咽喉一阵哽塞。我极力控制着自己不把这一感情流露到面上。

“我想这个学期我将花很多的时间去打橄榄球，”我说，“我应该能进入校队的乙级队。”

她用友好明亮的眼神看着我，丰满的双唇里全是笑意。在她的笑容里总有一种我特别喜欢的东西，她的嗓音由于她朗朗的笑声或几滴泪水几乎都有些战栗了。有片刻的工夫，我好紧张，担心她就要上前来吻我了。我几乎吓得有点儿魂不附体了。她一直说着话儿，就像成年人对待上学的孩子那样，在调笑中间透出她脉脉的温情，德利菲尔德站在一边捋着胡子，笑着看着我。这时，站警吹起响亮的哨音，挥动起手中的旗子。德利菲尔德太太握住我的手跟我道别。德利菲尔德走上前来。

“再见，”他说，“我有点东西送给你。”

他把一小包东西塞给了我，火车驶出了站台。我打开软软的纸包，发现里面是两枚半克朗的银币。我的脸一下子红到了发根。我很高兴得到五先令额外的零用钱，可一想到特德·德利菲尔德竟敢给我小费，我的心头就充满了愤怒和羞辱。我不可能接受他的任何东西。虽然我和他一起骑车，一起到海上玩了，可他不是个大老爷（我从格林考特少校那里听到了这个词），他给我五先令是对我的侮辱。起初，我打算不置一词便把钱退回去，用沉默来表示我对他这一失礼行为的愤慨，接着，我在脑子开始构思一封措辞严厉、维护我的尊严的信件：首先我对他的慷慨大方表示感谢，但是他必须看到让一位绅士接受一个实际上还是陌生人的小费，是一件多么不体面和不可能的事情。我想这件事想了两三天，每过完一天，我就觉得越发难以与这两个半克朗的银币分开了。我想德利菲尔德给我钱一定是出于善意。当然啦，他出身于那样的家庭，是有点儿不懂礼节；把钱送还给他，会伤害到他的感情，未免有些残忍。最后，我把它花掉了。我没有给德利菲尔德写信去表达我对他礼物的感谢，并以此来抚慰我受到伤害的自尊心。

不过，在圣诞节来临、我回到黑马厩度寒假时，我心里最想见的人还是德利菲尔德夫妇。在那个死气沉沉的小镇里，他们两人似乎是与外面那个世界的唯一联系，而那时的我已对外面的那个世界充满了好奇和热切的憧憬。但是，我又克服不了我的羞怯心理，不敢到人家家里去，我希望着能在城里碰到他们。谁知天气却变得糟糕起来。狂烈的风呼啸着吹过街道，刺人肌骨，少数几个出来办事的人被风席卷着，她们的裙子被吹得鼓了起来，宛如暴风雨中的渔船张起了风帆。冰冷的雨点在狂风中急速地往下倾泻，夏日里显得那么友好和惬意的天空现在像块阴森森的大幕来势汹汹地压了下来。在这样的天气，很少有可能在街上碰到德利菲尔德夫妇，最后，我终于鼓起了勇气，在一天傍晚吃过茶点后溜了出来。从家里到火车站的这条路上一片漆黑，到了火车站再往前走，街道上有了稀稀拉拉的昏暗的灯火，这使我在便道的行走变得较为容易了。德利菲尔德夫妇住在一条小街上的一座小二层楼里，它的砌砖呈暗黄色，有一个圆肚窗。我上前叩门，很快有一个女孩给开了门；我问她德利菲尔德太太是否在家，她用不确定的目光看了看我，然后说她去看一下，让我站在过道里等候。这时我已经听到了隔壁屋里的说话声，在她打开屋门时里面静了下来，她进去便关上了门。这隐约给予我些许神秘的感觉。在我叔叔朋友的家里，即使他们家里没有壁炉和煤气灯，你去造访，他们也会把你让进客厅里。门开了，德利菲尔德走了出来。过道里只有很暗的一点儿灯光，起初他看不清来人是谁；随后，他很快认出了我。

“哦，是你呀。我们正想着多会儿去看你呢。”他大声喊道，“罗西，是我们的小伙子阿申登。”

屋里传出一声呼喊，紧接着德利菲尔德太太已经来到过道里，和我握起手来。

“进来，快进来。把外套脱了。这天气很糟糕，是吗？你一定冻坏了吧？”

她帮我脱下外套、摘下围巾，又从我手中把帽子拿走，然后把我拉进屋里。屋子里面又热又挤，狭小的空间摆满了家具，壁炉里生着火；这里有我们牧师公馆还没有的煤气灯，三盏外罩是毛玻璃的球形灯发着刺眼的光儿。抽烟已使整个屋子罩在灰蒙蒙的烟雾里。一开始是我的眼睛被晃得厉害，紧跟着是我受到的热情欢迎叫我的脑袋发懵，我进来时有两个人站了起来，起初我没有认出他们是谁。后来定睛一看，才发现他们是助理牧师盖洛韦先生和乔治·肯普勋爵。我觉得助理牧师在跟我握手时，显得有些拘谨。

“你好。我刚刚进来，是还德利菲尔德先生借给我的几本书的，德利菲尔德太太一再地挽留我，让我喝杯茶再走。”

我更多是感觉而不是看到德利菲尔德向盖洛韦投去诘问的眼神。德利菲尔德说了一句关于不义之财的话，我听出这是一句引语[①]，可我并不明白其中的含义。盖洛韦先生笑了起来。

“这我不了解。”他说，“那么，关于税吏和罪人呢？”

我觉得盖洛韦这话说得很不得体，可我很快就被乔治勋爵缠上了。他在这里可是无拘无束的。

“喂，年轻人，回来过寒假？我敢说，你这可是长成个大小伙子啦。”

我跟他冷冷地握了握手。我真后悔我来了这一趟。

“让我给你倒杯又香又浓的茶。”德利菲尔德太太说。

“我已经喝过茶了。”

“再喝一点嘛。”乔治勋爵说，好像这儿是他的家似的（这正像是他的做派），“像你这么大的小伙子再吃下一块黄油果酱面包，那算

①《新约·路加福音》第十六章第九节：“我又告诉你们，要借着那不义的钱财交接朋友。到了钱财无用的时候，他们可以接你们到永恒的帐篷里去。”

什么事，德利菲尔德太太会用她那双漂亮的手给你切上一块的。”

茶具和食物都还摆在桌子上，大家仍围着桌子坐着。有人给我搬过来一把椅子，德利菲尔德太太递给我一块蛋糕。

“我们正在劝说特德给我们唱歌，”乔治勋爵说，“来唱吧，特德。”

“唱《都只为爱上那个大兵》，特德，”德利菲尔德太太说，“我喜欢听这首歌。”

“不，还是唱《我们首先用他拖地板》。”

“如果你们不介意，我两首都唱。”德利菲尔德说。

他从竖式小钢琴顶子上取下班卓琴，调了调音，就开始唱了起来。德利菲尔德是那种浑厚圆润的男中音。在黑马厩，我早已习惯了人们喜爱唱歌的风俗。每逢牧师公馆里举行茶会，或是我到少校或医生家里参加聚会，人们来时都会带着他们的乐谱。他们把这些乐谱留在大厅里，以便显得他们似乎没有想被人邀来弹奏和唱歌的意思；可是吃过茶点，女主人就会问客人们，他们带乐谱来了没有。客人们便会有些腼腆地承认说他们带了。如果是在牧师公馆，叔叔就会叫我到大厅里去拿。有时候，一个年轻的小姐会推说她已有很长时间不再弹奏了，没有带着乐谱，这时她母亲就会插进来说她为女儿带着呢。人们一般都不唱喜剧歌曲，他们唱《我要给你唱阿拉伯歌曲》《晚安，亲爱的》《我心中的女皇》等。有一次，在镇上大会场的年度音乐会上布店老板斯密森唱了一首喜剧歌曲，尽管坐在后排的观众一个劲儿地鼓掌喝彩，可坐在前排的绅士们却觉得一点意思也没有。也许，这首歌就没有什么趣味吧。音乐会还没有结束，这个布店老板就被告知小心一点儿他所唱的内容（“你要记着这里还有夫人和小姐们在场，斯密森先生”），于是，他随后改唱了《纳尔逊之死》。那天，德利菲尔德唱的第二首歌里有段合唱，助理牧师和乔治勋爵很是卖劲地加入进来。这支歌曲在后来我还听到过许多次，可我仅仅记住了它的四句歌词：

我们首先用他拖地板，
把他在楼梯上拖上拖下。
然后，我们拽着他绕着屋子转，
把他拉上椅子，拖进桌子底下。

歌唱完后，我转过身来特别友好、温存地问德利菲尔德太太：“你平时唱歌吗？”

“唱，可我总是跑调，所以特德并不鼓励我唱。”

德利菲尔德放下了班卓琴，点燃了烟斗。

“嗨，特德，你的那本已写了不短时间的书写得怎么样了？”乔治勋爵热心地问。

“哦，还好。你知道，我一直在往下写呢。”

“我们的老友特德，还有他写的那些书，”乔治勋爵说着笑了起来，“你为什么不安下心来，另找点儿正经事干干呢？让我在我的办公室里给你安排个位置吧。”

“噢，我现在这样就很好。”

“你不要管他，乔治，”德利菲尔德太太说，“他喜欢写作，我说只要他这样能快乐，为什么非得去做别的呢？”

“哦，我对书籍方面的事一点儿也不懂……”乔治·肯普说。

“那就不要再谈它们了。”德利菲尔德笑着打断了他的话。

“我认为，任何一个能写出《美港》这样作品的人都无须感到羞愧，”盖洛韦先生说，“我并不在乎批评家们怎么评论。”

“呃，特德，虽然我自孩提时起就认识你了，可无论我怎么读，还是读不懂你的作品。”

“噢，我们并不想对书籍进行讨论，”德利菲尔德太太说，“还是再给我们唱支歌吧，特德。”

“我必须得走了。”助理牧师说，说完他转向了我，“我们俩可以一块儿回去。德利菲尔德，有什么书可以借给我吗？”

德利菲尔德指着在墙角桌子上堆着的一摞新书说：

“你自己去挑吧。”

“天啊，这么多书！”我贪婪地看着那些书说。

“噢，差不多就是一堆垃圾。人们送来它们是想让我给写评论的。”

“你怎么处置这些书呢？”

“把它们拿到坎特伯里，能值多少钱，就卖多少钱。卖下的钱付肉店的账。”

在我和助理牧师（他腋下夹着几本书）出来后，他问我：

“你出来时，告诉过你叔叔你是去看德利菲尔德夫妇吗？”

“没有，我只是打算出来散散步，是后来突然想到进来看看的。”

我说的当然不全是实情，可我不想让盖洛韦知道。尽管我实际上已经长大了，可我叔叔却很少能认识到这一点，所以他总是极力阻止我跟他反对的人们见面。

“要是我处在你的位置，除非是不得已，否则的话我是不会说出这件事的。德利菲尔德夫妇也不是什么坏人，可你叔叔就是不赞同他们。”

“我知道。”我说，“我叔叔这么做真的没什么道理。”

“当然啦，他们的身份可说是再普通不过了，但是他写得不能说赖，当你想到像他那样的出身竟然能写出作品，也实属不易了。”

我叔叔的助理牧师以这样一种居高临下的态度，来谈论现在早已被公认为是维多利亚时代后期伟大的小说家之一，一定让人觉得好笑；可在黑马厩人们当时就是这样子说他的。有一天，我们到格林考特太太家里去喝茶，她的一个堂妹，一位牛津大学指导教师的妻子，正在她家住着，听人们说她的这个堂妹很有文化和教养。人们称她恩科姆太太，她身材娇小，有皱纹的脸上总是洋溢着热情；她的穿着打扮令我们惊诧，她把一头银灰色的头发剪得短短的，一条黑哔叽裙子的长度刚刚到她穿着的方头靴子的靴口。她是黑马厩人见过的第一位新女性。我们在感到惊讶的同时，也对她起了戒心，因为她看上去很聪明，很有学识，这让我们对她有种怯生生的感觉。（后来我们大家都嘲笑她，我叔叔对我婶婶说："喂，亲爱的，你不是那么聪明让我很欣慰，至少我不用受那种聪明女人的罪。"此时我婶婶就开玩笑地把我叔叔正在炉火边烘干的拖鞋套在了她的靴子上面说："瞧，我这不也是新女性吗？"临了，我们都说："格林考特太太这个人很有趣；你永远猜不出她接下来会做什么。当然啦，她也不是那么十全十美。"我们怎么也忘不了她的父亲是个制作陶器的，她的祖父是个工厂的工人。）

不过，我们都喜欢听恩科姆太太谈起她认识的那些人。我叔叔曾经在牛津大学待过，可他问起的人似乎都已经过世了。恩科姆太太认识汉弗莱·沃德夫人[①]，赞赏她写的《罗伯特·埃尔斯梅尔》。我叔叔认为这本书很糟糕，带有恶意的诽谤，他甚至感到惊讶：自称为基督徒的格拉德斯通竟然也给这样的书说好话。他们之间就此展开了争论。我叔叔说，他认为这样的书会起到颠覆人们的观念的作用，给予人们许多最好是不要具有的思想。恩科姆太太反驳说，假如他了解汉弗莱·沃德夫人的话，他就不会这么认为了。她是一个有很高的道德情操的女人，是马修·阿诺德[②]的侄女，不管你怎么认为这本书（她，恩科姆太太，也承认这书中的一些部分最好被删掉），有一点却是肯定的，那就是她写这本书是出于最崇高的动机。恩科姆太太还认识布劳顿小姐[③]。她出生于一个很好的家庭，可她却写出那样的书，确实令

① 汉弗莱·沃德夫人，Mrs. Humphry Ward，1851—1920，英国小说家。作品多写真人真事。

② 马修·阿诺德，Matthew Arnold，1822—1888，英国诗人，评论家。

③ 布劳顿小姐，即罗达·布劳顿，1840—1920，英国威尔士小说家。

人奇怪。

“我并没有看出来这些书有什么不好。”医生的妻子海夫斯太太说，“我喜欢它们，尤其是那本《她像玫瑰一样红》。”

“那你愿意让你的女儿们读它们吗？”恩科姆太太问。

“也许现在不行，”海夫斯太太说，“不过，等她们结了婚，我就不会反对她们读了。”

“那么，有件事你可能也会感兴趣，”恩科姆太太说，“我去年复活节在佛罗伦萨时，有人介绍我认识了韦达[①]。”

“那得另当别论，”海夫斯太太说，“我认为，没有女士会读韦达写的书的。”

“出于好奇，我读过一本，”恩科姆太太说，“我不得不说，她的书不像是出自一个有教养的英国女人之手，倒更像是一个法国男人写的。”

“噢，我知道她不是真正的英国人。总听人说她的真名叫德·拉拉梅小姐。”

就是在那个时候，盖洛韦先生提到了爱德华·德利菲尔德。

“你知道吗？我们这里就有一位作家呢。”他说。

“我们并不因为有他而感到自豪，”少校说，“他是老沃尔夫小姐之管家的儿子，娶了一个酒店的女招待。”

“他有作品吗？”恩科姆太太问。

“你一眼便可看出他不是一个绅士，”助理牧师说，“可考虑到他不得不跟许多不利的条件抗争，他的书能写成现在的这个样子，已经是蛮不错的了。”

“他是威利的朋友。”我叔叔说。

大家都在看我，让我觉得很不舒服。

“去年夏天，他们曾一块骑车去游玩，在威利假期结束回学校以

① 韦达，1839—1908，其父为法国人，作品以描写上流社会生活为主。

后，我从图书馆里借了他的一本书，想看看他写得如何。结果我刚读了第一卷就还给图书馆了。我给图书馆长写了封措辞严厉的信，我后来高兴地得知图书馆馆长已经不让这本书在读者中间流通了。如果那本书是我的，我马上就把它扔到厨房的炉子里烧掉了。”

“我自己也看过他的一本书，”医生说，“我对它感兴趣是因为故事发生的背景就在我们这里，我认出了书中的一些人物就是我们黑马厩的人。但我却不能说我喜欢它，我觉得它有些过于粗俗了。”

“我跟他提出过这一点，”盖洛韦先生说，“他说开往纽卡斯尔运煤船上的工人、渔民，还有农场工人的行为举止不会与绅士和淑女的一样，说话也不一样。”

“可为什么非得要写这一类人呢？”我叔叔说。

“我也是这个意思。”海夫斯太太说，“我们都知道世界上有粗俗、堕落、邪恶的人们，可我不知道写他们到底有什么好处。”

“我并不是为他辩护，”盖洛韦说，“我只是在告诉你们他自己对这一点所做出的解释。当然啦，他这个时候搬出了狄更斯。”

“他和狄更斯不能相提并论，”我叔叔说，“我还不知道有谁会反对狄更斯写的《匹克威克外传》呢。”

“我认为这还是读者的趣味问题，”我婶婶说，“我总觉得狄更斯很粗俗。我并不想读那些说话省去字首 h 音的人的故事。我必须说我很高兴现在的天气变得很糟糕，威利不能跟德利菲尔德先生再骑车出去。我觉得他并不是那种威利应该去交的朋友。”

盖洛韦先生和我此时都低下了眼睛。

9

黑马厩的圣诞节并不那么热闹，各类的活动也不多，这让我常常能腾出时间，去位于公理会教堂旁边的德利菲尔德夫妇家里做客。在那里，我常常碰上乔治勋爵和盖洛韦先生。我们彼此之间达成的默契使我跟盖洛韦先生成为朋友。当我俩在牧师公馆或是教堂的法衣室遇见时，总会相互间会意地使个眼色。我们从不谈起这个秘密，可心里还是觉得很开心；我想，知道我们一起捉弄了叔叔，给予我俩一种很大的满足感。有一次，我突然想到乔治·肯普会在街上碰见叔叔，说不定他会无意间说漏了他常常在德利菲尔德夫妇家里看到我的事。

"乔治勋爵会说出去吗？"我问盖洛韦先生。

"哦，我跟他早已打过招呼了。"

我俩咯咯地笑了。也就是这个时候，我开始有点儿喜欢起乔治勋爵来。我说过，起初我对他很冷淡，想用十足的礼貌把他拒之门外，谁知他却好像对我们之间社会地位的差异毫无知觉，乃至最后我不得不承认我对他的傲慢或是彬彬有礼都不能疏远了他。乔治勋爵总是那副热情、欢快，甚至是大叫大嚷的样子；他用他惯有的那种粗俗的方式逗我，我用我学生式的玩笑回敬他；我俩把在我们旁边的人逗得哈哈大笑，这使我逐渐对他产生了好感。他总是拿他脑中那些宏大的规划沾沾自喜地夸耀，可他却从不计较我对他的这些宏伟设想所开的玩笑。我总是津津有味地听他讲起黑马厩上流人士的故事，经他的嘴讲出来，这些上层人士都显得很蠢，他模仿他们古怪的举止，笑得我前仰后合。他脸皮挺厚，粗俗，他的穿着每每令我吃惊（我从未去过纽马克特，也从没见过驯马师，可我想一个纽马克特驯马师的穿着正跟乔治勋爵的一样），他在饭桌上的表现也惹人讨厌。然而，我发现我对他的反感却是越来越少。他每个星期送我一份《粉红周报》，我把它小心地揣在大衣口袋里带回家，在我的卧室里读它。

我总是在牧师公馆吃过下午的茶点之后，才去德利菲尔德家，不过，我会留下点儿肚子，去到那儿后再喝第二次下午茶。茶点之后，特德·德利菲尔德用班卓琴或是钢琴伴奏，给我们唱喜剧歌曲。他一边用他的近视眼瞟着乐谱，一边唱着，每次都会唱上个把小时；他的嘴角总是浮着笑容，该合唱时他喜欢我们都唱起来。我们还一起打惠斯特牌。我在小时候就学会了玩惠斯特，在漫长的冬日的夜晚，我和叔叔、婶婶常常在牧师公馆里打这种牌。叔叔总是跟明手[①] 一家，尽管我们打牌不赌钱，可每次我和婶婶输了，都会跑到餐厅的桌子底下偷偷地去哭。特德不耍牌，他说他没那个脑子，在我们打牌的时候，他就坐在炉火边，拿着一支铅笔，阅读从伦敦寄来让他给写评论的那些书。以前，我从来没跟三个人一起玩过。当然啦，我也打得不好，可德利菲尔德太太却有打牌的天赋。她平时做什么总是慢条斯理的，可一玩起牌来却是非常敏捷和灵活。她把我们三个打得丢盔卸甲。她通常打牌时不多说话，要说也说得很慢。不过，在打完一局以后，她便会很是善意、耐心地指出我出牌中的错误，她讲得又清楚又流畅。像对待别人那样，乔治勋爵也开德利菲尔德太太的玩笑；对他的调侃她会报以微笑，因为她很少放声地大笑，有时她也会很机智地回上他一句。他俩看上去一点儿不像情人，倒像是要好的朋友，要不是我时

① 明手：定约人的搭档，即把所持的牌摊在桌上的持牌者，三人打时，指虚拟搭档。

而看到她会向他投去令我尴尬的目光，我或许会完全忘记了人们对他们人的闲言碎语，忘记了我几天前看到的那一幕。她的目光平静地落在他的身上，好像他是一把椅子或是一张桌子，而不是一个人，在她的眼神里含着她调皮的孩子似的笑意。这时，我就会发现乔治勋爵的脸似乎一下子涨红了，他在椅子上不安地扭动着。担心助理牧师会注意到他们俩，我会迅速地看他一眼。不过，他的注意力不是在牌上，就是滋滋有味地点起烟斗，抽着烟。

我觉得每天在德利菲尔德夫妇那间狭小、闷热、烟雾缭绕的小屋里度过的那一两个小时，是过得最快的；转眼间假期就要结束了，一想到我又得去学校度过三个月乏味的时光，心里就满是沮丧。

“没有了你，我真不知道我们该怎么办。”德利菲尔德太太说，“要玩，我们也只能打一边是明手的牌了。”

我很高兴没有了我，他们的牌局也将难以为继。在准备行装的时候，我也不必再担心他们仍会坐在那个小屋子里尽兴地玩，好像我从未存在过似的。

“你们复活节会放多长时间的假呢？”德利菲尔德太太问。

“三个星期。”

“到复活节，我们再好好地玩，”德利菲尔德太太说，“那时的天气该会比现在好得多。我们可以上午骑车，下午喝过茶后玩惠斯特。你的牌技已大有长进。等你放假回来，我们一个星期打上三四次，到你返校时，你就不必害怕跟任何对手玩牌了。”

10

终于等到了放假的日子。当到达黑马厩下了火车，我的心情甭提有多么高兴了。我的个头又长了一些，我在特堪伯利订做了一套新衣服，是蓝色的哔叽布，非常帅气，我还买了一条新领带。我想着一在家里喝完茶就去看德利菲尔德夫妇，满心希望着物流能把我的箱子及时运到，这样我就可以穿着新衣服去他们家了。穿上它我会显得更像个大小伙。已经有一段时间了，我每天晚上往自己的上嘴唇上抹凡士林，好叫我的胡须快一点往出长。在经过镇子回家的路上，我往德利菲尔德夫妇住的那条街道上张望，希望碰巧能看到他们。我很想现在就顺便进去坐坐，跟他们问个好，可我知道德利菲尔德总是在上午写作，而德利菲尔德太太又没有早起的习惯。我有许多激动人心的消息要告诉他们。学校的百米赛跑我得了第一名，跨栏跑得了第二。今年夏天我有希望得到历史学方面的奖学金，在这次假期中间，我还打算好好用功抓一下英国历史。尽管仍有东风吹来寒意，可天空却一望无际地湛蓝，空气中已含有春的气息。风吹散了雾霭和水汽，镇子的街道显得格外清丽、明净，它延伸至远处的轮廓清晰得像是刚刚用彩笔画出来的一样，俨然就是塞缪尔·斯科特[①] 的一幅街景画：恬静、淳

---

① 塞缪尔·斯科特，1710—1772，英国画家。

朴、温馨。现在回想起来，那时候的这条街道就是黑马厩的一条大街而已，那些诗情画意全是与我当时的那一愉快心境有关。当我走到铁路桥上时，看到有两三所房子正在动工修建。

“噢，”我说，“乔治勋爵这一回看来是动真格的了。”

远处的田野里，有一些雪白的小羊羔在蹦跳着玩。榆树正在顶出嫩绿的叶芽。我从边门走了进去，叔叔正坐在他的扶手椅子里，靠着炉火边读《泰晤士报》。我喊婶婶，婶婶听见了从楼上下来，看到我她喜悦得（布满皱纹的）脸上泛起红晕，她用枯瘦的胳膊搂住我的脖子，嘴里说着我爱听的话儿。

“你又长了不少！”“天哪，眼看着胡子就长出来了！”

我吻了叔叔光秃秃的前额，然后站在了炉火边，我的腿稍稍叉开着，背对着火，我觉得自己真的是长大了，有了男子汉的威严和气派。临了，我去到楼上跟艾米莉问了好，完了又到厨房和玛丽·安见了面，之后步入花园里去看园丁。

吃饭时，叔叔切着一块羊腿上的肉，我在填着我饥肠辘辘的肚子，少顷，我问婶婶：“哦，婶婶，自我离开后，黑马厩有没有发生什么新鲜事？”

“没有什么大事情。格林考特太太到芒通[①] 走了六个星期，几天前回来了。少校得了一次通风病。”

“你的朋友德利菲尔德夫妇跑了。”我叔叔说。

“他们怎么啦？”我喊道。

“跑了。一天晚上，他们打包上他们的行李，去了伦敦。他们在黑马厩欠了一屁股的债。房租、买家具的钱，还有肉店老板哈里斯的三十英镑的肉钱。”

“这真够糟的。”我说。

“是够糟糕的。”我婶婶说，“不过，更糟的是他们甚至连给他们

① 芒通，法国地中海沿岸的一个疗养胜地。

家做了三个月活的女孩的工钱也没付。”

我惊讶得目瞪口呆，觉得自己心里都有点儿作呕了。

“我想以后，”叔叔说，“你就会变得聪明一点儿了，不会跟你婶婶和我所不赞同的人来往了。”

“真为那些受了骗的生意人感到难过。”婶婶说。

“他们也是活该，”我叔叔说，“想一想他们竟会给那样的人赊账！我本以为每个人都能看出他们俩是骗子的。”

“我一直纳闷他们为什么要住到这里来。”

“他们就是想炫耀，我想他们觉得这里的人知道他们是谁，在这儿赊账更容易些。”

我并不认为叔叔说得就多么有道理，可我此时的心情太沮丧了，没有心劲儿跟叔叔去争辩。

在我一逮着机会时，便去问玛丽·安。令我惊讶的是，她完全不像我婶婶和叔叔那样看待这件事。我一问她，她就咯咯地笑了起来。

“他们俩哄过了所有的人，”玛丽·安说，“他俩花起钱来阔绰得很，每个人都认为他俩很有钱。买肉时，肉店老板总是拿给他们羊颈部下面肋条上的肉，在他们买牛排时，总是把牛腰下部的肉给他们。还有芦笋、葡萄等等各种东西。他们在镇子的每个商店里都赊了账。我不知道人们怎么会都这么蠢。”

显然，她这是说的各个店铺的老板，而不是在说德利菲尔德夫妇二人。

“他们怎么就能这样偷偷地溜了，镇上连一个知道的人也没有？”我问。

“哦，每个人都在这样问。人们说是乔治勋爵帮他们逃走的。不然的话，他俩怎么能把箱子都搬到车站？我问你，要不是他的马车给帮忙的话。”

“对此，他是怎么说的？”

“他说他跟别人一样，毫不知情。在人们发现德利菲尔德夫妇逃走以后，整个镇子一片哗然。我只是觉得好笑。乔治勋爵说他一点儿也不知道他们溜走的事，在他知道以后，他跟大家一样感到非常意外。不过，他说的话我一句也不信。大家都知道在罗西结婚以前他俩就好上了，而且，我敢跟你说就是结婚以后他俩的关系也没有断了。人们都说去年夏天看见他俩常常在田里散步，几乎每天都看见他进出罗西家里。”

“人们是怎么发现他们不在了的？”

“噢，是这样：他们家里雇着一个女孩，德利菲尔德夫妇告诉她，她可以回家看看，跟她母亲待上一个晚上，第二天早晨八点钟以前回来就行了。等她第二天回来，却进不到家里了。她敲门，按门铃，都没有人应，于是她来到隔壁邻居家里，问那家太太她该怎么办才好，那家太太说：“你最好还是报警吧”。后来，警察局的一位警官跟着她回来，他敲门按铃就是没有人应答。临了，他问这个女孩，他们支付你工钱了没有？这个女孩说没有，已经三个月没有给过她钱了。警官说他们一定是潜逃了，这些人都是这么干的。待他们进了家一看，果然不出所料，他们拿走了所有的衣服和全部的书籍——人们说，特·德利菲尔德有不少的书——还有属于他们的一切贵重东西。”

“自那以后，是不是就没有他们的任何消息了？”

“哦，也不完全是这样，在他们走了大约一个星期以后，那个女孩接到一封伦敦的来信，在她打开之后，里面连只言片语也没有，只有一张邮政的汇票，是支付她那三个月的工资。要是你问我，我就会说这夫妻俩做得漂亮，不坑骗一个可怜女孩的工钱。”

我比玛丽·安更加感到震惊。我是一个体面且有身份人家的孩子。读者也许早就看出来了，我像认可大自然的规律那样接受我这一阶层的道德信条，尽管在小说中欠巨债大量地挥霍，在我看似乎很浪漫，那些书中的讨债的和债权人也是我比较熟悉的人物，但我还是觉得不付买卖人的账单很可耻、很卑劣。当人们在我面前谈起德利菲尔德夫妇时，我总是心慌意乱地听着，当他们提到他俩是我的朋友时，我便否认说："哪里的话？我只是认识他们罢了。"当他们问我："难道他们粗俗得还不令人厌恶吗？"我回答："哦，你们都知道，他们俩确实不像是那种斯文风雅之人。"可怜的盖洛韦先生更是垂头丧气极了。

"当然啦！我并不认为他们有钱，"盖洛韦先生跟我说，"但我觉得维持一般的生活他们还是绰绰有余的。房子装修得不错，钢琴也是新的。我怎么也不会想到他们买的东西没有一样是付了钱的。他们出手阔绰，也从来不委屈自己。更让我感到痛苦的是他们的欺骗行为。我常常去看望他们，以为他们俩喜欢我。他们总是那么的好客。简直不敢相信，最后一次见他们，他们还跟我亲热地握手，德利菲尔德太太邀我第二天再来，德利菲尔德说：'明天的茶点是松饼。'谁知那一天他们俩在楼上已经把全部东西装箱，只等乘坐那天晚上的最后一趟火车去往伦敦。"

"对于此事，乔治勋爵是怎么说的？"

"说实话，我最近还真没有抽出时间去看他。这件事是对我的一次教训。近墨者黑，近朱者赤，我想我还是好好记住这条格言吧。"

我对乔治勋爵也抱有同样的看法，心里也是有一点儿担心。假如乔治勋爵把在圣诞节期间我几乎是每天去德利菲尔德夫妇家的事告诉人们，完了再传到我叔叔的耳朵里，那非有一场大闹不可。我叔叔会骂我欺骗、说谎、不听大人的话、行为不像个上等人等等，眼下我还真的没有想好应该如何对叔叔进行反驳。我很了解叔叔，知道他绝对不会轻易地放过这件事情，在以后的许多年里，他都会提起我的这一越轨行为。跟盖洛韦先生一样，我也觉得不见乔治勋爵，倒能乐得个自静。谁知有一天偏巧在大街上跟他撞了个满怀。

"嗨，小伙子！"他喊，他称呼我的这种方式正是我非常厌恶的，

“我猜想，是回来过假期的吧？”

“你猜想得十分正确。”我想在我的回答里融进犀利的嘲讽。

谁想他却一味地哈哈大笑起来。

“你说话这么尖利，可要当心一不留神伤了你自己啊。”他热情地答道，“哦，眼下你和我是再也玩不成惠斯特了。现在你看到入不敷出所带来的后果了吧？我总是跟我的孩子们说，如果你有一镑，花掉十九先令六便士，你就是个富人，可如果你花掉二十先令六便士，你就成了个叫花子。看管好你的小钱，年轻人，大钱就自会到来。”

尽管他说的话好像是在训诫，可在他说话的语气里却丝毫听不出他对大把的花钱有不赞许的意思，而且说完便哈哈大笑起来，好像他在心底正嘲笑着这些民间的谚语似的。

“人们都说是你帮他们逃走的。”我说。

“我？”他的脸上现出惊愕的表情，可眼睛里却闪烁着狡黠、愉悦的光儿，“噢，当人们来告诉我德利菲尔德夫妇逃走的消息时，我简直惊呆了。他们俩还欠着我四英镑十七先令六便士的煤钱呢。我们都被骗了，甚至包括可怜的盖洛韦，他再也吃不上人家为茶点准备的松饼了。”

我以前从未觉得乔治勋爵有这么厚颜无耻。我本想说上几句能击中他要害的话，可一句也想不出来，只是说我还有事，稍稍跟他点了点头就走了。

11

我一边等着阿尔罗伊·基尔，一边回忆着过去的事情。当我把这件德利菲尔德未成名前的寒碜事放到他后来受到人们莫大尊重的大背景中去看时，我忍不住笑出声来。我不知道是不是因为小时候我周围的人都把他看作是一个不起眼的小作家，所以我没能在他身上发现出当代最好批评家们最终赋予他的那些突出的优点。在很长的一段时间里，人们都认为他的英语写得很糟糕，确实他的作品每每给予你一种他是用秃笔头的铅笔写作的印象。他的文体很笨拙，是一种古典语言和俚语的不谐和的糅杂，他作品中的人物对话文绉绉的，一点儿也不像人们平常说的口语。在晚年当他开始口授其作品时，他的文体获得了一种口语式的平易，变得流畅和清晰起来；这时，批评家们开始回头去看他中年创作的小说，结果发现在他的语言里有一种活泼生动的张力，恰恰适合于他所表达的主题。在他创作的鼎盛期正是辞藻华美的文风盛行之时，他作品中的一些描写性的段落被收进许多英国散文的选集里。他描写海洋、肯特树林中的春天以及泰晤士河下游日落的精彩段落几近于家喻户晓。可我读这些段落时，总觉得不是那么带劲，这着实让我感到有点儿羞愧。

在我年轻的时候，尽管他的书销量很少，有一两本还被图书馆列为禁书，可对他进行褒扬却被视为文化上的一件大事。他被认为是那种非常大胆的现实主义作家，是用来打击庸俗市侩的一个很好的武器。有人凭借灵感幸运地发现，他写的水手和农民具有莎士比亚笔下人物的特征。思想超前的人们聚在一起时，他们对他作品中乡巴佬式的粗俗露骨和他的冷幽默会齐声喝彩、拍案叫绝。这是爱德华·德利菲尔德最不愁提供给读者的东西。在我读到他作品中帆船的水手舱和客店的酒吧间时，我的心就会一沉，知道在这后面马上会有五六页用方言写成的对生活、伦理和永生等主题的滑稽评论。只是我必须承认莎士比亚的小丑总是令我生厌，他们数不清的子子孙孙更是叫我难以忍受。

很显然，德利菲尔德的长处是在于他对他最熟悉的那一阶层人物——农民、农场工人、店铺老板、酒店伙计、帆船的船长、大副、厨师和老练的水手——的刻画。可在他描写上层社会时，恐怕就连他最热心的崇拜者也一定会感到些许的不舒服；他笔下的绅士总是那么难以置信地完美，出身高贵的女士们总是那么的优雅、纯洁、高贵，因此看见她们只会用多音节的高雅字眼来表达她们自己时，你也不会感到惊讶了。他塑造的女性人物大多苍白无力。不过，我在这里还是得加上一句，这只是我个人的见解；大多数世人和最杰出的批评家们则认为她们都是一些很好的女性形象，富于生气，风流妩媚，具有高尚的精神品质，她们经常被用来与莎士比亚的女主人公进行比较。当然，我们知道妇女通常都有习惯性的便秘，把她们在小说中描写的完全没有了直肠，在我看来这似乎是对女性的一种过分的恭维。令我感到诧异的是，她们竟然愿意看到自己被写成这样。

批评家们可以迫使世人去关注一个名不见经传的作家，世人也可能会对一个毫无长处的作者发狂似的喜爱，但是，这两种情形都不可能长久；这让我不禁想到一个作家如果没有足够的才能，就不可能像德利菲尔德这样长时间地吸引住读者的眼球。精英们会对大众的赞同和喜欢嗤之以鼻；他们甚至倾向于认为这是作家和其作品平庸的一个证明；但是，他们忘记了后人不是从那些毫不知名的，而是从那些广为人知的作家中做选择。也许会发生这样的事：一部本应该流传久远的伟大作品在它出版时就夭折了，后人将永远不会再读到它；后人可能会损毁了我们这一时代所有的畅销书，可他们最终还是得在它们中间进行选择。不管怎么说，爱德华·德利菲尔德的名声还在走高。他的小说只是碰巧遇上了我这么一个对其不喜欢的人；我觉得它们冗长，啰唆；他刻意描述的那些想要引起读者兴趣的离奇故事会让我觉得浑身发冷；然而，他的作品又无疑具有真诚的品质。在他最好的作品中，有一种生命的涌动，你从中不难看出作者富于魅力的人格力量。对他早期创作中表现出的现实主义倾向，有人赞赏，也有人针砭；根据批评家们不同的喜好，有的称赞他真实，有的批评他粗俗。现在，现实主义已经不再是人们争论的话题，图书馆的读者们很轻易地就能跨越上一代人会畏惧避开的障碍。有一定文化修养的读者看到这里，可能会记起在德利菲尔德刚逝世时《泰晤士报》文学副刊上发表的那篇重要文章。作者以爱德华·德利菲尔德的小说为评论的对象，写出一篇堪称是对美的颂扬的美文。凡读过这篇文章的人都会对它华丽的文辞留下深刻的印象，它会让你想起杰拉米·泰勒[1] 的风格崇美的散文，还会给你留下深刻印象的是作者对死者所怀有的尊重和忠诚，以及与作者高尚的情感所匹配的文体：辞藻华美但不过分，悦耳却又不乏阳刚之气。这篇文章本身就是一种美。如果有人建议说，爱德华·德利菲尔德在某种程度上说也算是个幽默作家，所以在这篇赞美的文章里若能再加进去几句幽默的话效果也许会更好，那么，你就该回答说这毕竟是一篇悼文。况且，众所周知，美并不欢迎幽默向它怯生生地靠拢。罗伊·基尔在跟我谈到德利菲尔德时声称：不管他有什么样的缺点，也能从他作品字里行间中表现出的美得以弥补。在回想起我们俩上次的谈话时，

①杰拉米·泰勒，1613—1667，英国基督教圣公会教士。著有《圣洁死亡的规则和习尚》等。

我觉得正是他的那句有关美的话刺恼了我。

在三十年前的文学界，崇拜上帝之风盛行。信仰上帝是一件体面的事，记者们用上帝来点缀一个词语，或是平衡一个句子；后来，上帝不时兴了（很奇怪，打板球和喝啤酒随之也不时兴了），牧神来了。在上百部的小说里，牧神都把他的蹄印留在了草地上：诗人们在晨曦和暮色中看到他隐伏在伦敦的公园里，萨里郡的女人们——工业时代的女神——将她们处女的身子委身于牧神神秘而又粗野的怀抱。从此，她们在精神上再也不同于从前。现在牧神也退出了历史舞台，取而代之的是美。人们到处可以见到这个字眼，在一个短语里，在描写一条比目鱼、一个日子，或是一幅图画、一种行为、一件衣服中间，都有它的影子。许多年轻的女性——创作出了颇具潜力和才华作品的女性——以各种不同的方式来喋喋不休地谈论美，从暗示到说笑逗趣，从大肆地渲染到娓娓生动地道来；那些刚刚从牛津大学里出来、仍然追随着美之光环的年轻人常常在周报上发表文章，告诉我们应当如何看待艺术、生活和宇宙，他们在自己写得密密麻麻的文稿上随性地挥洒着这个字眼。可怜它被用滥了。唉，人们可真把这个词给用苦了！理想可以用许多的名称来表达，美只是其中的一个。我不知道对美的这一呐喊助威是否只不过是那些不能适应我们这个英勇的机器时代的人痛苦的喊叫声。我不知道他们对美（我们这个丢人时代里的小耐尔[①]）的热爱是否只不过是一种伤感的感慨而已。很可能下一代的人们会更好地适应了生活的压力，将不再从逃避现实而是从热切地接受现实中去寻求灵感。

我不知道别人是否跟我有同样的感受：对美我根本无法进行长时间的审视。在我看来，没有哪一个诗人说出过比济慈更为虚伪的话，当他写下《恩底弥翁》这首长诗的第一句诗行时[②]。每当美的事物给予

① 小耐尔，英国小说家狄更斯《老古玩店》中的女主人公。

② 其第一行是“美的事物是一种永恒的愉悦”。

我一种像魔力似的感受时，我的思想很快就会无法集中；有人跟我说他们能够几个小时地全身心地欣赏一个景致或是一幅画，我不相信。美是一阵狂喜或是销魂的时刻，它就跟饥饿的感受一样的简单。对它你真的没有什么可说。它就像玫瑰花的芬芳，你能闻到它的香味，仅此而已。这就是艺术批评（除非是这批评与美无关，因而与艺术也无关）之所以使人感到乏味的根本原因。对于提香[①]的《基督下葬》——在世界上所有的绘画中最具纯粹之美的作品——批评家所能告诉你的就是，你自己去欣赏它吧。他再能讲给你听的就是这幅画的历史、画家的传记和其他什么的。人们给美增加进去一些别的品质，诸如崇高、人类利益、体贴、关爱等；因为美并不能长时间地使人感到满足。美是尽善尽美，而任何完美无瑕的事物（人的本性就是如此）只能够吸引住我们一会儿的注意力。那位看了《费德尔》[②]后提出："这到底证明了什么？"问题的数学家并不像人们所认为的那么蠢。没有人能够解释清楚为什么帕埃斯图姆[③]的多利斯圣殿就比一杯清凉可口的啤酒更好，除非是把那些与美无关的因素考虑进来。美是一条死胡同，是一座一旦到达其山顶就再也通不到任何地方去的陡峰。因此我们最终发现埃尔·格列柯[④]的绘画比提香的更让我们看得入迷，莎士比亚的并非十全十美的作品比拉辛纯美的悲剧更让我们喜爱。关于美人们已经写得太多了。这也就是我为什么要再写上几句的原因。美是一种满足人的审美本能的东西。可谁又想得到这样的满足呢？只有傻瓜们才认为饱食和珍馐美味一样的好。让我们正视这样的一个事实：美是有点儿令人生厌的东西。

批评家们对爱德华·德利菲尔德的评论当然都是欺人之谈。德利

① 提香·韦切利奥，Tiziano Vecelli，约1490—1576，意大利文艺复兴时期的威尼斯画家。

②《费德尔》，法国古典主义剧作家拉辛（1639—1699）的悲剧。

③ 帕埃斯图姆，意大利南部古城，多利斯圣殿是这一古城废墟的一部分。

④ 埃尔·格列柯，1541—1614，西班牙画家，作品多为宗教画和肖像画。

菲尔德最显著的优点不是赋予其作品活力的现实主义，不是其作品所具有的美，不是他对海员的栩栩如生的刻画，也不是那些对盐碱的沼泽、暴风雨、平和之境或是依山傍水的村舍的诗情画意的描写；而是他的长寿。尊重老年人是人类最好的美德之一，我想我有理由认为任何一个国家都没有我们这个民族更看重这一点。在其他国家，人们对老年人的敬畏和爱戴往往是帕拉图式的；而我们则是身体力行的。除了我们英国人，还有谁会挤在考芬园戏院里去听一个上了年纪、嗓音已变得细弱的歌剧女演员演唱？除了英国人，还有谁买票去看已弱不能支、连脚步也迈不开的老舞蹈演员们的表演？而且，在中场休息期间还会相互之间不住口地夸赞："天啊，先生，你知道吗？他已经年过六十了。"不过，与政治家和作家们比起来，这些人还得算是小伙子呢！我常常想一个扮演年轻男主角的演员必须得有一个温和的性情，否则的话，看到人家领导人和作家们七十岁时还在他们的鼎盛期，而他却不得不结束自己的演艺生涯了，他心里是很痛苦的。在四十岁就做了政治家的人到他七十岁时，很可能就当了国家的领导人。在这个年龄，你做店员、花匠，或是警察厅的法官，都做不动了，可却正好成熟到管理一个国家。其实，这也不足为奇，要是你考虑到从很小的时候老人就给年轻人们灌输他们比年轻人聪明的思想，在年轻人还未来得及发现这一点是多么荒谬时，他们也已经老了，老年人干着这样的骗术使自己获利不少；况且，凡与政治家们交往过的人都不难发现，统治一个国家并不需要多大的智慧（从结果来看）。可为什么作家们随着他们年龄的增长也会受到越来越多的尊重呢？这一点曾经长期困扰着我。为什么有些作家在最后的二十年里再也没写出过什么有影响的作品，还会受到大众的赞许和好评？有段时间我认为这主要是基于这样一个事实：当代的年轻人因为不再担心会有来自这些老者的竞争，觉得赞扬他们的优点已不会对自身造成威胁；众所周知，去称颂你不畏惧的对手常常是一种阻挠你所害怕的对手获得成功的有效方法。然而，这未免将人类的本性看得太低了，我绝不愿意让人们为此而谴责我是一个冷嘲热讽、愤世嫉俗者。经过再三仔细地考虑，我得出这样的一个结论：那些年事已高、进入古稀之年的作家之所以能得到普遍的赞誉，是因为智力高的人过了三十岁以后就不再读什么东西了。随着年事的增长，他们年轻时读过的书籍由于浸染着他们青春的光华而富于了魅力，每一年他们都会给写了这些书的作者添加上更多的优点。当然了，这位老作家也必须继续写作，他不能从大众的眼前消失掉。如果认为一生写作上一两部杰作就够了，这是不可取的；他必须再写上四五十本不怎么样的书，给他的那几部杰作做根基。这就需要时间。如果他的作品不能凭借其魅力吸引了读者，那也要用它们的重量（数量）来惊呆读者。

如果像我所认为的那样，长寿就是天才，在我们这个时代，则很少有人像德利菲尔德那样令人艳羡地享受过这一荣耀了。在六十几岁的时候（有文化教养的人对他怀有各自的看法，都没有太去留意他），他在文学界里仅仅是受到一定的尊重而已；最好的批评家们称赞他的作品，可也是适可而止；年轻一点的人则不惜拿他的作品开玩笑、逗乐子。大家都认为他有才能，可谁也没有想到他后来会成为英国文学中的一座里程碑。他庆祝了他七十岁的生日；文学界里渐生出一种不安的情绪，就像是在远处的东海有台风生成，吹皱了这里的海面，下面的这一点变得日益明显：在这些年里，于我们中间一直生活着一位伟大的小说家，可我们大家谁都不曾察觉。在各个图书馆里出现了人们争相阅读德利菲尔德作品的情形，在布卢姆斯伯里，在切尔西以及其他有文人集聚的地方，上百个批评家为他的小说写出赏析文章、研究论文和研究著作，短的以聊天的口吻，长的以缜密的分析。这些评论文字随后又以全集的形式，或是选集的形式，进行了再版，有的一先令三便士一本，有的五先令六便士一本，有的二十一先令一本。他们分析他的文体，审视他的哲学，剖析他的技巧。在他七十五岁的时候，人们一致认为爱德华·德利菲尔德是一个天才。在他八十岁时，他成了英国文学界的泰斗。这一地位，他一直保持到他的逝世。

可现在当我们来关注英国文学的现状时，却有些悲哀地发现没有人能接替了他的位置。几个七十多岁的作家坐直了身体，开始观察，他们显然以为他们无须费什么劲，就能填补到这个空缺的神龛中去。然而，他们显然缺少什么东西。

尽管把这些回想叙述出来需要不少的时间，可它们在我脑子里闪过时却只是片刻的工夫。它们杂乱无章地出现在我的脑子里，一个事件，跟着是很早以前的一个谈话片段，我在写下来时按照顺序对它们进行了整理，是为了读者阅读的方便，因为我有一个思维清晰的头脑。令我自己惊讶的是，这么多年过去了，我甚至依然十分清楚地记得那些人的样子和他们说话的要点，只是对他们的穿着有点儿模糊了。不过，我当然知道人们四十年前的穿戴，尤其是妇女的，与现在的已经有了很大的不同，如果说我还能记起一点儿的话，那也不是当时的实际情形了，而是我最近从图片和照相中所看到的旧时的服饰。

在我正这样遐想着的当儿，我听到有辆出租车停在了门口，接着门铃响了，随后就听到阿尔罗伊·基尔用他洪亮的嗓音告诉我的管家，他和我事先已经约好。高大魁梧的他进来了，率直坦诚，热情奔放；他旺盛的生命力一下子便摧毁了我从已逝的过去中搭建起的这一脆弱构架。他像三月强劲的风，一下子又把我拽回到逃也逃不掉的咄咄逼人的现实。

“我正在问我自己，”我说，“有谁可能会取代爱德华·德利菲尔德的位置，成为英国文学界的泰斗，你的到来正好回答了我的问题。”

他高兴得发出一阵笑声，可很快他的眼中就现出一丝怀疑的神情。

“我认为现在还没有任何合适的人选。”他说。

“你自己怎么样？”

“噢，亲爱的朋友，我还不到五十岁呢。再给我二十五年的时间还差不多。”他说着笑了，可眼睛却仍然敏锐地盯着我的眼睛，“我永远都搞不清楚你什么时候是在开我的玩笑，什么时候是正经说事。”他蓦然低下了自己的眼睛，“当然啦，有的时候一个人也会不由得去想想未来。现在位于文学顶尖位置的人都比我大十五到二十岁。他们不可能永远活着，在他们走了以后谁会去那里呢？当然了，这里有奥尔德斯；他比我年轻得多，可是他的身体不够强壮，我觉得他没有把自己的身体保养好。除非有特殊的事件发生，我是说突然有一个天才冒了出来，掀翻了现在的这一切，否则的话，我看不出再过二十或是二十五年我自己不会占据了那个位置。这只是个坚持下去、活得比别人更长久一些的问题。”

罗伊把他健壮的身体一屁股坐在了我女房东的一把扶手椅子里，我给他端过来一杯威士忌加苏打水。

“不，我从来不在下午六点钟前喝白酒。”他说，他四下打量了一下屋子，“哦，这个住所看上去挺舒适的。”

“是的。你来找我是想干什么？”

“我想，我最好还是过来一趟，跟你聊聊有关德利菲尔德太太邀请我们去她家的事。在电话里很难说得清楚。我想要跟你说的是，我现在已着手准备要写德利菲尔德的传记了。”

“噢！那你为什么那天不告诉我呢？”

我对罗伊怀有朋友的情谊。我很高兴那天我没有猜错，我当时就怀疑他请我吃饭，不只是为了想跟我见见面那么简单。

“我还有点儿犹豫。德利菲尔德太太非常想让我做这件事。她打算从各个方面尽力来帮助我。她准备把她手里所有的资料都给我。这些资料她收集了好多年。这对我不是件容易的事，可我要做就得把它做好。如果这本传记我写好了，能给我带来不少的好处。人们对那些时而会写一些严肃题材的小说家会更多一点尊重。我以前写的那些批评著作费了我老大的劲，虽然没卖出去多少，可我一刻也没有后悔过。没有它们，我无论如何也不会取得我今天的地位。”

“我觉得这是个很好的计划。在过去的二十年里，你与德利菲尔德之间的相处和对他的了解，是大多数人都无法比的。”

“我也这么认为。我初次认识他时，他已经过了六十了。我给他写信，告诉他我是多么欣赏和喜欢他的作品，他在回信中请我去看他。可是，他早期的生活我一点儿也不了解。德利菲尔德太太以前常常设法让他谈起他过去的岁月，她把他所说的都做了详尽的记录，另外，他不时地也写一些日记。当然啦，还有他小说里的不少内容也带有自传的性质。不过，若是要写，还有很多需要补充的东西。让我来告诉你我想要写的是什么样的一本书：富于浓郁的生活气息，中间有许多使人倍感温馨的生活细节，然后，把对他作品的一种详尽的批评与这些细节编织在一起，当然啦，不是那种冗长、沉闷的评论，而是能引起读者共鸣的，探究的……微妙的。这自然得费点儿力气了。不过，德利菲尔德太太似乎认为我能够胜任。”

“你一定行的。”我插了一句。

“我想也是。”罗伊说，“我既是个批评家，又是个小说家。很显然，我具备一定的写作传记文学的才能。不过，如果有能力帮我的人不愿帮我，那我还是做不成。”

我开始看出我的作用在哪里了。我极力装出一副若无其事的样子。罗伊向我俯过了身子。

“那天我问过你，你自己是否打算写有关德利菲尔德的东西，你说你不打算写。我可以认为这是你最后的决定吗？”

“当然啦。”

“那么，你也不反对把你这方面的材料给我了？”

“我的朋友，我没有任何关于他的材料。”

“噢，你净瞎说，”罗伊和颜悦色地说，那口气就像是医生在劝说一个小孩把他的嘴张开检查一下他的喉咙一样，“在他生活在黑马厩的那些年，你一定跟他见过不少次面。”

“我那时还是个孩子。”

“可你一定意识到了这是你非同寻常的经历。无论是谁，只要跟爱德华·德利菲尔德一起待上半个钟头，就会被他独特的人格所打动。甚至对一个十六岁的孩子，也定会如此。更何况，与那一年龄段的普通孩子相比，你也许比他们更敏感，有更强的观察力。”

“我不知道如果没有他的名声，他的人格还会显得那么有魅力吗？你以为只要你扮作特许会计师阿特金斯先生到一个矿泉去用矿泉水治疗你的肝病，就会被当地人认为你是一个有独特性格的人吗？”

“我以为他们很快就会意识到我不是那个普通平凡的特许会计师。”罗伊在说这话时，脸上现出颇为自信的笑容。

“哦，我所能告诉你的就是，在那个时候，我最为反感德利菲尔德的地方是，他穿的那套灯笼布的服装太过花哨。我们经常一块儿骑车出去，我总是不太好意思让人们看见我和他在一起。”

“这话现在听起来都有点儿可笑了。他一般谈些什么呢？”

“我不记得了，好像也没有什么。他很喜欢建筑，喜欢谈论种植，如果碰上好一点儿的酒馆，他便会建议我们停下来进去待上五六分钟，喝上一杯啤酒，跟酒店老板聊聊庄稼和煤炭价格之类的事情。”

我滔滔不绝地说着，尽管从罗伊的面部表情上我也看出了他对我的失望；罗伊虽然在听，却显出了一些不耐烦，在他厌烦的时候他就表现得有些暴躁。尽管不记得在我们一起骑车时德利菲尔德说过些什么了，可我却清楚地记着这些外出带给我的感受。黑马厩这个地方有一个特点：虽然它前面紧靠着海，在它的背后是一条狭长的砂石海滩和沼泽地，你只要往里走上半英里的路，便进入了肯特最典型的乡村地带。道路蜿蜒曲折，路两边是绿油油的田野和一丛丛高大的榆树，长得壮实、挺拔，却又朴实无华，就像是农场主的妻子们一样，身体健壮、面庞红润，有上好的黄油、自制的面包、奶油和新鲜的鸡蛋把她们养得肥肥胖胖。有的时候，道路两边立着厚厚的山楂树的篱笆，道路两边枝繁叶茂的榆树在头顶上形成绿色的荫盖，只留下一条缝儿能看到头上的蓝天，公路这时就变成了一条巷子。当你骑着自行车在这暖暖的、怡人的空气中行进着时，你会觉得世界一下子停滞了，生命会永远延续下去。尽管你使劲地蹬着车子，你却有一种懒懒的、很是惬意的感觉。即使没有人说话，你也会觉得非常快乐，如果有一个人顿时来了兴致，突然加速地蹬起来冲到了前面，大家都知道这是在逗乐子，不一会儿，你也会拼命地赶了上去。我们相互之间开着善意的玩笑，逗得大家都咯咯地笑。时不时地我们会经过一些小的农舍，在这些农舍的前面是一座座的小花园。花园里种着蜀葵和卷丹；离大路稍远一点的是农庄，有宽敞的谷仓和啤酒花烘干房；有时也会经过一些种着蛇麻草的田野，那些成熟了的蛇麻草像花环一样倒垂着。酒店里的气氛显得亲切、友好，它们的外表几乎跟农舍一样的朴素，在酒店的门廊上常常有向上攀缘的忍冬花儿。这些酒店的名称都是那种很平常、很熟悉的名字，比如快活的水手、欢乐的农夫、王冠和猫、红狮等。

当然啦，所有这些对罗伊来说并不重要，他打断了我。

“他谈过文学吗？”罗伊问。

“在我的印象当中，没有。他不是那种喜欢谈论文学的作家。我想他可能也会思考他的创作，但他从未提起过。他常常借给助理牧师书看。在圣诞节学校放假期间，我几乎每天到他家去喝茶，有时候助理牧师和他会谈起书籍。不过，大家总是叫他们俩闭嘴。”

“你还记着他说过的一些话吗？”

“只记得他说过的一件事。我记得它是因为他谈到的书我都没有看过，他的话使我有了读它们的兴趣。他说莎士比亚在退休回到埃文湖畔的斯特拉特福[1] 以后颇受人们的尊重，如果他还会想起他创作过的剧本，他最有可能记着的两部是《一报还一报》和《特洛伊罗斯与克瑞西达》。”

“我觉得这对读者并不会有什么太大的启迪。他提到过比莎士比亚更现代一些的作家吗？”

“哦，在我的记忆中，那个时候没有；不过，几年前有一次我在他们家吃午饭，我偶尔听到他跟别人说亨利·詹姆斯不去关注世界历史上最伟大的事件之一——美国的崛起，而是把精力放在了报道英国乡村别墅茶会的闲谈上面。德利菲尔德将此称作‘他所做的重大取舍’[2]。听到这位老人用了意大利语，我略感有些吃惊，同时也觉得有趣，因为整个屋子里只有那个身材高大的公爵夫人能听得懂他到底在说什么。他说：‘可怜的亨利，他永远是绕着一个很大的花园不停地徘徊，花园的篱笆太高，他窥不到里面，正在里面喝茶的人们离开他有一段距离，他无法听清伯爵夫人在说什么。’”

罗伊用心地听我讲着。他若有所思地摇了摇头。

“我觉得我用不上这个故事。亨利·詹姆斯的粉丝们会对我群而攻之的……你们晚上在一块通常做什么呢？”

“哦，在德利菲尔德写书评的时候，我们其余的人就玩惠斯特，他还常常唱歌呢。”

“这倒挺有趣的。”罗伊说着，急切地探过身子，“你还记得他唱过些什么吗？”

“记得。《都只为爱上了一个大兵》和《来这里，这里的美酒更便宜》是他最爱唱的两首。”

“噢！”

我能看得出来罗伊有点儿失望了。

---

① 埃文湖畔的斯特拉特福，英国英格兰中部城镇，莎士比亚的故乡。

② 这里原文是意大利语，il gran rifiuto。

“你是不是想他可能也会唱舒曼[①] 的歌曲呢？”我问。

“为什么不呢？那样的话，会更有意义。我原本想他可能会唱水手的小曲或是英国乡村古老的民歌，你知道，就是通常在农村集市上唱的那种——盲人小提琴手拉着小提琴，村里的小伙子们和姑娘们在打谷场上载歌载舞。如果是那样，我可能会从中提取出一些美好的东西，我真的不明白为什么德利菲尔德会唱这种歌舞杂耍剧场里的歌。毕竟，在你刻画一个人物的时候，你必须有正确的价值取向；如果把不合调的东西也放了进来，那只会混淆了读者的视听。”

“你知道，在这以后不久，他就趁着夜色逃离了黑马厩。他骗了所有的人。”

罗伊沉默了好一会儿，他眼睛看着地毯在思考。

“是的，我知道在这以后发生过一些不愉快的事情。德利菲尔德太太跟我提起过这件事。我也了解在他最后决定买下弗恩大宅、定居在黑马厩之前，他把全部的欠款都还清了。我认为对这样一件在他整个成长过程中并不重要的事件，没有必要再去加以渲染。毕竟那是发生在近四十年前的事情了。你知道，在这位老人身上有许多令人感到奇怪的东西。人们都以为在这样一场小小的丑闻过后，黑马厩应该是他成名以后最不愿意搬来度过他余生的地方了，尤其是这里的人都知道他贫贱的出身，可他却丝毫也没有在意这些。他似乎认为这整件事情就是一个很有意思的玩笑。他能把这件事讲给来他家里吃饭的人听，这叫德利菲尔德太太很是尴尬。我希望你能多了解一点儿埃米。她是一个非常了不起的女人。当然了，虽说早在德利菲尔德认识埃米之前，他就已经写出他所有主要的作品，可谁能否认得了是埃米在他生命的最后二十五年里把他塑造成了一个体面、令人尊重的人呢？她对我很是坦诚。她说她做到这一点并不容易。老德利菲尔德的一些行为举止很古怪，她必须运用许多的策略来改掉他的这些坏习惯。他在

① 罗伯特·舒曼，Robert Schumann，1810—1850，德国作曲家，音乐评论家。

有些事情上非常固执，我想要是一个性格不怎么坚强的女子，也许早就打了退堂鼓了。比如说，他的一个不好的习惯，可怜的埃米费了很大的劲才叫他改了：在每次吃完了盘子里的菜肴，他总要用一片面包来揩干净盘子，然后再把这块面包吃掉。”

“你知道这意味着什么吗？”我说，“这意味着在很长的一段时间里，他都是饿着肚子过日子的，舍不得浪费掉一丁点儿他设法搞到的食物。”

“哦，也许是这样吧！不过，对于一个著名的作家来说，这总归不是一个好的习惯。还有，虽然他并不酗酒，却总喜欢去熊与钥匙客店的酒吧间里，在那里喝上几杯。当然啦，这对他的身体并无害处，却是挺招人注目的，尤其是夏天，当黑马厩这个地方到处都是来度假的游客时。他完全不在乎自己是跟谁聊天。他似乎意识不到他应保持他尊贵的地位。你得承认有时候他的确弄得人很尴尬，许多有趣又有身份的人来他们家吃饭——比如说爱德蒙·戈斯[1]，还有寇松勋爵[2]——随后他就会去酒馆，跟那些管道工、面包师傅和卫生检察员聊天，谈起他对这些贵客的看法。当然，他的这一行为事后也可以打个圆场圆了过去。你可以说他是追求地方色彩，对各种类型的人都感兴趣。可他的一些习惯却委实叫人拿他没办法。你知道埃米·德利菲尔德是费了多大的劲才说服了他洗澡的吗？”

“在他出生的那个时代，人们普遍认为洗澡太多是会影响健康的。我想，他在五十岁之前还从没有住过带洗澡间的房子呢。”

“哦，他说他从来都是一个星期最多洗一次澡，他不明白为什么到了这把年纪还非要他改变他的习惯不可。埃米说他必须每天换背心内裤，可他对此也表示反对。他说他的内衣内裤总是要穿上一个星期才洗的，这简直是乱弹琴，这样洗，穿不烂也得洗烂。德利菲尔德太

① 爱德蒙·戈斯，Edmund Gosse，1849—1928，英国文学史家，评论家，翻译家。

② 寇松勋爵，George Nathaniel Curzon，1859—1925，英国驻印度总督，后来任外交大臣。

太想方设法地哄着他，想让他一天洗一次澡，给他用盐浴，用香料，可什么法子都不奏效，在他年纪又老了一些的时候，他甚至连一个星期也不愿洗一次澡了。这些话当然只是德利菲尔德太太跟我私下里谈谈。我这里把它说出来，是想向你表明写他的传记，我不得不采用一些策略。我们都无法否认他在有关钱财的事情上有些冒失，他有个爱结交比他地位低的人们的毛病，他的一些个人的习惯也不让人待见。不过，我并不认为他的这一面有什么重要的意义。我不想说任何有悖于事实的话，但是，我认为有一些东西最好是删掉不说的好。”

“难道你不觉得如果你放手去写、描写出他所有的方面，读者会更加感兴趣吗？”

“噢，我不能那么做。埃米·德利菲尔德太太会再也不理我的。她之所以请我写这部传记，就是因为她觉得我下笔慎重、考虑周全。我做事不能有悖于我绅士的身份。”

“哦，又要当作家，又想做绅士，这可真是难为你了。”

“我看不出这有什么不行。再说，你也知道那些批评家是什么样子的。如果你说出真相，他们只会说你是冷嘲热讽，背上个冷嘲热讽的名声对一个作家来说并不是什么光彩的事。当然，我也知道若是这样不顾一切地搞一下，也许能引起轰动。在德利菲尔德身上有诸多对立的因素，比如说，对美的热爱和疏于履行自己的职责，他的优美的文体和他个人对水和香皂的厌恶，他的理想主义和他在各种人混杂的小酒店里厮混，把这样的一些对立面糅杂在一起写出来，一定会很有趣；但是，话说回来，那值得吗？他们会说我是在模仿利顿·斯特雷奇[①]。不，我不能那么做。我觉得用含蓄、美妙、机巧圆滑和较为温和的方法——你也知道这诸如此类的方法——会表达得更好一些。我认为在开始写作之前，一个作家对他要写的作品就应该是胸有成竹了。

① 利顿·斯特雷奇，Lytton Strachey，1880—1932，英国传记作家和评论家。

喔，我要写的这部传记就像是凡·戴克[1] 的一幅画，一部具有很强感染力的作品，庄重，具有一种高贵的气质。你明白我说的意思吗？篇幅在八万字左右。”

有一会儿，他沉浸在这一审美的遐思当中。他仿佛看到了这本书的样子，是八开本，掂在手里觉得很轻巧，纸张精美，页边留着很宽的空白，字体清晰美观，我想他还看到了书的装帧，封皮是平滑的黑色布面，书页的边沿处和字体都烫了金。不过，阿尔罗伊·基尔毕竟是个凡人，正如我在前面几页讲过的，他只把这种美使他产生的遐想持续了很短的时间。末了，他朝着我坦诚地笑了。

“可是，我究竟该怎么写第一位德利菲尔德太太呢？”

“这是家丑。”我咕哝了一句。

“对她的处理确实有点儿棘手。她跟德利菲尔德结婚多年。埃米在这个题目上有着她明确的观点，我不知道我如何才能满足了她的这些要求。你知道，她的态度是罗西·德利菲尔德给她的丈夫施加了一种非常有害的影响，她尽一切可能从道德上、身体上和金钱上损毁他；她在每一个方面都远远地低于他，尤其是在精神上和智力上，只因他是个具有无穷力量和生命力的人，他才活了下来。这当然是一桩不幸的婚姻。她已经死了好多年，现在再将这些陈年的丑闻抖搂出来，放在众目睽睽之下，也确实有点儿不雅；但是事实总归是事实：德利菲尔德所有伟大的作品都是跟她生活在一起时写出来的。尽管我非常欣赏他的后期作品，尽管没有谁比我更强烈地意识到他这些作品中的那种真正的美，而且在这些作品里还有一种令人钦佩的含蓄和古典式的节制和沉稳，但是，我必须承认它们缺少了他早期作品中的那一活力和生机，他反映的现实不再具有早先作品中浓郁、鼎沸的生活气息。在我看来，你似乎不能完全无视第一个妻子对他作品的影响。”

“那你打算如何来处理这一问题呢？”我问。

---

① 安东尼·凡·戴克，Anthony van Dyck，1599—1641，佛兰德斯画家，尤以贵族肖像画著称。

“呃，我觉得我们为什么不能极为慎重和巧妙地来处置他这一时期的生活，而不至于刺激到读者敏感的神经呢？另外，还要有一点儿男子汉的坦诚，如果你明白我的意思的话，那样会更加感人的。”

“这听起来很难做到。”

“我觉得，在这里没有必要做详细的描述。重要的是定下一个正确的基调。我会尽可能地不去铺陈，尽可能地少说，我会把重要的东西暗示出来，让读者去揣摩、品味。你知道，无论一个多么粗俗的题目，只要你富于尊严地去对待它，你便可以减弱它令人不悦的地方。可是，如果我不掌握了全部的事实，我就什么也做不了。”

“是的，巧妇难为无米之炊。”

罗伊说话时带出了他演说家流畅平易的本色。我真希望我也能那么有力、确切地表达自己，从不会出现语塞，而是一句接着一句，滔滔如泻；我也希望我不这么痛苦地感到自卑，觉得我这么一个不重要的人物怎么也无法代表了罗伊心目中的那些欣赏他的广大听众。罗伊现在停了下来。他由于激动和天热出汗而变得红红的脸膛，此时变得格外和蔼，他盯视着我的炯炯有神的眼睛也变得柔和，充满了笑意。

“这就是我需要你的地方，老朋友。”他和悦地说。

我总觉得这是一个很好的人生策略：当我无话可说时，我便什么也不说。当我不知道该怎么回答对方的话时，就保持沉默。我没有开口，也和蔼地看着罗伊。

“你比其他任何人都更了解他在黑马厩的生活。”

“我并不这么认为。在黑马厩的那一段时间，有不少人跟我一样地了解他。”

“也许吧！可是，毕竟他们是普通的老百姓，我觉得他们并不重要。”

“噢，我明白了。你的意思是说，我可能会是那个唯一泄露人家底细的人。”

“大体上这是我想要说的意思，如果你认为你非得用这样一种取笑的方式来表达的话。”

我看出来了，罗伊不喜欢我开的这个玩笑。不过，我对此倒并不在乎，因为我早已习惯了人们认为我的玩笑一点也不可笑的态度。我常常想最纯粹的艺术家是那种说了笑话自己独自个儿发笑的人。

“我想，后来在伦敦你也常常见到他吧？”

“是的。”

“那是他住在下布尔格莱维亚街某座公寓房里的时候。”

“哦，那是在皮姆利科住宅区的公寓房。”

罗伊干笑了一声。

“我们并不想就他在伦敦所住的精确位置进行争论。那个时候，你跟他很熟。”

“是很熟。”

“这样的关系持续了多长时间？”

“有几年的时间吧。”

“那时你多大？”

“二十岁。”

“你瞧，这就是我想让你好好帮我一下的地方。它不会花费你太多的时间，可这对我来说却有着无可估量的价值。我想让你尽可能详细地记下你对德利菲尔德的印象，对他妻子以及他们俩关系的回忆等，在黑马厩的和在伦敦的都写下来。”

“噢，我的老朋友，你要求得也太多了点儿吧。眼下我手头还有很多的工作呢。”

“这不会占用你太多的时间。我是说，你只要把它们粗粗地写出来就行了。你知道，你不必费神去考虑风格方面的问题。到时我会赋予它一个与全篇统一的文体。我所需要的是事实。毕竟，除了你没有别人知道。我并不想讲堂而皇之的大道理。不过，德利菲尔德的确是个伟大的小说家，无论是为了纪念他，还是为了英国文学，你都应该把你所知道的都讲出来。要是那天你没有告诉我你不打算写他的任何东西，我是不会提出这个要求的。你掌握着那么多的材料却又不想着用它们，那岂不同狗占马槽一样了吗！”

罗伊就是这样一会儿想唤起我的责任感，一会儿责备我的懒惰，一会儿又说我应该慷慨和助人为乐。

“可是，德利菲尔德太太为什么想让我去乡下，在弗恩大宅住几日呢？”我问。

“哦，我们俩谈过这件事。她家的房子环境挺优雅。她待人也很周到，乡下现在的气候也是很宜人的。如果你想写出对他的回忆，那会是个又美好又安静的地方；当然啦，我说我也不敢保证你会来，不过，住着离黑马厩这么近，自然会让你想起一些你可能本会忘记的事情。再者说，住在他曾经生活过的房子里，周围都是他用过的书籍和东西，会使过去似乎变得更加真实。我们可以一块儿谈论他，你知道在热烈的谈话中间会激起怎样的灵感。埃米脑子反应快，人也很聪明。多年来她养成了对德利菲尔德的谈话做笔记的习惯，你在谈话中间可能会受对方的启迪说出一些很有意义的话而你又没有意识到要把它记录下来，而她事后却能帮你把它记下来。我们还可以打网球，去海边游泳。”

“我喜欢独处，”我说，“我讨厌早晨九点钟就起来吃早饭，因为那时我还没有胃口。我不喜欢散步，不愿意管别人的闲事。”

“她现在是孤单单的一个人了。你去了对她对我都有好处。”

我思考着。

“我告诉你我将会怎么做：我同意去黑马厩，可是得让我一个人去镇上。我将住在熊与钥匙客店，在你去了她那里时，我也会过去见德利菲尔德太太。你们俩可以尽兴地谈爱德华·德利菲尔德，可在我听烦了时就要先行离开。”

罗伊温厚地笑了。

“好的。就这样定了。你愿意写下一切你还记着的、也许对我会有用的东西吗？”

“我尽力试试吧。”

“你多会儿过去？我是星期五过去。”

“我跟你一起走，要是你能同意在火车上不跟我说话的话。”

“好吧。五点十分那班车最合适。需要我来叫你吗？”

“我自己能去得了维多利亚火车站。我在站台等你。”

我不知道罗伊是不是害怕我改变主意，他站起来跟我热烈地握过手后，便马上离开了。他叮嘱我无论如何都不要忘了带网球拍和游泳裤。

12

我给罗伊的承诺把我的思绪又带回我刚来伦敦的那几年。罗伊走后的那天下午，我没什么事，于是想到出去走走，到我的老房东家里跟她喝杯茶。我那时来到伦敦上圣路加医学院时还是个毛头小伙，当时我正在找住处，是学院秘书把哈德森太太的名字给了我。哈德森太太的房子在文森特广场。我在那里一待就是五年，住着她一楼的两间屋子，楼上在客厅那一层住着威斯敏斯特学校的一位老师。我一星期付一英镑的房租，那位老师付二十五先令。哈德森太太是个身材娇小、性情乐观、整日忙碌的女人，她的脸色略显发黄，鼻子很高，长着一双我所见过的最明亮、最富生气的黑眼睛。她有一头浓密的黑发，在下午和每到星期天的时候，她都在脑袋后面盘起一个发髻，前额留一排刘海，酷似泽西莉莉[①] 旧照片中的那一发式。哈德森太太心地善良（那个时候我却不太知晓，因为在你年轻时，总会把人们对你的好看作是理所当然的），而且很会做饭。她的苏法莱煎蛋比谁煎的都好吃。每天一早起来，她就会给房客的起居间里生起炉火，这样“他们在吃早饭时就不会冷得瑟瑟发抖了，我说今早这天气可真冷啊”；每个房客的床铺底下都放着一个扁平的白铁澡盆，头

① 泽西莉莉，即莉莉兰特里，Lillie Langtry，1853—1929，英国女演员，因其来自泽西岛，故被称为泽西莉莉。

天晚上总会倒进去水，清早洗时就不那么凉了，早晨如果她没有听到你洗澡的声音，便会说："嗨，楼上的那个现在还没来餐厅，他又要误了上课了。"说着就会咚咚地跑到楼上，敲响他的房门，听到她的尖嗓门喊："如果你再不起床，就来不及吃早饭了，我给你做了好吃的鳕鱼。"她整天都在干活，一边干一边唱，每天都是一副快快乐乐的笑脸。她的丈夫比她大得多。丈夫曾做过不少大户、体面人家的管家，他留着一把络腮胡子，对人彬彬有礼；他是附近一座教堂的司事，颇受周围人们的尊敬，他给房客们端饭，帮着洗涮碗碟，还为我们擦皮靴。哈德森太太唯一的消遣就是在给我们开完饭以后（我是六点半吃，那位老师是七点），上楼来跟房客们聊上一会儿。我真希望当时要是想到（就像埃米·德利菲尔德和她德高望重的丈夫那样）把她的谈话记录下来就好了，因为哈德森太太是个极富有幽默感的家庭主妇。她巧于应对，从不会有语塞的时候，她说话活泼风趣，妙语连珠，有趣的比喻和生动的词语随口便出。她是一种良好道德和行为的典范，在她的家里她从不收女房客，你永远也不知道她们要干什么（她们总是跟男人们搅在一起，下午要茶点，薄薄的面包片上涂上黄油，再不就是开开门按门铃要热水，等等这样诸如此类的麻烦事）；可在讲话时她却会毫不犹豫地用上当时的一些粗话。她说玛丽·劳埃德的话也可以用在她自己的身上："我喜欢她，就是因为她总是能引你发笑，有时候她的话说得可谓是露骨了，但她从未失去过分寸。"哈德森太太很以自己的幽默感为荣，我想她更愿意跟她的房客聊天，因为她丈夫平日里表情严肃（"这也理应如此，"她说，"他是一位教堂司事，主持婚礼和葬礼等"），不是那种适合开玩笑的人。"我常常跟哈德森说，能有机会笑，就尽情地笑吧，等你死了葬了，就笑不成了。"

哈德森太太的幽默是日积月累形成的，她跟住在十四号出租屋子的布彻小姐之间的争吵，就是一个年复一年上演着的长篇喜剧传奇。

“她是只讨厌的老猫，可要是上天哪天把她召去了，说真的，我会想她的。尽管我不知道老天爷在天上会怎么待她，她这一生可给了我不少的乐子。”

哈德森太太的牙齿不好，是不是要拔掉它们换上假牙？这个问题一直被她讨论了两三年，这期间她的各种各样滑稽可笑的念头多得令人难以想象。

“昨天晚上，哈德森跟我说：‘嗨，拔掉它们吧，这样永远不会再有牙痛，’正如我当时跟他说的一样，那以后我还有什么可聊的呢？”

我有两三年没见过哈德森太太了。我上一次去她家，是她给我写了一封短简，让我去她那里喝上杯上好的浓茶，并告诉我说：“到下个星期六，哈德森就整整逝世三个月了，他活了七十九岁，乔治和海丝特都向我表达了他们的问候。”乔治是她和哈德森结婚后生下的儿子。乔治现在已是个快到中年的男子了，在伍利奇兵工厂工作，他母亲已经念叨二十年了，要乔治带个老婆回家。海丝特是我住在那里的最后一段日子哈德森太太雇来做家务活的女孩，哈德森太太总是叫她“我那鬼丫头”。虽说在我租她的房子时，哈德森太太已经过了三十岁，现在又过去了三十五年，可在我悠闲地走过格林公园去往她家的路上，我一点都不怀疑她仍然在世。她是我年轻时代之记忆中的一部分，就像在公园湖边站立着的鹈鹕那样确定无疑。

我走下地下室前的台阶，海丝特为我打开了房门，海丝特现在快五十岁了，可身体还很壮实，在她那张总带着些羞怯的笑脸上仍能看出她小鬼丫头时的神情。我被带进地下室的前屋里，哈德森太太正在缝补乔治的袜子，她摘下了眼镜看着我。

“噢，这不是阿申登先生吗？真想不到你会来！炉子上的水开了吗，海丝特？我们来好好地喝上一杯茶，好吗？”

哈德森太太比我刚认识她的时候胖了一些，她行动起来也较从前迟缓，可她一头的黑发还很少见得着一根白发，在她那双像纽扣一样亮亮的黑眼睛里，闪烁着快乐的光。我坐在了一个破旧的褐红色的小皮椅上。

"你近来好吗，哈德森太太？"我问。

"噢，我没有什么可抱怨的，除了我不再像以前那么年轻了。"她回答说，"我不再像你在这里的时候那么干得动了。我现在已不给房客提供晚饭，只有早饭。"

"你的屋子都租出去了吗？"

"还不错，都租出去了。"

由于房租的涨价，哈德森太太比我在的那个时候能得到更多一点的租金了，我想以她这样一种俭朴的方式生活，她的日子应该还过得不错。当然现在的人们要求得也多了。

"我跟你说了，你可能都不会相信，我先是给房子里隔出了洗澡间，然后是安上了电灯，后来是我必须得给他们装上了电话，才能满了他们的意。我真不知道他们接下来会再要什么。"

"乔治先生说，现在是该哈德森太太考虑退休的时候了。"正在准备着茶具的海丝特说。

"这里没你的事，鬼丫头，"哈德森太太厉声地说，"到我退休的时候，就是我该进墓地葬我的时候了。简直不敢想象那种只留下我跟乔治和海丝特，再没有别人可以聊天的生活。"

"乔治先生说，她该在乡下弄间屋子过清静的生活了。"海丝特并没有理会哈德森太太对她的斥责。

"不要跟我提乡下。去年夏天医生让我到乡下待六个星期。我跟你说，那六个星期差点儿要了我的命。那个嘈杂。树上的鸟儿一个劲儿地叽叽喳喳，就没有停的时候，公鸡的叫鸣，母牛的哞哞声，让我简直受不了。如果你像我一样过了这么多年安详平静的生活，你一定习惯不了那一刻也不停的喧闹声。"

再过去几座房子就是沃霍尔大桥路，在大桥路上有电车摇着铃铛驶过，有公共汽车隆隆地穿梭，出租车按着喇叭。如果哈德森太太听到了这车水马龙的喧声，这是伦敦所特有的声音，就如母亲的哼哼声能把哭闹的孩子哄得安静下来一样，伦敦的市声能平静了她的心情。

我望着这间哈德森太太住了这么久的小客厅，它舒适、简朴，甚至可以说是简陋。我在想是否能为她做点什么。我留意到了她新添置的唱机。这也是我唯一想到要为她做的事情。

“你还需要些什么吗，哈德森太太？”我问。

她拿她明亮的眼睛盯着我，似乎在思考。

“你问我还需要什么，我现在不缺什么了，只要我能再健健康康地活上二十年，让我有力气做我的房东。”

我觉得我并不是个多愁善感的人，可她的这一回答——略使我感到意外却又很符合她的性格——还是让我的嗓子感到一阵哽塞。

在我快要走的时候，我问她我是否可以再看看我曾经住了五年的房间。

“快上楼去，海丝特，看看格雷厄姆先生在不在。要是他不在，我想他也一定不会介意你看一下这些屋子的。”

海丝特跑上楼去，片刻的工夫，气喘吁吁地下来了，说格雷厄姆先生不在。哈德森太太跟我一块上了楼。卧室里的床还是那个我曾经睡在上面做过无数次年轻人的美梦的窄窄的铁床，还是原先的那个五斗橱和脸盆架。可起居间里却散发着一种运动员奋发向上的气息；墙上挂着整个板球队队员和穿短裤的划船运动员的照片；在屋角立着高尔夫球棒，壁炉台上凌乱地放着带有某个学院院徽的烟斗和烟草罐子。在我年轻的时候，我们奉行为艺术而艺术的信条，为了体现这一点，我买了摩尔挂毯挂在壁炉台上，窗帘用的是草绿色的带有艺术感的哔叽布，墙上挂着佩鲁吉诺[1]、凡·戴克和霍贝马[2] 画作的复制品。

“你那时可是蛮追求艺术性的，不是吗？”哈德森太太带着点儿调侃地说。

“是的。”我咕哝着说。

想着自从搬进这间屋子里以后度过的那些岁月，以及那些年月里所发生的事情，让我的心头不由得感到一阵子痛。就在这张桌子上，我吃着有时丰盛有时节俭的早点和晚餐，学习着医学的课本，写出了我的第一部小说。就是在那把椅子里，我第一次读了华兹华斯和司汤达，读了伊丽莎白时代剧作家和俄罗斯小说家的作品，还有吉本[3]、鲍斯韦尔、伏尔泰和卢梭的作品。我不知道在我之后有谁用过了这张桌子。医专的学生，见习律师，在伦敦城里闯荡的年轻人，从殖民地退役回来的上了年纪的官员，或是家庭破裂意外地被抛到了这人世间的老人。这间屋子，正像是哈德森太太说过的一句话，让我浑身感到了不自在。曾在这里怀有的所有希冀，对美好未来的憧憬，年轻人火热的激情；遗憾和悔恨，理想的破灭，身心的疲惫，任由命运的摆布；人类的各种情感都被曾经在这间屋子里生活过的人们体验过了，这使我顿时觉得这间屋子似乎奇怪地禀有了一种它自己的个性，谜一样的躁动不安的个性。我不知道它为什么会让我想到一个站立在十字路口的女人，她一只手抚在嘴唇上，回头望着，另一只手在向我召唤。在我脑中隐约（甚至有些羞耻）出现的这幅图景不知怎么地让哈德森太太看出来了，她大声地笑了，用她特有的动作揉了揉她的大鼻子。

“我说，人真有意思，”她说，“在想到曾在我这里住过的那些人

① 彼得·佩鲁吉诺，Pietro Perugino，1446—1523，意大利文艺复兴时期画家。

② 霍贝马，Hobbema，1638—1709，荷兰风景画家。作品多描绘田园风光。

③ 爱德华·吉本，Edward Gibbon，1737—1794，英国历史学家。著有《罗马帝国衰亡史》六卷。

们时，如果我说出他们的一些事情，说真的，你都不会相信。他们一个比一个有趣。有时候，躺在床上想起他们，都会笑了出来。哦，如果你不能时而开怀地笑上一阵子，你会活得很累的。噢，这些房客真的给了我不少乐子。”

13

我在哈德森太太家住了快两年的时候，又一次碰上了德利菲尔德夫妇。我的生活很有规律。白天待在医院里，到了下午六点步行回文森特广场。顺路在兰贝斯大桥那里买一份《明星报》，回到家后读它到开饭的时候。晚饭后，我先是读上一两个小时的经典作品，滋养丰富自己的头脑，因为我是一个努力、认真和勤奋的青年，在这之后，写小说或是剧本到睡觉的时间。在六月底的一天，我下午离开医院比较早，不知怎么的，我想沿着沃霍尔大桥路走一走。我喜欢这条街上的嘈杂和人来人往。它混杂，却充满了生机，给人一种愉悦和激奋感，让你觉得惊险刺激的事儿可能就在前面等着你。我一边遐想，一边信步走着，突然我惊讶地听到有人喊我的名字。我停下张望着，想不到竟是德利菲尔德太太站在那里，正朝我笑着。

“你不认识我了吗？”她喊。

“认识。你是德利菲尔德太太。”

尽管我现在已经是成年人了，我的脸还是像我十六岁时一样一下子涨红了。见到她我觉得很不好意思。以我脑子里（倒霉的）维多利亚时代有关诚实的观念，我对德利菲尔德夫妇欠债逃离黑马厩，深感震惊。在我看来，他们这种行为似乎有点儿太卑劣了。我为他们感到深深的愧疚，这种耻辱我想他们也一定感觉到了，德利菲尔德太太竟然愿意跟一个知道这件不光彩事情的人主动打招呼，这着实让我吃惊不小。要是我先看见了她，我会把眼睛看到别处走开，我的羞耻心会让我觉得她不希望见到我，免得她的脸臊得不知该往哪搁；可她却大大方方地伸出了她的手，显然是很高兴地握住了我的。

“我很高兴能见到一个黑马厩的人，”德利菲尔德太太说，“你知道我们离开得很匆忙。”

她说着笑了起来，我也笑了；不过她的笑是那种开心的，孩子似的笑，而我的却是勉强做出来的。

“我听说，在人们发现我们跑掉以后，镇子上可是热闹了好一阵子。当特德听到这些后，他笑得合不上嘴。你叔叔怎么说我们呢？”

我随即合上了她的调子。我并不想让她认为我不如其他人，看不出这是个玩笑。

“哦，你也知道我叔叔的那个样子。他是个旧脑筋。”

“你说得对，这正是黑马厩的问题所在。他们需要觉醒。”她很友好地看了我一眼，“你比我们上一次见面，长大了好多。噢，看你胡子也长出来了。”

“是的，”我说，一边用手将我还没长长的胡子整个儿捋了一遍，“我长胡子已经有一段时间了。”

“时间过得真快，不是吗？四年前你还是个孩子，现在你已是个男子汉了。”

“那是当然啦，”我有些骄傲地回答，“我马上就二十一岁了。”

我在看着德利菲尔德太太。她戴着一顶上面插着羽毛的小帽子，穿着一件浅灰色的长裙，有着羊腿形的宽大袖子和长长的裙裾。我想她看上去很优雅、很潇洒。我以前总以为她光是脸蛋好看，现在我才第一次发现她整个人儿都长得漂亮。她的眼睛比我记忆中的更蓝，她的皮肤像象牙一样粉白粉白的。

“你知道我们就住在前面的那个街口。”她说。

“我也住在那边。”

“我们住在林帕斯路，自离开黑马厩后，我们就一直住在那儿。”

“哦，我在文森特广场也住了快两年了。”

“我知道你在伦敦。乔治·肯普告诉过我，我经常想你可能会住在哪里呢。你为什么不现在就去我家看看？特德一定很高兴见到你。”

“好的，现在就去。”我说。

在我们一起走着去她家的路上，她告诉我德利菲尔德现在是一家周报的文学编辑了；他最近出版的一本书比他以前写的任何一部都好，他的下一部作品有望预支到一笔不菲的版税。她似乎知道黑马厩发生的很多事情，这让我记起人们对一件事情的猜测：是乔治勋爵帮助德利菲尔德夫妇逃离黑马厩的。我想他现在还在不时地给他们俩写信。我留意到从我们身边过去的人会时而回头看德利菲尔德太太。这让我蓦地想到人们也一定觉得她很漂亮。走在她身边，我开始感到了一丝得意。

林帕斯路是一条又长又宽的笔直大道，是与沃霍尔大桥路平行的一条街。路两边的住宅很相像，都是拉毛粉饰的房子，有着宽大的门廊，外墙的粉刷已经变得暗淡，但结构还很坚固。我猜想，这些房子当时是为伦敦城里有脸面的人修建的，可不久这条街道就变得萧条了，或者是就从未把有钱人吸引来住；在它这一衰败的景象中还残留着一些往日的尊贵，颇带着一种既寒碜作态又骄奢放荡的气派，它会让你想起曾享过福的贵族阶层，他们现在仍然沉醉于往日的辉煌，谈论着他们年轻时的显耀地位。德利菲尔德夫妇住在一所漆成暗红色的房子里，德利菲尔德太太带着我走进一个狭窄昏暗的过厅，她打开房门说：

“进来吧。我去告诉特德你来了。”

她顺着过厅往里走去，我进了起居间。德利菲尔德夫妇租着地下室和一楼的屋子，女房东住在楼上。我在的这间房的陈设看上去都像是从拍卖市场买回来的东西。厚厚的丝绸窗帘带着长长的流苏，上面有很多环套和花饰，一套金色的家具，其垫套都是用黄色锦缎做的，上面钉了许多扣子；屋子当中放了一个很大很厚实的坐垫。还有几个金色的柜子，里面摆着一大堆的小玩意，有瓷器、牙雕人物、木雕、印度铜器等；墙上挂着画有苏格兰高地峡谷、雄鹿和游猎侍从的油画。不一会儿，德利菲尔德太太带来了她的丈夫，德利菲尔德上来热情地跟我握手寒暄。他穿着一件已显旧的羊驼呢上衣和一条灰色的裤子；他已经刮掉了络腮胡子，只留下了上嘴唇和下巴上的胡子。我第一次发现他的个头竟这么矮小，可我觉得他比过去显得尊贵和有气质了。在他的身上有了他以前不曾有过的儒雅，我觉得这倒更像一个作家所应该具有的特质。

“哦，你看我们的新居怎么样？”他问，“显得富有，是吗？我觉得这能让一个人更加自信。”

他满意地四下打量着这屋子。

“特德写作的书房在最里面，我们的餐厅在地下室。”德利菲尔德太太说，“我们的房东考莉小姐曾经给一位贵族夫人做了多年的女伴，在她临死的时候，这位贵族夫人把她的家具都留给了考莉小姐。你看这些家具都是好好的，不是吗？你能看得出来它们是来自一位上等人家。”

“我们一看到这所房子，罗西就喜欢上了。”德利菲尔德说。

“你也是这样，特德。”

“我们在简陋的环境中住的时间太久了；现在生活在这舒适奢华的环境，对我们也是个改变。我们也像德·蓬巴杜夫人[①]之流那样生活生活。”

在我要走的时候，德利菲尔德夫妇非常热情地邀请我再来。他们好像是每星期六下午一准在家里，我想要见的各种人都习惯在这个时间来访。

---

① 德·蓬巴杜夫人，全名让娜-安托瓦妮特·普瓦松，Jeanne-Antoinette Poisson，1721—1764，法国国王路易十五的情妇，在宫廷中颇有影响。

14

星期六下午我去了他们家。接下来的星期六，我又去了。到了秋天，等我回到伦敦圣路加医学院上冬季的课程时，我已习惯每个周六的下午都去他们家了。在这里，我被引进了艺术和文学的世界；我保守着自己在家中勤奋写作的秘密；我激动地跟来这里的作家们见面结识，专心地聆听他们的谈话。来这里的有各色各样的人：在那个时候，周末的活动很少，打高尔夫球还被人们当作一个嘲笑的对象来谈论，在星期六下午人们通常很少有事可做。我并不觉得在来人中间有什么重要的人物；在这里遇见的所有画家、作家和音乐家中间，我不记得有哪一个他们的名声能持续到现在的；可那种活跃的文化的氛围却是很浓的。他们中间有正在寻找角色的年轻演员，有哀叹英国人不是一个懂音乐民族的中年歌唱家，有在德利菲尔德家的小钢琴上演奏自己的作品同时又小声地抱怨说他们的作曲唯有在大型的音乐会上才能彰显出其效果的作曲家们，有在人们一再地敦促下才同意把自己刚写的诗歌拿来朗诵的诗人，有正在找活儿的画家。偶尔也会有一个带贵族头衔的人来，给这里增添些许的光彩；不过，在那个时候，这种情况少之又少，因为那时贵族的行为还比较检点，要是他们中间有谁来交结艺术家了，那一般也是因为他离婚闹出了丑闻，或是赌牌输了钱，叫他（或是她）的生活变得拮据或是处境变得尴尬。现在的情况完全不同了。这一强迫性的义务教育给世界所带来的一个最大的好处，就是使写作这一行当在贵族们中间得到了普及。霍勒斯·沃尔波尔曾编过一本《王室和贵族作家概览》，现在这本书已经应该有一部百科全书的篇幅了。一个贵族的称号，哪怕是名义上的，都可以使几乎是随便哪一个人成为著名的作家。可以说，要进入文学界，没有什么比高贵的地位更好的通行证了。

我有时候在想，既然上议院在不久的将来一定是会被废除的，那么，如果用法律规定下来，文学这一职业只允许上议院的成员、他们的妻子及其子女来从事，也不失为一个好的方案。这是英国人民为贵族交出他们世袭的特权所能给予贵族的一个很好的回报和补偿。这对于那些因献身于公共事业——资助唱诗班的女孩、赌马赛马事业以及玩九点的牌系——而变得穷困了贵族（这样的贵族太多了），也不失为一种维持生计的方式，对于其他那些在自然选择的过程中变得什么也干不了（除了统治管理大英帝国）的贵族，这也是一份令人愉快的职业。

可我们现在又是个专业化了的时代，如果我的方案被采纳，将文学的各个门类根据贵族们不同的社会等级，给他们分配下去，这显然有助于英国文学事业的发展。所以，我建议较低一些的文学类型应该让地位较低一些的贵族来承担，而男爵和子爵应该去专门从事新闻和戏剧。小说创作则应属于伯爵所拥有的特权。伯爵们已经表明他们能够胜任了这一复杂的艺术，而且他们的人数如此之众，足以满足了读者对小说的需求。而纯文学（我一直也弄不明白它为什么要叫这个名称）的创作则可以放心地交给侯爵来做。如果从挣钱的角度看，这种文学的收益可能不会很高，但是，它所具有的地位却与拥有侯爵这一浪漫身份的人很相吻合。

文学的最高形式是诗歌。诗歌是文学的终极目标，是人类最为崇高的思维活动，是最高境界的美。当诗人到来时，散文作家只能是靠边站；诗人使我们中的佼佼者都相形见绌。很显然，我们应该把诗歌的写作留给公爵，我愿意看到他们写作诗歌的权利得到最为严格的保护，不惜对僭越者施以重罚或是体罚。因为最崇高的艺术唯有最崇高的人来从事，让其他的任何人来做，那都是不可容忍的。既然在这里也要信奉专业化的原则，我预想到公爵们（就像亚历山大的继承者们一样）也会把诗歌的领域在他们之间划分一下，每一个人都只从事于天生兴趣和遗传影响使得他所擅长的那个方面；于是，我预见到曼彻斯特的公爵们擅于写作训诫和道德方面的诗歌，威斯敏斯特的公爵们专门写唤起国人对大英帝国的责任感和义务的激动人心的诗歌；而在我的想象中德文郡的公爵们更可能会去写普洛佩提乌斯[①] 式的抒情诗和哀歌，马尔伯斯的公爵们则几乎必然会是以家庭幸福、征兵和满足于卑微的地位为主题，吹奏出田园曲调的诗歌。

如果你说这一点不是那么容易做到，提醒我说诗神不仅雄赳赳地挺进，而且有时也轻灵地舞步；你想到了那个聪明人的话：只要他能写歌曲他才不在乎是谁在制定着国家的法律，因此你问我（你正确地认为公爵们也许胜任不了这一工作）应该由谁来拨动这些琴弦，弹奏出人类丰富多变的心灵有时渴盼听到的乐曲——我的回答（显然，我本该早就想到）是公爵的夫人们。我承认罗马涅多情的农民为他们心上人唱托卡托·塔索[②] 诗句的时代，汉弗莱沃德夫人摇着小阿诺德的摇篮，吟唱《俄狄浦斯在克洛诺斯》[③] 中的合唱曲的时代，已经过去。当今的时代呼唤新的曲调。所以，我建议家庭型的公爵夫人们写作赞美诗和我们的儿歌，轻佻活泼一些的公爵夫人——那些总想把葡萄叶子和草莓混在一起的夫人——则应该为音乐喜剧谱写抒情歌曲，为

① 普洛佩提乌斯，Sextus Propertius，前 50—前 15，古罗马哀歌诗人。写有四卷哀歌。

② 托卡托·塔索，Torquato Tasso，1544—1595，意大利文艺复兴后期诗人。

③《俄狄浦斯在克洛诺斯》，古希腊三大悲剧诗人之一索福克勒斯写的最后一个悲剧。

漫画小报写谐趣诗，为圣诞贺卡和彩包爆竹[①] 写格言警句。这样一来，她们就会名副其实地保留住她们在公众心目中的形象，而不再只是靠她们尊贵的地位。

就是在星期六下午的这样一些聚会上，我非常惊讶地发现爱德华·德利菲尔德已经成为一个名人。他已经出版了二十部作品，虽说没得到多少稿酬，可他的名声却已不可小觑。最好的批评家们赞扬这些作品，来他家的朋友们一致认为在不远的将来他便会被世人认可。他们责备公众有眼无珠，看不到这里有位伟大的作家；抬高一个人的最为容易的方法就是去贬低另一个人，所以，他们肆意地去诋毁那些名声超过他的当代作家。如果当时我就像现在这样地了解文学界，那么，依据巴顿·特拉福德夫人不间断的来访，我就会想到爱德华·德利菲尔德出人头地的日子正在到来，犹如一个长跑赛中的运动员在一小撮吃力奔跑着的人中间突然发力，他必定会甩开别人，冲到最前面。我承认在我第一次由人介绍认识这位夫人时，我根本就没有把她的名字放在心上。德利菲尔德向她介绍我说，我是他在乡下居住时的一位年轻的邻居，并告诉她说我在医学院读书。她向我甜甜地笑了笑，柔声低语地说了些有关汤姆·索亚[②] 的话，接下了我递给她的黄油面包，便继续跟主人说起话来。不过，我注意到她的到来还是产生了影响，人们热闹欢快的谈话声静了下来。当我小声问到此人是谁时，我发现我的无知令在场的人无不惊诧；有人告诉我她曾"成就了"某某人和某某人。半小时之后，她站了起来，在跟她认识的人们一一握了手之后，很是轻灵优雅地步出了房间。德利菲尔德送她到门口，扶她上了马车。

巴顿·特拉福德夫人那时五十来岁，她体态娇小，轻盈，可面部五官却显得很大，这使她的脑袋看上去大得跟她的身体很不协调；她

① 彩包爆竹，宴会上装有糖果、箴言等的小礼包，抽开时会噼啪作响。

② 美国作家马克·吐温，Mark Twain，著名小说《汤姆·索亚历险记》中的主人公。

的一头略带卷曲的白发梳成了米洛维纳斯[①] 的发式，人们都觉得年轻时她一定很漂亮。她穿着一身雅致的黑色丝绸衣服，脖颈上挂着几串珍珠和贝壳项链。据说她早期的婚姻很不幸福。不过，这许多年来，她与巴顿·特拉福德的结合却让她的生活过得和睦融洽，她现在的丈夫是内政部的一名书记员，著名的史前人类学方面的权威。巴顿·特拉福德夫人会给你留下一种奇怪的印象：她身体内好像没有骨头似的，你觉得只要你去掐一下她的小腿（当然啦，对女性的尊重以及她面上那副恬静和庄重的神情都不允许我这么去做），你的手指头就会碰在一起了。当你握着她的手时，就像是握着一块没有刺的鱼片。她的五官尽管显得大，可整个面部却给人一种变动不定的感觉。在她坐下时，她就像没有脊椎骨似的，仿佛是一个里面填满了天鹅羽绒的价钱不菲的坐垫。

她的整个人都透着一种柔和，她的嗓音，她的笑容，她的笑声；她的浅蓝色的小眼睛如同花朵般的柔和，她的举止柔和得像是夏天的雨。正是她的这一迷人的特质使她成为一位奇特的朋友。也正是这一点使她赢得了她现在享有的名声。前几年逝世的那位伟大的小说家对所有说英语的民族都是一个大的震撼，整个社交界都知道她与那位小说家的亲密友谊。人们都读了这位伟大的小说家写给她的大量信件，小说家逝世后不久，在大家的劝说下她就出版了这些书信。在这些信件的每一页上，你都能看出作者对她美貌的倾慕和对她的评论的尊重；任他如何表达，他都永远说不尽对她的感激，她对他的鼓励，对他的理解，她的眼光和她处事的机智和圆滑，都给予他极大的帮助；如果有些人觉得他信中的一些情感热烈的表达会让巴顿·特拉福德先生看了心里有种别样的感觉，那也只是更增加了这些信件的人情味儿。然而，巴顿·特拉福德先生的情感却远远超出了这些凡夫俗子的偏见（他的不幸，如果那能算是什么不幸的话，也是那种历史上最伟

① 米洛维纳斯，著名古希腊大理石雕像，作于公元前二世纪，现藏于巴黎罗浮宫。

大的人们能泰然忍受的不幸），他放下对奥瑞纳文化时期火石和新石器时代的斧头的研究，同意撰写一部有关这位小说家生平的书，在这部传记中，他很明确地表示这位作家的才能和成就有一部分应归功于他妻子的影响。

巴顿·特拉福德夫人对文学的兴趣和对艺术的热情并没有随着这位朋友的去世而消失，尽管受她帮助颇多的这位作家在她的不懈努力下已永垂史册。她是一位不知疲倦的伟大读者。很少有好的作品能从她眼皮底下漏掉，她能与任何有前途的年轻作家很快建立起个人关系。她的名气，自从她丈夫的那部传记出版之后，正在与日俱增，她确信作家们都会毫不犹豫地接受下她要给予的支持。巴顿·特拉福德夫人交友的天分必然会在适当的时候派上用场。当她读到能打动了她的作品时，也有着不错批评才能的巴顿·特拉福德先生便会给作者写一封热情洋溢的赞赏信，并邀请他吃午饭。午饭过后，巴顿·特拉福德先生得去内政部上班，他让作家留下跟巴顿·特拉福德夫人交谈。不少作家被这样地请过了。他们都有一些才分，但都还够不上伟大。巴顿·特拉福德太太有一双识人的慧眼，她相信她的眼光；她的眼光叮嘱她要继续等待。

她也确实非常谨慎，以至于对加斯帕·吉本斯这位诗人就差点儿失去了机会。以前的一些记载告诉我们，作家们可以一夜成名，不过，在当今这一更为审慎的时代，这种事已经不再听说了。批评家们想要先看看文学界的动向再说，广大的读者受骗的次数太多，不愿再做无谓的冒险。可在加斯帕·吉本斯的身上却几乎再次验证了这条真理：加斯帕·吉本斯的确是在极短的时间内一下子成名的。既然他现在已经被世人们完全忘记，曾赞赏过他的批评家们也都乐意收回他们的评论，要不是无数的报馆都存档着他们说过的那些言论的话。他最初创作的第一卷诗歌在社会上引起的轰动，简直令人难以置信。几家最重要的报纸都争相刊登评论他作品的文章，所占篇幅跟职业拳击赛的报道相差无几，最有影响的批评家们都争先恐后地对他表示欢迎。他们把他比作弥尔顿（因为他的素体诗歌音调铿锵），比作济慈（因为富于美感的意象在他的作品中比比皆是），比作雪莱（因为他空灵飘逸的想象力）；把他作为鞭挞那些他们已经厌倦了的偶像的棍子，他们以他的名义棒打丁尼生勋爵干瘪的屁股，还在罗伯特·勃朗宁的秃脑壳上狠狠地敲打。公众像耶利哥[①]坍塌的城墙一样纷纷地拜倒。他的诗集一版再版，也供不上读者的需要，你到处可以看到加斯帕·吉本斯的印刷精美的诗歌集，在梅费尔[②]的伯爵夫人的小客厅里，在英国从南到北的牧师家庭的起居室里，在格拉斯哥[③]、阿伯丁[④]和贝尔法斯特[⑤]的诚实和有教养的商人的客厅里。当维多利亚女王从忠诚的出版商手里接过一本他的装帧非常特别的诗歌集，而且回赠给他（不是诗人，是出版商）一本《高原日记拾遗》[⑥]时，全国民众对这位诗人的热情更是空前的高涨。

所有这一切都发生在顷刻之间。希腊的七座城市都抢着说自己是荷马的出生地，尽管加斯帕·吉本斯的出生地（沃尔索尔）已毫无争议，可有十四个以上的批评家们都声称是自己首先发现了加斯帕·吉本斯；一些著名的文学评论家二十年来一直在周报上相互吹捧对方的作品，现在却为这件事激烈地争吵不休，在文学协会见面时彼此都不理不睬。整个上层社会也不甘落后，守寡的公爵夫人、内阁大臣的夫人和孀居的主教太太们都纷纷邀请加斯帕·吉本斯吃午饭，或是喝下午茶。据说哈里森·安斯沃思[⑦]是第一位能以平等的身份出入于英国

---

① 耶利哥：西亚尼海以北古城，据《圣经》记载，祭司吹响号角，该城城墙神奇地塌陷。

② 梅费尔：伦敦西区高级住宅区。

③ 格拉斯哥：英国苏格兰中南部海港城市。

④ 阿伯丁：英国苏格兰东北部海港城市。

⑤ 贝尔法斯特：英国北爱尔兰东部港口城市。

⑥《高原日记拾遗》：英国维多利亚女王（1819—1901）所著。

⑦ 威廉·哈里森·安斯沃思，William Harrison Ainsworth，1805—1882，英国小说家。

社交界的作家（我有时很纳闷为什么没有一个敢于冒险的出版商为此而出版一下他的全集）；我相信加斯帕·吉本斯也是第一位有自己的名字被印在了家庭招待会请柬下方用来招徕客人的诗人，他的吸引力完全不差于一位歌剧演员或是口技艺人。

巴顿·特拉福德夫人当时并没有抢得先机。因此她只能到市场上去公开地交易。我不知道她使用了什么特别的策略、什么奇妙的手腕，以及怎样的温柔体贴、理解和同情，说了什么样好听动人的话语；我只能是一边在一旁猜测，一边赞叹不已；她把加斯帕·吉本斯抢了过去。不大一会工夫，他已经是从她柔软的手中啄食了。她的确令人钦羡。她带他去吃饭，让他见他该认识的人；她举办家庭招待会，让他在那里给英国社会中最为显赫的人物朗诵他的诗歌；她介绍他认识许多著名的演员，他们请他为他们写剧本；她设法让他的诗歌只发表在合适的刊物上；她与出版商们交涉，她为他所签署的出版合同令内阁大臣也会咂舌；她留心只让他接受她赞同的邀请；她甚至叫他离开他的妻子（他们在一起已经幸福地生活了十年），因为她觉得一个诗人必须是一个独立的自我，他的艺术不应该受到家庭的羁绊。一旦完全的失败，只要她愿意，她就可以说她为他已经做了她力所能及的一切。

果然遭遇到了完全的失败。加斯帕·吉本斯出版了他的另一部诗集；它比起他的第一部来不好也不坏；尽管它也受到读者的重视，可批评家们却都有所保留，有的甚至在挑书的毛病了。这部作品令人失望。它的销量也不好。更为不幸的是加斯帕·吉本斯这个时候开始酗酒了。他以前从来没有大把花钱的习惯，他也很不习惯为他准备的各种奢华的娱乐活动，或许他已开始想念他朴实、平凡的妻子；有一两次，在巴顿·特拉福德夫人家里举办的晚宴上，他的不修边幅和衣衫不整使任何一个稍比她多一些世故或比她少一些单纯的人都能看得出来，他是喝多了。她对客人们只是温婉地说，诗人今晚不在状态。他的第三部作品是个彻底的失败。批评家们把他的诗集批评得体无完肤，他们把他打倒在地，再踏上一只脚，要是引用爱德华·德利菲尔德以前爱唱的那首歌曲的话，那就是然后拖着他满屋子转，再在他的脸上踩；批评家们自然是非常恼火，因为他们误将一个打油诗人看作了一位不朽的诗人，决心要让他来为他们的错误埋单。没多久，加斯帕·吉本斯因为酗酒和扰乱治安，在皮卡迪利大街被捕，巴顿·特拉福德先生不得不半夜跑到葡萄街，把他保释了出来。

在这个节骨眼上，巴顿·特拉福德夫人表现得十分完美。她没有抱怨。连一句严厉的话也没有说过。如果她心里觉得苦，发发牢骚——因为她为其付出如此之多的这个男人让她是如此的失望——人们也完全可以理解和原谅。可是，她没有。她依然那么温柔、和蔼，富于同情心。她是个善解人意的女人。她丢弃了他，但不是像扔掉一个烫手的山药或是一块发烫的砖头那么急切。她是无限温柔地放弃了他，就像她下了决心要做这件违背她本心的事情时无疑会流下的泪水那么温柔；她是那么圆滑、那么巧妙地丢弃了他，或许他自己几乎都没有察觉他已被人抛弃了。可这一点又是毋庸置疑的。她不愿意说他的坏话，根本就不愿意再提起他。当有人提到他时，她只是忧郁、淡淡地一笑，叹口气罢了。但是，她的笑容就是对他的致命一击，她的叹息就是对他深深的埋葬。

然而，巴顿·特拉福德夫人对文学的那一挚爱绝不能允许自己因为这点挫折，就长时间地消沉下去；不管她的失望有多大，本质上她都是一个毫无私心的女人，她不能让自己天生的擅于斡旋、善解人意和透辟的领悟才能闲置着。她继续活动在文学界，到这里或是那里参加茶会、各种晚会和家庭招待会，她总是那么迷人、和蔼，会心地倾听，可又时刻保持着警觉、运用着自己擅于甄别的才能，决心（如果可以说得这么粗俗的话）下一次支持上一个胜利者。也就是在这个时候，她遇见了爱德华·德利菲尔德，对他的创作才能很是看好。确实他已经不再年轻了，可反过来说，这样他便不太可能像加斯帕·吉本斯那样一下子被摔得粉碎。她向他伸出友谊之手。当她那么亲切和蔼地告诉他，他的非常优秀的作品仍然只有这么少的人知道，这真是我们社会的一大耻辱时，他听了很感动，觉得心里美滋滋的。有人确认说你是个天才，这样的事总是令人高兴的。她告诉他巴顿·特拉福德正在考虑为《评论季刊》写一篇关于他的重要文章。她请他吃饭，见各种可能会对有用的人。她想让他结识和他一样有思想的人。有时候，她带他沿着切尔西大堤散步，他们谈论已逝的诗人，谈论爱情和友谊，有时也在 ABC 茶馆喝茶。在巴顿·特拉福德夫人星期六下午来到林帕斯街这里的时候，她俨然是一副女王准备做一趟结婚飞行的派头。

巴顿·特拉福德夫人对待德利菲尔德太太的态度也是十分完美。她神态和蔼，却又没有纡尊降贵之嫌。她总是非常感谢她能允许她到家来看她，并对她的相貌加以赞美。如果她也说了爱德华·德利菲尔德的好，并用有点儿羡慕的语气告诉她能与这样一个伟大的人相伴是多么大的福分，那也完全是出于纯洁善良的动机，而不是因为她知道最能刺恼一个作家妻子的，莫过于让另外一个女子来跟她说出对她丈夫的奉承话。她跟德利菲尔德太太谈的都是后者单纯的天性可能会感兴趣的事情，比如说做饭，管理仆人、德利菲尔德的健康，对他们应该如何精心地照顾等。巴顿·特拉福德夫人对待她，俨然就像是一位出身于苏格兰上等人家的女子（她确实也是这样的出身）对待一个知名作家不幸娶为妻室的前酒店女招待一样。她热情却又温柔，爱开玩笑，决意不让德利菲尔德太太感到不自在。

令人奇怪的是，罗西就是容忍不了她；说实话，巴顿·特拉福德夫人是我所知道的罗西唯一一个不喜欢的人。在那个年代，甚至连酒店女招待通常也不会使用“骚娘们”“该死的”这样的词语，尽管今天它们在有良好教养的年轻女士们中间也很流行，我从未听到罗西说过会让我的索菲婶婶感到惊骇的话语。当有人讲故事讲得比较露骨时，罗西都会脸红到发根。可是只要提到巴顿·特拉福德夫人，她就会说“这只该死的老猫”。她亲近的朋友们都极力地劝诱她，要她对巴顿·特拉福德夫人尽量和气一点。

“不要发傻，罗西，”他们说，他们都叫她罗西，很快我也这么叫她了，尽管叫的时候有些害羞，“只要她想，她就能把他造就成名人。他必须去逢迎她。她有呼风唤雨的本领。”

到德利菲尔德家的人大都不是每个星期准来，有的两个星期来一次，有的三个星期一次。不过，有一小伙人，比如说我自己，却是每个星期都来。我们是这一活动的支持者，总是早早地来，到很晚才走。在这中间最守信的是昆廷·福德、哈里·雷特福德和莱昂内尔·希利尔。

昆廷·福德是个个头不高却很壮实的男人，脑袋长得很好看，是后来电影中有段时间影迷比较喜欢的那种头型，挺直的鼻梁、漂亮的眼睛，剪得很整齐的灰色头发，黑黑的胡须；如果他再高上四五英寸，就是传奇剧中完美的黑老大形象了。人们都说他有些“有权有势”的亲戚，而且他很富有；他唯一要做的事情就是推动艺术的发展。每出戏在夜晚的首场演出，每一场画展的预展，他都要去观看。他有着艺术业余爱好者的那种挑剔的眼光，对当代的艺术作品他虽没有说什么难听的话，可也是不屑一顾。我发现他来德利菲尔德夫妇家不是因为爱德华是个天才，而是因为罗西漂亮。

现在当我回头去看的时候，我仍然不能不为下面的这一点感到诧异：那么显而易见的事，我却不得不让人们告知后方才意识到。在我刚刚认识她时，我从未想到过问问自己，她长得漂亮还是一般，在过去了五年又见到她之后，我才第一次留意到她长得十分漂亮，这引起了我一定的兴趣，可我并没有过多地去想它。我把这看成是自然而然的事，就像我看到北海上的日落或是特堪伯利大教堂的塔尖一样自然。当我听到人们在谈论罗西的美丽时，我很是惊讶，当人们跟爱德华赞扬她的容貌、他的眼睛有片刻的工夫在看着她时，我的眼睛也会追随着他的目光，落在她的身上。莱昂内尔·希利尔是个画家，他请求罗西让他为她画一张画。他谈起他想要画的这幅画，告诉我他在罗西身上看到的东西，我只是傻傻地听着，像丈二和尚摸不着头脑。哈里·雷特福德认识当时的一位很时髦的摄影师，在跟他谈好了具体的条件后，他带着罗西去找那位摄影师拍了照。一两个星期以后，样片洗了出来，我们大家都看了照片。我以前从未见过罗西穿晚礼服的样子。照片上的她穿着一件白缎子的礼服，长长的裙裾，宽松的袖子，领口开得很低；头发也比平时特意地梳理了一番，看上去和我最初在黑马厩欢乐巷见过的那个身材高大匀称的年轻女子完全不同了，那时的她戴着一顶遮阳的草帽，穿着浆过的衬衫。可是，莱昂内尔·希利尔却把这些照片不耐烦地扔到了一边。

“真差劲，”他说，“一个摄影师能拍出罗西的什么呢？罗西身上最重要的是她的色彩。”他此时转向了罗西说，“罗西，你知道吗？你的色彩是我们这个时代的一大奇迹。”

她看着他没有回答，可她红润丰满的嘴唇却露出了孩子似的、调皮的笑容。

“对你的这一色彩，我只要能捕捉到几分，就成功了。”他说，“所有那些有钱的证券经纪人的妻子都会跪着来找我，求我将她们画得像你一样。”

不久，我便听说莱昂内尔·希利尔在给罗西画像了；我从没进过画家的工作室，总把那里看作是罗曼蒂克的入口，我问莱昂内尔·希利尔我能否哪一天去画室看看他作画，他说他现在还不想让任何人看。莱昂内尔·希利尔今年三十五岁，穿着打扮得很张扬。他看上去像是一幅凡·戴克的肖像画，只是人物鲜明的特征被一团和气的神情所取代。他身材修长，个头比普通人稍高一点，头发又黑又亮，唇上留着八字胡，下巴上还有一撮山羊胡子。他喜欢穿西班牙斗篷，爱戴一顶墨西哥宽边帽。他曾在巴黎住了很长时间，常常用赞赏的口吻提到莫奈[①]、西斯莱[②]、雷诺阿[③] 等我们从未听说过的画家，而对我们心目中非常崇拜的弗雷德里克·莱顿[④]、阿尔玛·塔德马[⑤] 和乔·弗·瓦茨[⑥] 则很看不起。我常常想他后来也不知道怎么样了。他在伦敦闯荡了几年，没有成功，后来他游荡到了佛罗伦萨。有人说他在那儿办了个绘画学校，几年后，我碰巧去那个城市，向别人问起他的情况，结果没有任何人听说过他。我想他是有些才能的，因为他给罗西画的那幅画我至今记忆犹新。我不知道那幅画后来怎么样了。它是被人毁掉了，还是被遗弃在了什么地方，比如说在切尔西的一家旧货店的阁楼上面冲墙立着。我希望它至少是被挂在了当地某家画廊的墙上。

当我最终得到许可来看看的时候，谁知却着实让我尴尬了一回。希利尔的画室在福尔哈姆路，是在一排店铺后面的一组房子里，要走到后面，得穿过一条昏暗且又散发着臭味的巷子。那是个三月天里的星期天的下午，一个晴朗和好的天气，我从文森特广场出发，走过了没有什么人的街道。希利尔就住在他的画室里，画室里面有一张很大的长沙发作床，画室后面有一间小屋，他在那里做早饭、清洗画笔，我想也冲洗他的身体。

在我到达时，罗西仍然穿着她画像时的衣服，正跟希利尔一起喝

---

① 克劳德·莫奈，Claude Monet，1840—1926，法国画家，印象派创始人和主要代表人物。常在户外作画，探索光色与空气的表现效果。

② 阿尔弗莱德·西斯莱，Alfred Sisley，1839—1899，英裔法国风景画家，喜欢以阳光下的树林和河流为题材。

③ 皮耶尔·奥古斯特·雷诺阿，Pierre-Auguste Renoir，1841—1919，法国印象派画家，尤以人物画见长。

④ 弗雷德里克·莱顿，又译洛德·莱顿，Frederic Leighton，1830—1896，英国学院派画家，画家美术院院长。

⑤ 阿尔玛·塔德马，Lawrence Alma-Tadema，1836—1912，英籍荷兰画家。作品描绘田园史诗。

⑥ 乔·弗·瓦茨，Watts，George Flederic，1817—1904，英国画家，雕刻家。

茶。希利尔为我打开了门，握手后拉着我来到了一个很大的画布前。

“这就是罗西。”他说。

希利尔给罗西画了一张全身的画像，只比真人略小一点，画中的她穿着一件白丝绸的晚礼服。它一点儿也不像我惯常见过的学院派肖像。我一时不知该说什么好，所以把脑中冒出的第一个念头脱口说了出来。

“多会儿能画完？”

“已经完了。”他回答说。

我的脸一下子涨红了。我觉得自己就是个十足的傻瓜。那个时候，我还没有学会我自诩为今天能让我欣赏了现代艺术作品的技巧。如果场合合适，我能写出一个很简要的艺术欣赏指南，使业余绘画爱好者能用创造性的本能所产生的各种丰富多彩的表达，讨得画家们的满意。比如说用热烈的词语“天啊！”来表达对无情的现实主义力量的折服。当你看到一位高级市政官寡妇的彩色照片时为了掩盖你的窘态，你可以说“这真是太真实了”，为了表达对后印象主义画家的钦羡，你可以低低地吹起口哨，对立体画派的看法，你可以说“这真是太有意思了”，你还可以用“噢”来表示你的倾倒，用“啊！”来表达你惊呆了。

“画得简直是太像了。”我那时只是这样苍白无力地表达了一句。

“对你来说，它也许还不够浪漫。”希利尔说。

“我觉得它特别好，”为了给自己辩解，我迅速地回答，“你会把它送到皇家艺术学院吗？”

“哦，不会！我可能送它到格罗夫纳[1]。”

我从画看到罗西，从罗西又看到画。

“你再摆一下那个姿势，罗西，”希利尔说，“让他看看你。”

罗西到了模特儿站的台子上。我望着她，再望望画，心头涌出一

① 格罗夫纳：伦敦著名私人画廊。

种怪有趣的情感。就好像有人用一把尖刀轻轻地插进我的心窝，那是一种令人陶醉的感觉，痛苦却又有一种说不出的惬意感；后来，我突然觉得双膝一软几乎要支撑不住了。我不知道现在留在我脑中的到底是罗西本人，还是那个画中的罗西。因为当我想起她的时候，我看到的不是我们初次见面时穿着衬衫、戴着草帽的罗西，也不是当时在黑马厩或是后来在伦敦穿戴着任何其他服饰的罗西，而是穿着希利尔画的白丝绸裙子、头发上戴着黑丝绒蝴蝶结的罗西，姿势也是希利尔让她摆出的画像时的姿势。

我从不知道罗西确切的年龄，根据我的推算，我想那时她一定有三十五岁了。不过，她怎么看也不像有那么大了。她的脸上没有一丝儿的皱纹，她的皮肤还像孩子般的那么光滑柔嫩。我觉得她的五官算不上非常的漂亮。它们没有那些伟大女性的那种明显的贵族特征，那个时候，她们的照片在所有的商店里都有销售；罗西的五官没有鲜明的特征。她短短的鼻子显得有点儿笨，她的眼睛较小，嘴却很大；可她的眼睛却像矢车菊那么蓝，它们总是和她红润、性感的双唇一起流露出笑意，她的笑容是我所见过的最快乐、最友好、最甜蜜的。她天生一副沉郁的神情，可当她笑起来的时候，她的这一忧郁突然就变得具有了无限的魅力。她并非那种粉红的脸色，而是一种很淡的褐色，只是紧贴着眼睛下面的地方有些淡淡的发蓝。她的头发是浅金色的，梳着当时流行的发式，绾得很高，前面一排齐齐的刘海儿。

“罗西太难画了，”希利尔说，一边看着她和他的画作，“你知道，她整个人儿都是金色的，她的面庞，她的头发；然而，她给你的印象却并不是金色，而是银色。”

我明白希利尔的话是什么意思。罗西周身发着光华，那种淡淡的像月亮般的光华，如果说像是太阳的，也是那种破晓时分蒙蒙云气中的太阳。希利尔把她画在了画布的中央，她的双臂在身体的两侧，掌心向着你，她的头略微向后仰起，凸显出她珍珠色的美丽脖颈和胸部。她宛如一个谢幕的演员站在那里，被意想不到的喝彩声弄得不知所措，可在她身上又有些非常纯洁、像春天一样清新的气质，使我的这个比喻显得很是荒谬。这个生性单纯的尤物从不知晓化妆的油彩和舞台的脚灯。她就像个为爱勇于献身的处女那样站立着，时刻准备着听从自然天性的召唤，投入到爱人的怀抱。她们这一代人并不害怕显露自己身体优美的曲线；她身材窈窕，胸部丰满，臀部的线条也很迷人。后来，在用来巴顿·特拉福德夫人看到这幅画的时候，她说这幅画让她想到了一头用来祭祀的小母牛。

15

爱德华·德利菲尔德在晚上写作，罗西这个时间无事可做，便喜欢跟着她的这个或是那个朋友到外面去玩。她喜欢奢华，而昆廷·福德就很有钱。昆廷·福德会用出租马车来接上她，带她去凯特纳饭店或萨伏伊饭店吃饭，罗西会为他穿上她最亮丽的服饰。哈里·雷特福德一个子儿也没有，可装着他好像有似的，也雇了小马车接她出去，请她在罗马诺饭店或者是索霍的这一家或那一家正变得时兴起来的小饭店里吃饭。他是个演员，一个不错的演员，可总是难以找到合适的角色，所以常常闲着。哈里·雷特福德三十来岁，长着一张难看但却并不让人讨厌的脸，说话时爱吞掉一些音节，听起来倒蛮有趣的。罗西喜欢他对待生活的那一满不在乎、大大咧咧的态度，他可以穿着还没有付钱的在伦敦最高级的裁缝店做的衣服昂首阔步地走在大街上，他身上没钱却敢大胆地押五英镑在一匹赛马上，还有一旦他侥幸地赢了钱，他花起钱来可谓是挥金如土。他天性乐观，风度迷人，爱虚荣，爱说大话，不瞻前顾后。罗西告诉我说，有一次他当了他的手表，带她到外面吃了顿饭，跟那位送给了他俩戏票的演出经理借了一镑钱，为了是在戏演完后请这位经理跟他俩一起吃饭。

她也喜欢跟莱昂内尔·希利尔出去，到他的画室，吃上一顿他俩自己做的红烧排骨，然后聊上一个傍晚。不过，她却很少跟我一起出去吃饭。我一般是在文森特广场吃过晚饭、她也跟德利菲尔德吃了饭之后，我再去接她，我们常常坐公共汽车到歌舞杂要剧场去看表演。我们也到其他的剧场看戏，去帕维林戏院，或是蒂沃利戏院，有时也去大都会剧院，如果那里正好上演着我们想要看的剧目的话；不过，我们最喜欢去的还是坎特伯雷戏院。那里票价便宜，但戏却演得精彩。我们买上几瓶啤酒，我抽着烟斗，罗西高兴地四下看着这个被烟熏得黑黑的大剧院，里面从楼下到楼上都挤满了前来观看的伦敦城南的市民。

"我喜欢坎特伯雷戏院，"罗西说，"这里让人觉得很自在。"

我发现她看过许多书。她喜欢历史，当然了，是某种类型的历史，比如说，王后和王室成员情妇的生平，她会带着孩子似的惊奇跟我讲起她读过的那些奇闻逸事。她知道很多关于亨利八世[①] 六位妻子的事情，对菲茨赫伯特夫人[②] 和汉密尔顿夫人[③]，更是没有她不知道的。她读书的胃口可真不算小，从卢克雷霞·博尔吉亚[④] 到西班牙国王腓力[⑤] 的几个妻子生平的书，从法国各个国王的情妇到阿涅丝·索雷尔[⑥] 再到杜巴利夫人[⑦] 的故事，她都读遍了。

"我爱读所写下的真实事件，"她说，"我不大喜欢看小说。"

罗西爱聊起黑马厩的事儿，我想，也许是因为我与黑马厩的关系，她才愿意跟我一块儿出来。她似乎知道黑马厩那里发生的任何事情。

① 亨利八世，Henry Ⅷ，1491—1547，英国国王，曾先后娶过六个妻子。

② 菲茨赫伯特夫人，Mrs. Herbert Fitz，1756—1837，天主教徒，1785 年与后来成为英王乔治四世的威尔士亲王秘密结婚。

③ 汉密尔顿夫人，Mrs. Hamilton，1765—1815，英国海军上将纳尔逊的情妇。

④ 卢克雷霞·博尔吉亚，Lucrezia Borgia，1480—1519，教皇亚历山大六世的私生女，惯于玩弄政治阴谋，曾多次结婚。

⑤ 西班牙国王腓力，是指腓力二世，Philip of Spain，1527—1598，曾多次婚娶。

⑥ 阿涅丝·索雷尔，Agnès Sorel，1422—1450，法国国王查理七世的情妇。

⑦ 杜巴利夫人，Comtesse du Barry，1743—1793，法国国王路易十五的最后一个情妇。

“我每隔一个星期，去看看我母亲，”她说，“过去待上一个晚上，你知道。”

“是去黑马厩吗？”

我感到很惊讶。

“不，不是到黑马厩，”罗西笑着说，“我现在还不想回黑马厩。是到哈佛沙姆。我母亲在那里等我。我们就住在我工作过的那个酒店。”

罗西并不健谈。如果夜色姣好，我们从歌舞杂耍剧场出来常常走着回去，一路上她很少说话。但是，她的沉默并没有将你排除在外面，而是让你感到亲切和惬意，把你一起带进弥漫在她周围的祥和氛围里。

有一次，我跟莱昂内尔·希利尔谈起了罗西，我说我不明白她怎么能从我当初在黑马厩认识的那个清纯、悦人的年轻女子变成了现在大家公认的美人儿。（这中间，有些人是有所保留的。“当然，她有一个好身材，”他们说，“但是她的面庞并不是我个人特别喜欢的那一种。”还有人说：“哦，是的，一个非常漂亮的女人，只可惜五官上缺少点儿鲜明的特征。”）

“我马上就能解释给你听，”莱昂内尔·希利尔说，“在你初次遇见她时，她只是个清纯、体丰的乡下女，是我把她变美的。”

我忘了我具体是怎么回答他的，只记得我的话说得很粗俗。

“你这么说，只能表明你一点儿也不懂得美。在我发现罗西像是闪着银色光辉的太阳之前，没有一个人太多地去注意过她。直到我画出了她的色彩，她的头发才被认为是世界上最美的东西。”

“她的脖颈，她的乳胸，她的骨骼，她的行为举止，也是你造就的吗？”我问。

“是的，没错，这些都是我造就的。”

当莱昂内尔·希利尔在罗西面前谈起她时，她带着笑容庄重地听他讲。一小片红晕会浮上她苍白的脸颊。我想在他初次同她提到她的美貌时，她一定以为他是在开她的玩笑；后来，在她发现他并不是开玩笑而且画出了她发着银光的金色时，她也没有受到太大的触动。当然，她觉得这很有趣，甚至感到了一些惊喜，不过，仅此而已。她觉得他有点儿太异想天开了。我常常想，在他们俩之间到底是一种什么样的关系呢？我忘不了我在黑马厩听说的有关罗西的那些传闻，记着我在牧师公馆的花园里看到的那一幕；由此，我也想到了昆廷·福德和哈里·雷特福德。我常常看到他们和她在一起的情形。确切地说，她跟他们谈不上亲密，毋宁说一种友谊；她常常是在众人面前公开地跟他们约定出去玩的事情；在她看着他们时，她脸上浮现出的也是她惯常的那种孩子似的、调皮的笑容，那时的我已经发现她这笑容里具有一种神秘的难以言说的美。有几次当我跟她并排坐在歌舞杂耍剧场里时，我看着她的脸；我并不认为我爱上了她，我只是喜欢静静地坐在她身边、看着她淡金色的头发和淡金色的皮肤的那种感觉。莱昂内尔·希利尔无疑是正确的；令人奇怪的是，她身上的这种金黄色的确给人一种奇异的月光的印象。她的恬静让你联想到一个美好的夏日的傍晚，那时天光从万里无云的苍穹中渐渐地隐去。在她那阔大无边的静谧里，你一点儿也不会感到乏味；它就像八月阳光下肯特海岸边闪烁着金光的平静的海水一样，充满生气和活力。她让我想起一位意大利老作曲家写的一首小奏鸣曲，在沉郁的旋律中含有优雅活泼的曲调，在轻快、欢悦中间又回响着战栗的叹息声。有的时候，感觉到我在望着她，她会朝我转过身来，盯着我看上一会儿。她并不说话。我不知道她在想什么。

记得有一次我到林帕斯路去接她，她家里的女佣告我说她还没有装扮好，让我在客厅里等她。不一会儿，她进来了。她穿着一身黑丝绒的衣服，戴上了一顶插满鸵鸟羽毛的阔边帽（我们要去帕维林戏院，她是为此而打扮的），显得格外的娇媚可爱，竟使我一时屏住了呼吸，惊呆在了那里。那天的装束给她平添了一种端庄的气质，她的清纯和美貌（有时候，她看上去很像是那不勒斯博物馆中的那座精美的普赛克雕像[1]）在那件使她显得高贵的礼服的衬托下，变得分外妩媚和迷人。我想她有一个世上很罕见的特征：她眼睛下方的皮肤发着淡淡的蓝色，感觉湿润润的。有的时候，我简直无法相信那是天生的。有一次我问她，她是不是在她眼圈底下涂了凡士林油。这正是擦了凡士林会有的效果。她笑了，掏出一块手绢，递给了我。

"你擦擦试试看。"她说。

一天晚上，我俩从坎特伯雷剧院出来走着回家，我送她到了门口，在我伸出手跟她道别时，她咯咯地笑了，笑声不高，却很动人，随后，她将身子探了过来。

"你这个小傻瓜。"她说。

她吻了我的嘴唇。她的吻不是那种匆匆的吻，也不是那种热烈的吻。她红润丰满的双唇在我的唇上停了一会儿，足以让我感觉到了她芳唇的弧线，温馨和柔软。临了，她慢慢地抽回身子，悄悄地推开房门，溜进了屋子，留下了我一个人站在外面。我当时惊讶得没能说出一句话来。我傻傻地立在那里接受了她的吻。在那里又呆呆地站了一会儿之后，才转过身子，朝我的住所走去。在我的耳旁似乎仍然回荡着罗西的笑声。这笑声里没有对你的轻蔑和羞辱，只有对你的情谊和坦诚；她那样地笑好像是因为她喜欢我似的。

① 此处可能是指 1726 年从意大利卡普阿城的古罗马圆形广场里发掘出来的那座普赛克雕像。

16

有一个多星期的时间，我没有再跟罗西出去。她准备去哈佛沙姆跟母亲度过一个晚上。我是在伦敦城里有许多事情要做。后来有一天她问我能不能陪她去干草剧院看戏。那个剧演得很成功，免费的座位是搞不到了，所以我们买了正厅后座的两张票。我们先是在莫尼克咖啡馆里吃了牛排，喝了一瓶啤酒，然后站到了剧院外面等着的人群里。那个时候，人们还不兴排队，剧院的大门一开，人们就一拥而上，争抢着往里挤。最后当我们挤进去坐到了座位上时，已是浑身发热，气喘吁吁，一副狼狈的样子了。

戏看完后，我们穿过圣詹姆斯公园往回走。夜色分外姣好，我们坐在了公园的一条长凳上。在星光下，罗西的脸庞和她的秀发都发着熠熠的光。她的全身似乎都充溢着（我表达得很笨拙，可我真的不知道该如何描述她带给我的那一种情感）既坦诚又温柔的情谊。她像是夜色下的一朵银色的花朵，只把自己的芳香献给遍洒的月光。我用一只手臂搂住了她的腰身，她把脸转过来冲着我，这一次是我吻了她。她没有动；她柔软红润的嘴唇是那么倾心而又平静地委身于我唇儿的挤压，像是湖水受着月光的沐浴。我不知道我们这样子待了多久。

“我觉得肚子饿了。”她突然说。

“我也是。”我笑了起来。

“我们上哪里吃点炸鱼和炸土豆条好吗？”

“好啊。”

我非常熟悉威斯敏斯特这一带，那个时候这块地方还没有建成供议会成员和其他有教养人士住的高级住宅区，而是一个又脏又乱的贫民窟。在我们从公园出来，横穿过维多利亚大街后，我带罗西来到霍斯费里路上的一家炸鱼店。时间已经很晚，店里吃饭的只有一个车夫，他的四轮马车就停在店门外面。我们要了炸鱼、土豆条和一瓶啤酒。一个穷女人进来买了两便士的杂碎，包在一张纸里拿走了。我俩都吃得很香。

到罗西的家要路过文森特广场，在经过我的住所时我对她说：

“你不进来坐上一会儿吗？你还从未见过我的屋子呢。”

“你的女房东怎么样？我不想给你带来任何麻烦。”

“哦，她睡得像根木头一样。”

“那我进来待上一小会儿。”

我用钥匙打开了房门，过道里很暗，我拉着罗西的手领着她往里走。我点着了我起居间里的煤气灯。她脱掉帽子，使劲地搔着她的头。随后她在找一面镜子，可我那会儿很爱好艺术，早就把壁炉台上方的镜子取了下来，在这间屋子里谁也无法看到自己的长相。

“到我的卧室里来，”我说，“那里有面镜子。”

我打开屋门，点上了蜡烛。罗西跟在我后面走了进来，我把镜子举起来一些，这样她就方便看到自己了。在她整理头发的时候，我看着她镜中的形象。她拿下两三个发卡，衔在嘴上，拿起我的一把梳子，把头发从后面往上梳。完了把头发盘在头顶，轻轻地拍了拍，接着又把发卡别了上去；在这样梳着的当儿，她看到了镜中的我，冲着我笑了。在插上最后一个发卡后，她转过身子脸朝着我；她什么也没说，只是平静地看着我，蓝色的眸子里依然是那种友好的笑意。我放下了蜡烛。屋子很小，梳妆台就在床边。她抬起手来，轻轻地抚着我的脸颊。

现在，我真希望自己如果没有用第一人称的手法写这部书就好了。要是你能把自己写得和蔼可亲、生动感人，用第一人称的写法也未尝不可。这一手法在表现伤感的幽默和朴素的英雄气概上，更能有事半功倍的效果；在你看到读者的眼睫毛上闪着晶莹的泪花，他的唇边浮着会意的笑容时，你会为你用第一人称写出自己，感到由衷自豪；但是如果你不得不把自己写成个十足的傻瓜时，这一手法就不可取了。

不久之前，我在《旗帜晚报》上读到过伊夫林·沃[①] 写的一篇文章，他在文章中说用第一人称单数的手法写作小说是一种令人鄙视的做法。我希望他能解释一下他之所以这么认为的原因，可他就像欧几里得提出他著名的平行直线的论断一样，只是抱着信不信由你的那种随意态度，说出了他的看法。我心里更觉得疑惑了，于是，我问了阿尔罗伊·基尔（他博览群书，甚至请他写序的那些书他也要一一读过），让他给我推荐一些有关如何写作小说的书籍。遵照他的建议，我读了珀西·卢伯克[②] 写的《小说技巧》，从这里我知道了写作小说的唯一方法就是学亨利·詹姆斯的写法。在这之后，我又读了爱·摩·福斯特的《小说面面观》，了解到写小说的唯一方法是学习爱·摩·福斯特本人的写法。后来，我又读了埃德温·缪尔[③] 的《小说结构》，从他这里我什么也没有学到。在上面提到的各本书里，我都没有找到问题的答案。不过，我还是找到了一个原因，知道一些小说家——比如说笛福、斯特恩、萨克雷、狄更斯、艾米莉·勃朗特和普鲁斯特这些曾经很著名现在无疑已被人们遗忘的小说家——为什么要使用伊夫

① 伊夫林·沃，Evelyn Waugh，1903—1966，英国小说家。

② 珀西·卢伯克，Percy Lubbock，1879—1965，英国评论家。

③ 埃德温·缪尔，Edwin Muir，1887—1959，英国诗人，评论家。

林·沃所鄙视的这一写法。随着年事的增长，我们越发意识到人类的复杂性，其不通情理和前后的矛盾性；为此，一些本该转而去写严肃题材的中年或是老年作家，结果却让自己沉迷于写虚构出的人物的一些琐事。因为如果你研究的对象是人的话，很显然，让你自己去关注小说中的那些前后一致、扎实丰满和富于意义的人物形象，远比去关注现实生活中那些非理性的揣摩不透的人物，要理智得多。有时候，小说家觉得自己像上帝一样，准备把他的人物们的一切事情都讲给你听；可有的时候，他却不是这样；这时，他不告诉你有关他们的一切，而是把他自己的那点儿事情告诉你；随着年岁的增长，我们觉得我们自己越来越不像上帝了，所以，当我听说随着年事的增长，小说家们越来越不想要描述在他们经验之外的事情时，我并不感到奇怪。第一人称单数的写法可以很好地服务于这一具有局限性的目标。

罗西抬起她的手，轻轻地抚摸着我的脸。我不知道我当时为什么会那样做；这一点儿也不像在那种场合下我想要自己表现出的样子。从我哽塞的嗓子眼里，我发出一声呜咽，我不知道这是因为我的羞怯和孤独（不是环境上的孤独，因为我一整天在医院里就是跟各种各样的人打交道，而是精神上的），还是因为我的欲望太强烈了，我开始哭了起来。我真为自己感到羞愧；我极力想控制住自己的情绪，却也是枉然；泪水从我的眼眶里涌了出来，顺着我的脸颊流下来。罗西解开了她的胸衣，摁低我的头，直到我的头伏在了她的胸口上。她摩挲着我的脸。

像她臂弯里的一个孩子那样，她摇晃着我。我亲吻着她的乳房和她白皙修长的脖颈；她的身体从她的胸衣、裙子和衬裙中间滑落出来，有一会儿我搂着她穿着紧身褡的腰部；临了，她屏住呼吸，缩紧身子，解开了紧身褡，只穿着汗衫站在了我面前。我用手抱着她身体的两侧，能感觉到紧身褡在她白嫩的皮肤上留下的压纹。

“吹灭蜡烛。”她说。

当晨曦透过窗帘窥了进来、驱赶走滞留的夜色、显现出了床和衣橱的形状时，是她唤醒了我。她吻着我的嘴唇，披散下来的头发拂在我的脸上，痒痒的，就这样，我醒了。

“我必须起来了，”她说，“我不想让你的房东看见我。”

“时间还早着呢。”

在她向我俯下身子的时候，她的乳房就沉甸甸压在我的胸脯上。不一会儿，她下了床。我点燃了蜡烛。她对着镜子，扎好了头发。有一会儿，她看着自己的玉体。她的腰生来就细，所以，尽管她的身体很丰满，却依然十分窈窕；她的乳房很坚挺，它们直直地耸在胸前，就像是雕刻在大理石上的美人。这是一个为爱的欢悦而造就的身体。在摇曳的烛光下（此时，晨曦已经快要盖过了暗淡的烛光），她的整个身体都呈现出银光闪闪的金色，只有她的坚挺的乳头是淡红色的。

我们默默地穿好衣服。她没有再穿紧身褡，而是将它卷了起来，随后我用一张报纸给她包好。我们踮着脚尖穿过过道，在我打开房门、我们要步到街上时，晨光扑面而来，就像一只小猫顺着台阶一跃而起。广场上还阒无一人，阳光已经照耀在了朝东的窗户上。我觉得自己就像这黎明一样的年轻和充满活力。我们手挽着手走着，一直走到了林帕斯路街口。

“就送我到这里吧，”罗西说，“万一碰上什么人。”

我吻了她，望着她走远。她走得并不快，身子挺得很直，是一位乡下女人的那种坚实的脚步，喜欢感觉到她脚下肥沃的泥土。我回去也不可能再入睡。于是，我信步走着，一直走到了泰晤士河的堤堰。河水映着旭日，闪烁着明亮的光点。一条褐色的驳船正穿过沃霍尔大桥的桥洞，一只小船上的两个人正贴着河沿奋力地划桨。我突然觉到自己饿了。

17

在这之后的一年多里，只要我和罗西一块出去，在回来的路上，她总要顺便来我的住所，有时待上个把小时，有时一直待到破晓，那时我们知道女佣很快就会来擦洗台阶了。我记着我送她出来时的那些个风和日丽的早晨，伦敦的空气不再有夜晚的污浊而变得清新宜人，记得我们脚步踏在空旷的街道上发出咚咚的响声，记得在冬季寒冷的雨天里我们俩打着伞依偎在一起急匆匆赶路的情形，虽然都不说话，心里却很快乐。值班的警察看到我们走过，会注视上我们一会儿，有时操着怀疑的目光，有时流露出理解的神情。偶尔，我们会遇到一个无家可归的人，蜷缩在门廊下面打着盹儿，此时罗西会亲昵地捏一下我的胳膊，随后我会把一个银币放在流浪汉骨瘦如柴的膝头或是瘦骨嶙峋的手上（我这么做主要是显摆，想给罗西留下个好印象，其实我口袋里也没有什么钱）。罗西使我变得很幸福。我非常喜欢她。她脾性随和，容易相处。她性格上的恬静平和能感染和她在一起的人；在与她接触的中间，你分享着她的欢悦。

在我还没有成为她的情人之前，我常常问自己，她是别人的情人吗？是福德，哈里·雷特福德，或是希利尔的情人吗？后来，我问了她这个问题。她吻了我。

“不要犯傻。我喜欢他们，这你是知道的。我喜欢跟他们一块儿出去玩，仅此而已。”

我想问她，她是不是乔治·肯普的情人，可我没有敢问。虽说我从没见她发过脾气，可我知道她有，我隐约觉得我的这个问题会惹恼了她。我并不想给她机会，让她说出些伤人的话来，以至于我再也不能原谅她。我还年轻，刚刚二十一岁，在我的眼中，昆廷·福德和别的那些人都比我大得多；他们只是罗西的朋友，这在我看来似乎也是再自然不过的事。想到我是她的情人，让我感到自豪和激动。在星期六下午的茶会上，当我看到她跟来人有说有笑的情景时，我心头就油然生出一种自得感。我想到了我们一起度过的那些个美好的夜晚，我忍不住要笑话对我这么大的一个秘密毫不知晓的人们。有时候，我觉得莱昂内尔·希利尔在用诘问的眼光看着我，似乎暗自在笑话我，我有些不安地问自己，难道是罗西告诉了他我和她之间的事？我在想是不是我的行为上有什么地方露出了破绽。我跟罗西说，希利尔恐怕是发现了什么；她用她那双总是含着笑意的蓝眼睛望着我。

“你不必因此去乱想，”她说，“他脑子里尽是龌龊的念头。”

我跟昆廷·福德从未要好过。他认为我是个乏味的微不足道的年轻人（当然了，我是），尽管他显得很有礼貌，却从来没有把我当回事过。我觉得——这也许只是我的瞎想——他现在对我比以前更加冷淡了。可让我意想不到的是，有一天，哈里·雷特福德竟要请我吃饭和看戏。我把这件事告诉了罗西。

“哦，你当然要去了。跟他在一起，你会非常开心的。哈里这个老好人，总是逗得我发笑。”

于是，我跟哈里去一块儿吃了饭。他表现得非常友好，他对不少男女演员的谈论给我留下了深刻的印象。他说话幽默，夹带着嘲讽，他不惜拿他并不喜欢的昆廷·福德开玩笑、逗乐子；我设法让他谈谈罗西，可对罗西他却无话可说。他似乎是个倜傥风流的花花公子。他用他色眯眯的眼睛、讪笑以及各种暗示让我明白，他是个情场上的老手。我不禁想到他请我吃这顿饭，是不是因为已经知道了我是罗西的情人，因而对我有了好感？要是他已得知了我和罗西的关系，当然，别人也都会知道了。尽管我希望我不要表现出来，可在心里还是颇为得意。我觉得，与别人相比，我比他们优越。

后来，到了冬天一月底的时候，林帕斯路上出现了一个新面孔。此人叫杰克·凯博，是一个荷兰籍的犹太人，一位来自阿姆斯特丹的钻石商人，他要为生意上的事在伦敦待上几个星期。我不知道他最终是如何结识上德利菲尔德夫妇的，也不知道他是不是因为仰慕作者的英名来他家造访，但是，不管怎么说，使他再度来到他们家的原因肯定就不会那么简单了。此人是个又高又壮的黑脸汉子，已经秃顶，长着一个很大的鹰钩鼻子，虽说有五十岁了，却显得强健有力；他行事果断，生性快乐，好女色。他并不遮掩他对罗西的爱慕。他显然很有钱，因为他天天给罗西送来玫瑰；虽然她也责怪他乱花钱，可心里却很得意。我简直忍受不了他。他脸皮厚，爱夸耀。我讨厌他一口外国腔的流利、完美的英语，讨厌他对罗西的阿谀奉承，讨厌他对她朋友的那种过分的热情。我发现昆廷·福德跟我一样不喜欢他。为此，我们俩变得彼此亲近起来。

“幸运的是，他在伦敦待不了多久。”昆廷·福德噘着嘴说，同时扬起了他黑黑的眉毛，他的一头银发和灰黄色的脸庞使他看上去挺有绅士风度，“女人们都是一样的，她们都是喜爱粗俗、爱夸耀的人。”

“他的粗俗简直叫人难以忍受。”我抱怨说。

“这也正是他的迷人之处。”昆廷·福德说。

在接下来的两三个星期里，我几乎没有见过罗西的身影。杰克·凯博每天晚上带着她出去，不是这个高级饭店，就是那个豪华酒家；不是这个戏院，就是那个剧场。

我很恼火，觉得受到了冷落。

“他在伦敦一个人也不认识，”罗西说，尽力想抚慰我不平的情绪，“他想在临走前多看上伦敦的一些地方。他在这里再待两个星期就会走了。”

我不明白她为什么要做这样的一种自我牺牲。

“可是，你不觉得他这个人挺差劲的吗？”我说。

“不。我觉得他挺有趣的。他总是引我发笑。”

“难道你看不出来他绝对是已经迷恋上你了吗？”

“呃，这让他觉得快乐、开心，而且对我也没有任何的损害。”

“他那么老了，又胖又难看。看见他我浑身就起鸡皮疙瘩。”

“我并不认为他有那么糟。”罗西说。

“你不应该跟他有任何的往来，”我反对说，“我的意思是说，他是这样的一个粗人。”

罗西使劲地搔着她的头皮。她的这个习惯叫人看了很不舒服。

“外国人和英国人竟那么不同，这真是有意思。”她说。

当杰克·凯博终于回他的阿姆斯特丹去了的时候，我大大地松了口气。罗西答应他走后的第二天请我吃饭，为了好好地吃上一顿，我们决定到索霍区的饭店。她雇了辆马车来接我，我们一起前往。

“你的那个讨厌的老头子走了吗？”我问。

“走了。”她笑着说。

我把胳膊伸到了她的腰间（我在别的地方已经讲过，对于人际交往中的这样一个相当愉快又几乎是不可或缺的行为，在出租马车上进行远比在出租汽车上方便得多，所以我在这里就忍痛不多赘述了），搂住了她的腰身，吻着她。她的芳唇像是春天的花朵那样绽开。我们到达了饭店。我把我的帽子和外套（一件很长的、腰身很紧、带着丝绒领子和袖口的外套，样式很好看）挂在了衣架上，然后让罗西把她的披肩给我。

“我想就穿着它呢。”她说。

“你过一阵子会热的。在我们走到外面时，你会感冒的。”

“我不怕。这是我第一次穿它。你不觉得它很漂亮吗？你看，这个手笼是跟披肩搭配的。”

我瞥了一眼披肩，是皮的。可我并不知道那是貂皮。

“这披肩看上去很贵。你是怎么得到它的？”

“是杰克·凯博送我的。昨天他临走之前，我们去逛街，是他给我买的。”她用手摩挲着上面柔顺的皮毛，她那喜欢的劲儿就像小孩子得到了一个好玩的玩具一样，“你猜买它花了多少钱？”

“我猜不出。”

“二百六十英镑。你知道吗？我这一生还从来没有买过这么贵的东西。我跟他说，这件披肩太贵了，可他就是不听，非得让我收下不可。”

罗西高兴得咯咯笑起来，她的眼睛里放着光儿。可我却觉得脸上的皮肤越绷越紧，我的脊梁骨也像是被浇了盆冰水似的。

“凯博送给你这么贵重的皮披肩，德利菲尔德不会觉得奇怪吗？”我说，尽量让自己的声音听上去显得自然。

罗西的眸子里充满了淘气、调皮的神情。

“你知道特德是个什么样的人，他从来也不会注意到任何事情；要是他看到了提起这件事，我就告诉他说我是在当铺里花了二十英镑买的。他一定会相信。”她把她的脸拂在了披肩的领子上，“这皮毛真软和。人人都能看出它值好多钱。”

我吃着饭，为了不表露出我心中的妒恨，我极力谈着一个又一个的话题。罗西的心思并没放在听我讲的话上。她只是想着她的新披肩，几乎每隔一分钟，她就会用那种慵懒、多情、爱抚和志满意得的神情，看看她一直放在膝头的手笼。我很生她的气。我认为她又蠢又庸俗。

“你看上去就像是吞了一只金丝雀的猫。”我实在憋不住了冷冷地说她了一句。

她只是咯咯地笑着。

“你说对了，这正是我现在的感受。”

对我来说，二百六十英镑是一笔巨大的款子。我真的不理解一个人竟能为买一个披肩支付这么多的钱。我一个月十四英镑的生活费，活得也不算赖了；如果哪个读者一下子算不出来，我可以再加上一句，一百六十八英镑便是我一年的生活费了。我无法相信仅仅是出于友谊，一个人就会如此破费买这么贵重的礼物；这只能说明一点，杰克·凯博在伦敦的这段时间，他的每个晚上都是跟罗西在一起度过的，现在他走了，他要给予她补偿。她怎么能接受下这样的礼物？难道她看不出来这对她本人是多么大的侮辱？难道她看不出来他送她这么贵重的东西是多么的粗俗？显然，她没能看出来，因为她对我说：

“他真好，是吗？不过，犹太人总是很大方的。”

“我认为是因为他支付得起。”我说。

“哦，是的，他有很多的钱。他说在他临走之前，想送我一件东西，他问我想要什么。哦，我说，我想要件披肩，再配上一个手笼，可我从来没想到他会给我买这么贵的披肩。我们去商店里，我让售货员给我拿俄国羔皮的看一下，但是他说，不，拿貂皮的，拿你们这里最贵的。在我们看到这件披肩以后，他非坚持要我穿它不可。”

我想着她洁白的身体，像丝绸一样光滑的皮肤，躺在这个又老又胖又粗鄙的人的怀抱里，他厚厚的嘴唇压在她的唇上。那时，我突然明白了我以前不愿相信的那些猜疑都是真实的；我知道了当她跟昆廷·福德，哈里·雷特福德和莱昂内尔·希利尔一起出去吃饭时，就像跟我那样，她完了就会和他们睡觉。我不能把这说出口，我知道如果我说了，我会伤害到她。我觉得与其说我当时感到的是嫉妒，还不如说是委屈和羞辱。我觉得她一直在把我当作一个最大的傻瓜看。我极力控制着自己，不让自己说出任何嘲讽和嫉恨的话。

吃完饭后，我们来到剧院。可我却无法把台上的戏听进耳朵里去。我感觉到她柔软的貂皮披肩就蹭在我的胳膊上；我看到她的手指在摩挲着手笼。我能容忍了别的那几个人跟罗西好；可杰克·凯博却让我感到了震惊。罗西怎么能这么做？贫穷真是太可怕了。我真希望自己有足够的钱，告诉她如果她把这家伙的该死的貂皮披肩退还给他，我就给她买更好的。末了，她终于注意到我的沉默。

“你今晚很少说话。”

“是吗？”

“你是不是有些不舒服了？”

“没有。”

她瞥了我一眼。我没有看她，可我知道她的眼睛在笑，那种我非常熟悉的孩子似的调皮的笑。她没有再说什么。戏演完后，外面下着雨，我们雇了辆出租马车，我把她在林帕斯路的住址告诉了车夫。路上她一直没有说话，直到马车到了维多利亚大街时，她才跟我说：“你不想让我跟你一块儿去你家吗？”

“随你的便。”

她推起车篷上的小窗，告诉了车夫我的住址。她伸过手来，握住了我的，我没有动。我直直地看着窗外，一脸的严肃和怒气。在到达文森特广场时，我扶她下了马车，一声不吭地领她进了屋子。我脱下帽子和外套。她把披肩和手笼扔在了沙发上。

“你为什么这么的不高兴呢？”她走到我的面前问。

“我没有不高兴。”我说，把脸转到了一边。

她用她的两只手捧住了我的脸。

“你怎么这么傻呢？就因为杰克·凯博给了我一件披肩，你就要生这么大的气吗？你给我买不起，是吗？”

“当然，我买不起。”

“特德也买不起。你不能指望我去拒绝一件价值二百六十英镑的皮披肩。我一直想要个皮披肩。这对杰克来说，根本不算什么。”

“你不会是想让我相信，他给你披肩只是出于友情吧？”

“也许只为友情他也会的。不管怎么说，他已经回阿姆斯特丹了，鬼知道他多会儿才会再来。”

“他也不是你的唯一。”

我扭过头来，用生气、委屈和抱怨的眼神看着罗西；她对我笑着，我希望我知道如何能描绘出她那笑容的妩媚、甜蜜和温馨；她的嗓音也极为柔和。

“哦，我亲爱的，为什么你要劳神去想别人呢？这伤害到你了吗？我没有给你那么多美好的时光吗？！跟我在一起时，你没有感到幸福吗？”

“幸福。”

“那不就对啦。你这样的小题大做和妒忌，有多傻。为什么不为你能得到的而感到快乐？在你还有机会时，我说，就好好地让你自己享受生活吧。再有一百年，我们就都不在人世了，到那个时候还有什么是重要的呢？还是让我们及时地享乐吧。”

她用胳膊搂住了我的脖颈，把她的嘴唇贴在我的唇上。我忘记了自己的愤怒，只想着她的美和她那包容了一切的温情。

“你要接受我这整个儿的人，无论是我的优点，还是缺点。”她小声地说。

“好吧。”我说。

18

在这段日子里，我很少看到德利菲尔德。编辑的工作占据了他白天的大部分时间，晚上他又要写作。当然，每个星期六的下午他都会在场，总是一副亲切和蔼的神态，谈吐风趣又富于嘲讽的意味；他看到我总是显得很高兴，会跟我愉快地拉上一会儿闲话；不过，他更为关注的还是比我年长比我重要的客人。我有一种感觉，他逐渐地变得矜持起来了；他不再是我在黑马厩认识的那个快乐、粗俗的伙伴。或许，是我日益在增进着的感知让我察觉到了：在他与他调侃和逗趣的那些人们之间有着一道无形的障碍。仿佛是他经常沉湎于其中的那个想象的世界使日常现实的生活变得暗淡了。有时候他被邀请在盛大的宴会上演讲。他参加了一个文学俱乐部。他开始认识许多于写作这个狭隘圈子之外的人，那些喜欢跟著名作家交往的上流女士纷纷邀请他吃午饭、喝茶。罗西也在邀请之列，但她却很少去；她说她不喜欢参加宴会，毕竟她们并不想请她，她们想要请的是特德。我认为她是有点不好意思，觉得自己去了是多余。或许是这些女主人不止一次地让她感觉到了，要是非得把她也请来，那这宴会该是多么的乏味；邀请她是出于礼貌，不愿理睬她是因为她们讨厌跟她寒暄客套。

大约就是在这个时候，爱德华·德利菲尔德出版了《人生的悲欢》。对他的作品进行批评，这不是我分内的事情，况且，后来发表出版了众多的文章和著作来评论他的作品，足以满足了任何一个普通读者的需求。不过，我还是要说尽管《人生的悲欢》不是他最为知名的代表作，也不是读者最为喜爱的，可在我看来却是他写得最有趣的一部。它对现实冷峻、无情的描写使得它在英国多愁善感的小说中独树一帜。它笔调辛辣，令人耳目一新，就像是那酸苹果，吃着倒牙，但是却有一种微妙的酸甜酸甜的味道，能刺激起你的味觉。在德利菲尔德所有的作品里，这是唯一一本我自己也愿意写的书。孩子死亡的那一章节写得恐怖，让人撕心裂肺，却又没有丝毫的伤感和病态的呻吟，还有在这一章之后发生的奇怪的事件，写得都是刻骨铭心，使任何一个读过它的人都难以忘怀。

正是作品的这一部分突然导致了一场暴风雨，劈头盖脸地浇在了可怜的德利菲尔德的头上。在它出版后的几天里，像他的其他作品一样，随之有些内容充实的评论文章发表，整体上都是赞扬的调子，虽说有些保留，作品销售有一定的量，但也不是很大。罗西告诉我他预计这本书能挣上三百英镑的稿酬，谈论着到夏天时在泰晤士河畔租上一套房子。发表的前两三篇文章态度不太明朗；随后，在一家晨报上突然出现了对这部作品的猛烈攻击。这篇文章整整占据了一个版面，说这部作品有意亵渎了读者的情感，猥亵淫秽，出版商也因为出版了它而受到责难。文章想象出一幅幅痛苦的画面，说是它必然会给英国的青年人带来灾难性的影响，它是对女性的一种公然的侮辱。文章作者反对这样的作品可能会落到男女青年的手中。其他各家的报纸也纷纷效仿，如法炮制。更甚者要求该书被查禁，有些人甚至严肃地提出是不是检察官应该适当地介入此案了。谴责的声音铺天盖地；如果有个倾向于欧洲小说现实主义传统的作家勇敢地提出，这是爱德华·德利菲尔德所写过的最好的东西，他的声音也无人理睬。他的诚恳的意见被说成是他想要哗众取宠。图书馆把它列为了禁书，铁路上出租图书的报亭也拒绝把这本书摆上柜台。

所有这一切自然让爱德华·德利菲尔德很不快活，可是他以一种哲人的泰然和平静忍受着。他只是耸了耸肩膀。

“他们说它不真实，”他笑着说，“让他们见鬼去吧。它是真实的。”

在这一次的磨难中，他的忠诚的朋友们都支持他。赞赏《人生的悲欢》成为具有敏锐审美能力的一个标志：如果你对它感到震惊，就等于承认你是个俗人。巴顿·特拉福德夫人毫不犹豫地评价说这部作品是一部杰作，尽管这还不是巴顿在《评论季刊》上发表文章的最好时机，她对爱德华·德利菲尔德的前途和未来依然充满信心。现在再读这部曾经轰动一时的作品，你会有一种奇怪（但很有教益）的感觉：书中竟然没有一句话会让最老实的读者读了脸红的，所描写的事情也没有哪一件会让当今的读者感到不安的。

19

大约过了六个月以后，《人生的悲欢》所引起的激奋已经平息，德利菲尔德开始在写一部后来以“他们的成果”为题目出版的作品，我也已是医学院四年级的学生，担任住院部外科医生的助手。有一天，我去到医院的大厅，等一位我要陪他一起查房的外科大夫。我顺便看了一眼放信件的架子，因为有时候一些不知道我住址的人，会把信写到医院来。无意间我发现了一封写给我的电报。内容如下：

请务必于今日下午五点来我家。这很重要。

伊莎贝尔·特拉福德

我不知道她想要找我干什么。在过去的两年里，我见过她大概有十多次，可她从来没有注意过我，我也从未去过她家。我知道男人们很少出现在茶会上，一位举办茶会的女主人在快到点时还不见男客来，也许会觉得找个医学院的学生来顶替一下也不赖；但是从这电文的措辞上看又不像。

我给他做助手的那个外科大夫又乏味又啰唆。直到过了五点钟，我才下了班，紧赶紧地走了二十分钟的路，到达了切尔西。巴顿·特拉福德夫人住在泰晤士河畔路的一幢公寓楼里。在我按响了她家的门铃时，已经快六点了。我被带进了会客厅，我跟她解释我晚到的原因，她打断了我。

“我们猜到你早走不开。没关系的。”

她的丈夫也在那里。

“我想，他也许想来杯茶吧。”他说。

“哦，我觉得喝茶已经有些晚了，不是吗？”她亲切地看着我，她的温柔漂亮的眼睛里充满了友好的情谊，“你不想喝茶了，是吗？”

我又渴又饿，中午时只吃了一个黄油烤饼和一杯咖啡。不过，我不愿意告诉他们这个。只是说自己不想喝茶。

“你认识奥尔古德·牛顿吗？”巴顿·特拉福德夫人指着一位我进去时坐着现在站起来的男士说，“我想你在德利菲尔德家见过他的。”

我见过他。他并不常来，可是他的名字我很熟悉，我记得他。我见了他总感到紧张，所以我可能从来也没有跟他说过话。尽管他现在已被人们完全忘掉了，可在那个时候，他却是英格兰最著名的批评家。他是个高大、肥胖的男子，有一头金发和一张白白胖胖的脸、一双浅蓝色的眼睛，头发正在变成好看的银灰色。为了衬托出眼睛的颜色，他常常系着一条浅蓝色的领带。他对在德利菲尔德家里遇见的作家非常和蔼，常对他们说一些好听、迷人、奉承的话。可是，一旦他们走了，他就会开他们的玩笑。他说话时嗓音低沉、平稳，选词精准、得当：谁也没有他那么会讲一个朋友的故事，既能切中要害，有声有色，又能把朋友损得够呛。

奥尔古德·牛顿跟我握了握手，巴顿·特拉福德夫人以她那惯常的体贴心，很想消除我的紧张，拉着我的手，让我坐在沙发上挨着她的地方。茶点还摆在桌子上，她拿起一块果酱三明治，一小口一小口地咬着。

“你最近见到过德利菲尔德夫妇吗？”她像拉家常似的那么问。

“我上个星期六还去了他家。”

“自那以后，你还见过他们两人吗？”

“没有。”

巴顿·特拉福德夫人从奥尔古德·牛顿看到她的丈夫，又从她的丈夫看到奥尔古德·牛顿，仿佛是默默地在寻求他俩的帮助似的。

“绕弯子，绕来绕去也无济于事，伊莎贝尔。”牛顿带着他那胖乎乎的、一丝不苟的神气说，眼睛里隐约闪烁着幸灾乐祸的光。

巴顿夫人转向了我。

“那么，你根本不知道德利菲尔德太太从她丈夫那里跑掉的消息了。”

“什么？！”

我惊呆了，简直不能相信自己的耳朵。

“或许，最好是把事实真相告诉他吧，奥尔古德。”特拉福德夫人说。

这位评论家身子靠在了椅背上，把他两只手的手指尖相互地对在一起，颇有兴致地讲了起来。

“我在写一篇关于爱德华·德利菲尔德的评论文章，昨晚遇到一些问题得找他商量一下，晚饭后夜色很好，我决定走着到他家去。他知道我来，正在家里等着；另外，我也知道他晚上从不出门，除非是有伦敦市长的宴请或是皇家艺术院的宴会。你们可以想象我当时的惊讶，我的慌乱和困惑，在我走近时我看见他的房门大开着，爱德华本人出现在门口。你们当然知道伊曼纽尔·康德散步的习惯，他每天散步都在一个精确的时间点上，以至于柯尼希山的居民们都已经习惯于根据他出来散步的时间来校对自己的手表，有一次他提前从家里出来一个小时，邻居们的脸都变白了，因为他们知道这意味着有什么可怕的事情要发生。他们猜得没错，伊曼纽尔·康德刚刚得到了巴士底监狱沦陷的消息。”

奥尔古德·牛顿停顿了一下，以增强这一趣闻逸事的效果。巴顿·特拉福德夫人给予他一个会意的笑。

“当我看到爱德华急匆匆地朝着我的方向走过来时，我倒并不认为发生了上述那样的震惊世界的灾难。不过，我还是蓦然想到一定有意外的事情发生了。爱德华没戴手套，也没拄他的拐杖。身上还穿着工作服，一件黑羊驼呢的旧外套，头上戴着宽边呢帽。他神情狂乱，举止烦躁。我了解婚姻状况的变幻无常，于是暗暗问自己是不是夫妻间的争吵让他一头冲到了屋外，还是他急着找邮筒要寄出一封紧急的信件。他像希腊史诗中最崇高的英雄赫克托耳一样，飞速地前行。他似乎没有看见我，我脑中闪过一个念头：他也许就不想看到我。我拦住了他。‘爱德华！’我说。他像是惊了一跳。有一刻的工夫我敢肯定他竟没能认出我来。‘是什么样复仇的怒火使你这样又急又躁地穿过皮姆利柯这个时髦的地区？’我问。‘哦，是你呀。’他说。‘你这是要去哪里？’我问。‘哪儿也不去。’他说。”

以他这样的讲法，我想奥尔古德·牛顿怕是永远讲不完他的故事，而如果我回去吃饭晚上半个小时，我的房东赫德森太太就会不高兴了。

“我告诉了他我此次来访的目的，建议我们俩返回他的家中，以便为方便地讨论困惑着我的这个问题。‘我现在的心情非常烦躁，不能待在家里，’他说，‘让我们走走。我们一边走一边谈吧。’我同意了他的意见，掉转头来，跟他同行；可是，他的步子迈得太快了，我不得不请求他放慢一点速度。纵便是约翰逊博士也无法在弗里特街上用特别快的速度一边行进一边交谈。爱德华的样子显得特别古怪，他的情绪也非常激动，我觉得最好还是带他走到行人较少的街道上去。我跟他谈起我要写的这篇文章。我正在构思的主题比最初看上去要丰富得多，我担心在一个周刊的专栏里会写不下这么多的内容。我把这个问题充分地讲给他听，征求他的意见。‘罗西离开我了。’他回答说。一时间，我不知道他在说什么，不过，我很快想到了他是在说那个体态丰满又不乏迷人之处的女人，有几次我曾从她的手上接过了她端给我的茶。从他的语调里，我猜出他想从我这里得到慰藉，而不是祝贺。”

奥尔古德·牛顿再一次停了下来，他的蓝眼睛里闪烁着光。

“你真行，奥尔古德。”巴顿·特拉福德夫人说。

“太妙了。”她的丈夫说。

“意识到他现在需要的是同情，我说：‘我亲爱的朋友，’他打断了我。‘我刚收到最后一班邮车送来的一封信，’他说，‘她跟着乔治·肯普爵士跑了。’”

我倒吸了一口冷气，可没有说话。特拉福德夫人迅速地看了我一眼。

“‘谁是乔治·肯普爵士？’‘他是黑马厩镇上的人。’他回答说。我没有时间多想。我决心跟他开诚布公地谈谈。‘你还是摆脱掉她的好，’我说。‘奥尔古德！’他喊起来。我停下了脚步，把手搭在了他的手臂上。‘你得知道她和你的那些朋友都在欺骗你。她的行为早就引起了大家的非议。我亲爱的爱德华，让我们来面对现实吧：你的妻子只是一个粗俗的荡妇。’他把胳膊从我的手中挣脱出来，发出低沉的吼声，就像婆罗洲森林里的猩猩被人夺走了它的椰子一样，我还没有来得及拦住他，他已经跑远了。我惊呆在了那里，只是听着他远去的喊叫声和匆匆的脚步声。”

“你不该让他跑掉，”巴顿·特拉福德夫人说，“在那种情绪不稳定的情况下，他很可能会跳进泰晤士河的。”

“这个念头也曾在我的脑子里出现过。但是，我注意到他不是跑向泰晤士河那边的，而是跑进了我们刚才走过的较为僻静的街道。另外，我还想到在文学史上还未曾出现过正在创作着作品的作家自杀的例子。不管他在经受着多大的苦难，他也不愿意把一部未完成的作品留给后人。”

我对我所听到的感到震惊和沮丧；此外，我还有一些担心，因为我实在想象不出特拉福德夫人让我来她这里的原因。她对我基本上没有什么了解，不可能想到这件事跟我有什么特别的关联；她也不会把我大老远地叫来，只是为让我听听这条消息。

“可怜的爱德华。”她说，“当然啦，谁都知道这是件因祸得福的事，可我担心他太往心里去。庆幸的是，他没有莽撞行事。”她转向了我，“牛顿先生一告诉我们这件事，我就跑去林帕斯路了。爱德华没在家，女仆说他刚刚出去；这就是说从他昨晚离开奥尔古德到今天早晨的这段时间里，他一定又回过家了。你可能会纳闷我为什么请你来。”

我没有回答。等着她继续往下讲。

“你最初是在黑马厩认识德利菲尔德夫妇的，是吗？所以，你能告诉我们这位乔治·肯普爵士是谁。爱德华说他是黑马厩镇上的人。”

“他是位中年男子。他有妻子，还有两个儿子。他儿子的年龄跟我差不多。”

“但是，我真的搞不清楚他会是谁。我在《德布雷特贵族年鉴》上找不到他。”

我几乎笑出声来。

“哦，他并不是一位爵士。他是一个当地的煤炭商人。黑马厩的人们之所以称呼他乔治爵士，是因为他平时派头十足。这是人们给他的绰号。”

“乡下人跟人开玩笑的寓意，外界的人有时很难看得出来。”奥尔古德·牛顿说。

“我们必须尽一切可能帮助亲爱的爱德华。”巴顿·特拉福德夫人说。她的眼睛若有所思地落在我的身上，“如果肯普带着罗西·德利菲尔德跑了，他一定丢下了他的妻子。”

“我也这么认为。”我说。

“你能帮我们做点事吗？”

“如果我行的话。”

“你能去趟黑马厩，确切地弄清楚所发生的事情吗？我觉得我们应该与他的妻子取得联系。”

我从来不喜欢涉入别人的事情。

“我不知道我如何才能做到这一点。”我说。

“你能去见她吗？”

“不，我不能。”

如果说巴顿·特拉福德夫人认为我的回答很不客气，她也并没有表示出来。她微微地笑了。

“好了，我们先不说这个了。现在当紧的是去黑马厩，找出有关肯普的线索。我今晚去看看德利菲尔德。我实在不忍心让他自己一个人待在那所晦气的房子里。我和巴顿决意要把他带到我们家来。我们还空着一间屋子，我可以收拾一下让他在这里工作。你同意我们这样安排吗，奥尔古德？”

“我双手赞成。”

“而且，他完全可以长时间地在我这里待下去，至少也要待上几个星期，到那时候他就能跟我们一块去消夏了。我们打算去布列塔尼[①]。我相信他会喜欢那里的。那对他会是个彻底的改变。”

“现在的问题是，”巴顿·特拉福德说，把几乎是跟他妻子一样温柔的目光落在了我身上，“我们这位年轻的外科大夫（原文这里是sawbone，是谐语）愿不愿意去黑马厩，把情况打听清楚。我们必须做到知己知彼。这是至关重要的。”

巴顿·特拉福德不惜用直截了当、含有诙谐语和俚语的表达，与他以前从事的考古专业拉开距离。

---

① 布列塔尼，法国西北部一地区。

“他会去的，”他的妻子用她迷人柔和的目光看着我说，“你不会不去的，不是吗？这太重要了，你是唯一能给予我们帮助的人。”

她当然不知道我也像她那样急切地想要弄清楚事情的原委，她不了解妒忌和痛苦是在怎样熬煎着我的心。

“我得等到星期六，才可能离开医院。”我说。

“可以的。你真好。爱德华的朋友们都会感谢你的。你多久返回？”

“我必须在下星期一的早晨回到伦敦。”

“那么，你星期一的下午就来我这里喝茶。我殷切地期待着你的到来。啊，这件事总算定下来了。现在，我必须试着去找爱德华了。”

我明白这是我该走的时候了。奥尔古德也起身告辞，跟我一起下楼。

“我们的伊莎贝尔今天有点儿像阿拉贡的凯瑟琳①，举止得体，非同一般。”当门在我们身后关上时，他悄悄地跟我说，“这是一个大好的机会，我看咱们可以放心，我们的这位朋友是不会坐失良机的。一个迷人的有金子般的心的女人。维纳斯完全攫住了她的猎物。”

我听不懂他的话的意思，因为我告诉过读者的有关巴顿·特拉福德夫人的情况都是我在后来的日子里了解到的。不过，我还是意识到了他在隐约说着一些挖苦她的话，也许听上去觉得好笑，所以，我哧哧地笑了。

“我看你还年轻，你是想用我的好迪奇在不走运的时候被称作伦敦平底船的那种运输工具吧。”

“我打算乘客车回去。”我说。

“是吗？如果你打算雇辆双轮马车的话，我倒准备让你捎上我一段的。但是，既然你要乘坐按照传统叫法我宁愿称之为公共马车的交通工具，我还是把我这肥胖的身体放进一辆四轮马车里去吧。”

① 阿拉贡的凯瑟琳，Catherine of Aragon，1485—1536，英国国王亨利八世的第一个王后。

他招手在叫一辆四轮马车，伸出两个软绵绵的手指给我握了握。

“到了星期一，我将来听听亲爱的亨利[①] 会称之为你的极其微妙的使命的进展情况。”

① 亨利，这里是指英国现代小说家亨利·詹姆斯，Henry James，1843—1916。

20

只是，过了几年之后，我才又见到奥尔古德·牛顿，因为我刚到黑马厩便发现有巴顿·特拉福德夫人写来的一封信（她事先记下了我的地址），让我回到伦敦后不要到她家了，而是下午六点钟到维多利亚火车站的贵宾候车厅去见她，至于改变见面地点的原因见了面时她会跟我解释。星期一我尽可能早地离开医院，赶往火车站，我在里面刚坐了一会儿，就见她迈着轻快的步子朝我走过来了。

"喂，你打听到什么情况了吗？让我们找个安静的角落坐一会儿。"

我们找到了一处僻静的地方。

"我必须先跟你解释一下我为什么请你来这里，"她说，"爱德华现在住在我家里。起初他不愿意来，是我说服了他。可他的情绪总是焦躁不安，很不稳定。我不想让他冒险见你。"

我跟特拉福德夫人简单地讲了我了解到的事实，她专心地听着，不时地点点头。可我并不想让她知道黑马厩现在被搅得乱哄哄的这个情况。整个镇子都沸腾了。这儿多少年来都没有发生过这么令人激奋的事情了，没有人不在谈论这件事。矮胖子栽了一个大跟头。乔治·肯普勋爵逃跑了。大约一个星期前，他说他要到伦敦去处理生意上的事情，两天以后，又提出了破产申请。看起来他的城建项目都没有成功，他想要把黑马厩建设成为一个海边旅游胜地的计划没有得到政府和人们的响应，他不得不从各方筹措资金。各种各样的谣言在小镇上传布开来，不少把他们的积蓄交给他打理的人们面临着损失掉他们钱财的危险。具体的细节还不太清楚，因为我叔叔和婶婶都完全不懂生意上的事，我也没有这方面的足够知识，能把他们告诉我的弄明白。已确切知道的是乔治·肯普的房子和他家里的家具早已抵押出去了。他没有给他的妻子留下任何财产，没留下一文钱。他的两个二十岁和二十一岁的儿子，在做煤炭生意，也被因此而破了产。乔治·肯普带走了他所能拿到的所有现金，人们说总计一千五百英镑，尽管我无法想象出他们是怎么知道的；据称逮捕他的拘票已经发出。人们传说他已经离开了英国，有人说他去了澳大利亚，也有人说他去了加拿大。

“我希望警察能抓到他，”我叔叔说，“他应该被判终生监禁才对。”

镇子上的人没有不愤怒的。他们无论如何也不愿原谅他，因为他平日里总是那么吵吵嚷嚷的，总是爱拿他们开涮，因为他请他们喝酒，为他们举行花园聚会，因为他乘一辆那么帅气的双轮轻便马车，把他的棕色毡帽总是斜戴在脑壳上。只是在星期天晚上做完礼拜时，教区委员在法衣室里才把最坏的消息告诉了我叔叔。在最近的两年里，乔治·肯普几乎每个星期都要在哈佛沙姆与罗西·德利菲尔德会面，并在那里的一家客店里过夜。那个客店的老板把钱也投在了乔治勋爵的一个冒险计划里，在发现他的钱都损失掉了之后，就把这整件事儿给抖搂了出来。如果乔治勋爵只是欺骗了别人，他可以容忍，但是他竟也欺骗了帮过他不少忙、并把他当作密友的人，这就有点儿太过分了。

“我料想他们两个是一起跑了。”我叔叔说。

“我也这么认为。”教区委员说。

吃过晚饭后，在女佣收拾碗碟的时候，我进了厨房找玛丽·安。玛丽·安在教堂时也听说了这件事。可想而知，在教堂那天做礼拜的人们有几个能专心听得进去我叔叔的布道。

“牧师说他们俩一起逃走了。”我说。只字未提我知道的情况。

“哦，当然他们是一起逃走的了。”玛丽·安说，“乔治·肯普是她唯一真正喜欢过的男人。他只要抬起他的一个小拇指头，她就会丢下任何人，不管他是谁。”

我低下了眼睛，觉得自己受到了极大的羞辱；我很生罗西的气，我觉得她这样待我很不公平。

“我想，我们以后是再也见不着她了。”我说。

在说出这句话时，我的心头感到一阵刺痛。

“我想是的。”玛丽·安高兴地说。

在我告诉了巴顿·特拉福德夫人她需要知道的那一部分情况后，她叹了口气，但她叹气是因为满意还是沮丧，我就不得而知了。

“嗨，不管怎么说，罗西的事情是该画上句号了。”巴顿夫人说。她站起身来，向我伸出了她的手，“为什么这些搞文学的人都会攀上不幸的婚姻呢？这真的太令人难过，太令人悲伤了。谢谢你为我们做了这么多。现在我们已经了解了情况。最重要的是，不要让这影响到爱德华的工作。”

她的话在我看似乎有点前后不一。毋庸置疑的一个事实是，她压根儿就没把我当回事。我陪她走出了维多利亚火车站，送她坐上了去切尔西国王大道的公共马车，随后，我走着回到了我的寓所。

21

我和德利菲尔德失去了联系。我这人太腼腆，不好意思硬去找人家；另外，我又忙着各科的考试，在考试结束后，我就去了国外。我隐约记得曾在报纸上看到过他与罗西离婚的启事。那以后就再也没有听到过罗西的消息了。时而有小笔的钱款寄到她母亲这里来，一次十镑或是二十镑，它们每次都是用挂号信汇过来，上面盖有纽约的邮戳；信封上没有写地址，里面也没有夹着只言片语，人们认为这钱是罗西给她母亲的，因为别人谁也不可能寄钱给甘恩太太。又过了许多年后罗西的母亲死了，死讯不知怎么地传到了罗西那里，随后就不再有钱寄来了。

22

按照事先约好的，星期五那天，我和阿尔罗伊·基尔在维多利亚火车站会合，赶乘下午五点十分开往黑马厩的火车。我们俩在一节吸烟车厢里找了一个角落，舒舒服服地面对面坐了下来。从罗伊嘴里，我现在已经大体上知道了德利菲尔德在罗西出逃后的生活情况。随着时间的推移，罗伊和巴顿·特拉福德夫人之间的关系变得越来越亲密。我了解罗伊，又记着巴顿夫人的为人，我知道他们两人之间的关系必然会发展起来。所以，当我听说罗伊曾与她和巴顿同游欧洲大陆、一块欣赏瓦格纳[①] 的作品、后期印象派的绘画以及巴洛克式的建筑时，我并不感到惊讶。他常常去切尔西她的住所，与她共进午餐；后来，由于年龄渐老和不佳的健康状况，特拉福德夫人只好整日待在她的客厅里了，可不管自己的工作有多忙，罗伊仍然雷打不动地每个星期要去探望她一次，陪她聊天。他有一副善良的心肠。在她逝世后，他写了一篇纪念她的文章，满怀着钦佩的情感，高度评价了她对作家们特有的理解和支持，和她慧眼识人的伟大才能。

我很高兴地想到，罗伊的这份善良和热情得到了他应得的却又是意想不到的回报，因为巴顿·特拉福德夫人给他讲了许多有关爱德

---

① 威尔海姆·理查德·瓦格纳，Wilhelm Richard Wagner，1813—1883，德国作曲家，毕生致力于歌剧的改革和创新。

华·德利菲尔德的事情，这对他现在要写的这部充满情谊的传记作品无疑会有不小的帮助。在他的不忠实的妻子与别人私奔以后，爱德华·德利菲尔德就沉浸在罗伊所描述的“惶惶然无所适从”的境地，是巴顿夫人用她温柔、执拗的性子，不仅把爱德华·德利菲尔德带回了自己的家，而且说服他在她那里住了差不多一年的时间。她给予他无微不至的关爱和照顾，充分表现了一个女子善解人意的一面，她把女性的圆滑与男性的活力、把一颗金子般的心和对重要机会的敏锐把握都有机地结合起来。正是在她的公寓里，他完成了《他们的收获》。她理所当然地把这部作品看作是她自己的，而德利菲尔德把这本书献给她也足以说明了他没有忘记她的恩德。她带他去意大利（当然是和巴顿一起，因为特拉福德夫人了解人心的叵测，不愿给人们留下任何的口舌），手中拿着罗斯金[①] 的作品，向爱德华·德利菲尔德展示着这个国家永恒的美。临了，她在圣殿里给他安排了房间，并在那里为他举行一些小型的午宴，在他接待那些慕名而来的人时，她很好地充当了女主人的角色。

必须承认他名声的日益增长在很大程度上应该归功于巴顿·特拉福德夫人。在晚年，在他早已停止了写作的时候，他的声誉才慢慢地达到峰巅，而这一声誉的基础无疑是由于特拉福德夫人不懈的努力而夯实的。她不仅激发了巴顿的灵感（她自己或许也写了不少，因为她的文笔也很美），使他写出了最终刊登在《评论季刊》上的重要文章。在那篇文章里，笔者第一次提出应当把德利菲尔德列入英国小说大师的行列；而且每部作品出来，她都要为他组织一个作品的首发仪式。她到各处奔走，去见各个出版社的编辑，更重要的是，拜见有影响的报纸杂志的老板们；她为他举行各种晚会，邀请一切可能会用得着的人参加。她说服爱德华·德利菲尔德在那些大人物的家里为慈

① 约翰·罗斯金，John Ruskin，1819—1900，英国艺术评论家，推崇哥特复兴式建筑和中世纪艺术。

善事业朗诵他的作品，她安排他的照片刊登在有图片的周刊上，她亲自审定他接受采访时的稿子。她不知疲倦地包装他和宣传他达十年之久。她一直使他不离开大众的视线。

巴顿夫人跟着他也声名鹊起，但她并没有变得高傲自大起来。如果巴顿夫人不去，光邀请爱德华·德利菲尔德是没有用的，他不会去。无论是什么地方邀请他们去参加午宴，她、巴顿和德利菲尔德都是一起进退。她从来不让他离开她的视线。发出宴请的女主人们可能会感到恼火，可是不管她们接受还是不接受，他们都是如此行事。无奈之下，她们也只能接受。如果巴顿·特拉福德夫人碰巧生气了，她会通过德利菲尔德把这气撒出来，因为在她依然是楚楚动人的时候，他就会变得不同寻常地暴躁起来。然而，她确切地知道如何能够让他畅所欲言，当在座的都是显要名流时，能使他展现出他的才华。她与他的关系处得十分融洽完美。她从未动摇或对他掩饰过她的信念：他是他这个时代的最伟大的作家；她不仅一直称他为大师，而且，在私下里也是这样调皮、娇嗔地叫他。直到最后，她对他的态度里依然有点儿卖俏的成分。

后来，发生了一件可怕的事情。德利菲尔德染上了肺炎，病得非常厉害；有一段时间，他的生命都岌岌可危了。巴顿·特拉福德夫人做了她这样一个女人所能做的一切，她甚至愿意自己来陪护他，只是她的身体也较虚弱，毕竟她已经是六十多岁的人了，他不得不顾专业的护士人员了。最后当他身体终于好起来一点时，大夫说他必须到乡下去疗养，因为他还比较虚弱，大夫坚持有护士陪着他去。特拉福德夫人想让他去伯恩茅斯，那样的话，她到周末时就可以去看他，能及时了解他那边的情况，但是德利菲尔德想要去康沃尔，大夫们也赞同说彭赞斯温和的空气更适合他。人们这时可能会想，像伊莎贝尔·德利菲尔德这样直觉很敏锐的女人一定会有点儿不祥的预感了。可她没有。她让他走了。临行前，她跟护士强调说，她把一个很重要的职责交给她了；如果说他还算不上是英国文学的未来的话，那她至少也是把英国现在还活着的最著名的代表作家的生命和命运交付在她的手上了。这是一个无上崇高的责任。

三个星期之后，爱德华·德利菲尔德写信告诉她说，他经特别许可，已经娶他的护士为妻了。

我以为巴顿·特拉福德夫人灵魂的伟大从来没有像现在面对这样一种情势时体现得这么充分。她痛哭流涕，叫薄情汉，薄情汉了吗？她撕扯她的头发，在地上打滚，踢腿，歇斯底里地发作了吗？她转向温和、有学问的巴顿，骂他是十足的大傻瓜了吗？她大声斥骂男人们的不忠和女人们的任意妄为了吗？或是扯着嗓子使劲地喊出一连串的脏话（据精神病大夫说，最正经的女人往往惊人地熟悉这类词汇）以减轻她情感受到的伤痛了吗？没有。她给德利菲尔德写了一封动人的书信，祝贺他婚姻幸福，同时也写给他的新娘，告诉她她很高兴现在已经有了两个可爱的朋友，而不再是一个了。她恳求他们回到伦敦后，来她这里住上几日。她告诉她见到的每一个人，爱德华·德利菲尔德的婚娶让她非常非常的高兴，因为他很快也会老了，必须有一个人照顾他；而有谁能比一个医院的护士照顾他更周到呢？她对这位新德利菲尔德太太满口都是赞扬的话；她虽然长得不是那么太漂亮，巴顿夫人说，可她的脸还是长得挺好看的；当然啦，严格地说，她也不是那种上等人家的女子，不过，要是真的找了个身份太高贵的女人，爱德华也许倒会过得不自在了。她正好是那种适合于他的太太。我想我可以毫不夸张地说，在巴顿·特拉福德夫人的身上充满着人类善良的天性。不过，我还是隐约觉得，如果说在人类善良的天性里偶尔也会夹杂着酸溜溜的言辞的话，我们的这位巴顿夫人就是其中的一例了。

23

当我和罗伊到达了黑马厩时，火车站那里有一辆看上去既不豪华也不寒酸的小轿车在等着罗伊。司机递给我一个短简，请我第二天与德利菲尔德太太吃午饭。我叫了一个出租车，去熊与钥匙客店。我听罗伊说在前面就有一家新建的海洋宾馆，可我却不愿意因为享受现代文明的舒适就放弃了我小时游憩的一个场所。黑马厩的火车站已经变了样儿，它已不在原来的地方，而是建在了一条新修的马路上，坐着轿车行驶在这条街道，不乏一种新奇的感觉。但熊与钥匙客店却没有改变。它用它惯常的冷漠和无礼接待了我：旅店门口一个人也没有，司机放下我的包就开车走了；我喊了几声，却没人应答；我进了酒吧间，看到一个梳短发的年轻女子正在读着一本康普顿·麦肯齐[1] 的小说。我问她还有没有房间，她用像是受到了触犯的眼神看了我一眼说，她想应该有吧，看到她似乎没有再要管这件事的兴趣，我很客气地问她是否能有人领我看一下房间。她站起身来，打开门，用尖尖的嗓音喊：“凯蒂。”

“什么事？”我听到有人回应。

“有位男士要看间房。”

---

① 康普顿·麦肯齐，Compton Mackenzie，1883—1972，英国小说家。

不一会来了一位已不太年轻的形容憔悴的女人，穿着一件很脏的印花布裙子，灰白的头发乱蓬蓬地覆在脑袋上，她带着我上了两节楼梯，给我看一间很寒碜的小屋。

“你能带我看看比这好一点的房间吗？”我问。

“这是旅行推销员们常住的房间。”她吸了一下鼻子说。

“再没有其他的房间了吗？”

“单间没有了。”

“那么，给我个双人间吧。”

“我去问问布伦特福德太太。”

我跟着她又下到了二层，她在一扇门上敲了敲，里面传出让她进去的声音，在她打开房门时，我看到一个很健壮、灰色头发烫成了波浪形的女人。她也在读着一本书。看来熊与钥匙客店的每个人都对文学感兴趣。在凯蒂告诉她我不满意七号房时，她很冷淡地看了我一眼。

“让他看五号房吧。”她说。

我开始觉得我那么傲慢地拒绝了德利菲尔德太太要我住她家的请求，是有点操之过急了，置罗伊让我住海洋宾馆的明智建议不顾，则是有点儿多情善感了。凯蒂再次领我上了楼，来到一间窗户朝向大街的颇为宽大的屋子。一只很大的双人床占据了房间不小的位置。窗户至少有一个月没有打开过了。

我同意了住这间房，问她饭食是如何安排的。

“你想吃什么都行，”凯蒂说，“我们客店现在还没有饭，但我可以去外面给你买回来。”

我知道英国客店的饭菜是怎么回事，因此我只要了油煎板鱼和烤肋排。随后，我便出去散步了。我走到海滩，发现那里修建了一个广场，在以前只有劲风吹过的田野上建起了一排带凉台的平房和别墅。不过，这些房子都显得破破烂烂、脏兮兮的。我在想这么多年过去了，乔治勋爵要把黑马厩变为旅游胜地的梦想依然没有实现。一个退伍的老兵，几个年迈的女人，沿着坑坑巴巴的柏油路走着。四周的景象让人感到很是凄凉。一阵冷风吹过来海上飘零的雨丝。

我走回到镇上，在熊与钥匙客店和肯特公爵客店之间的那片空地上，人们不顾天气的寒冷，三五成群地站着聊天；跟他们的父辈一样，他们也是浅蓝色的眼睛，红润、高高的颧骨。我很奇怪地发现那些穿着蓝套衫的水手依然戴着小小的金耳环；不光是老一点的，十来岁的男孩也是如此。我沿着街道溜达，银行的门面重新装修过了，可我曾买过纸和蜡的文具店（为了跟一个我偶尔碰到的不知名的作家去拓碑）却没有变；有两三个电影院，它们门口炫目的电影广告牌给死气沉沉的街道增添了一点儿放荡的气息，就像是一个上了岁数的体面女人喝多了酒。

我吃饭的那间屋子又冷又凄凉，我独自一人坐在一张能摆六个人饭菜的大桌子旁吃饭。给我端饭的是邋遢的凯蒂。我问她能不能给我的住房里生个火。

“六月份不行，”她说，“四月份以后我们这里就不生火了。”

“我付钱还不行。”我抗议说。

“六月不行。十月份可以，但六月不行。”

我吃完饭后来到酒吧，要了一杯红葡萄酒。

“这儿真安静。”我对那个剪短发的女招待说。

“是的，很安静。”她回答说。

“我本想星期五的晚上你们这里会有许多人的。”

“哦，一个人可以这么想，不是吗？”

这时，从后面进来一个很健壮的男子，红红的脸膛，灰色的头发剪得短短的，我猜想他就是这里的老板。

“你是布伦特福德先生吗？”我问。

“是的，我是布伦特福德。”

“我认识你父亲。你愿意来杯红葡萄酒吗？”

我告诉了他我的名字，在他还是个孩子时，黑马厩的很多人就都知道我，可令我遗憾的是，我的名字在他的脑子里竟没有一点印象。不过，他同意喝我送他的一杯红葡萄酒。

“是来做生意的吗？”他问我，“有的时候，我们这里有不少的生意人的。我们很愿意为他们提供服务。”

我只告诉他我来是看德利菲尔德太太的，没说找她做什么。

“我以前常常见到这位老人，”布伦特福德先生说，“他那时候特别爱到我这儿来喝杯苦啤酒。哦，我不是说他会喝很多酒，他来了喜欢坐在酒吧间，跟人们聊天。他呀，一聊就是几个钟头，从来不在乎跟他说话的人是谁。德利菲尔德太太不喜欢他来这儿。他悄悄地从家里溜出来，谁也不告诉，踉踉跄跄地就走来了。你知道，对他那样年纪的老人来说，这也是一段不短的路程了。当然啦，当家人发现他不在时，德利菲尔德太太就知道他去了哪里，她会打来电话，问他是否在这里。然后，她就会开着车过来，找我的妻子。‘你进去，把他叫出来，布伦特福德太太，’她说，‘有那么多的男人在酒吧间里，我不想自己进去。’这样布伦特福德太太就会进去说：‘噢，德利菲尔德先生，德利菲尔德太太开着车来接你了，你最好还是喝完啤酒，让她带你回去吧。’他经常请求布伦特福德太太，说他妻子打来电话时，不要说他在这里。不过，我们当然不能这么说了。他毕竟是位已上了年纪的老人了，我们不想负这个责任。你知道，他就出生在这个教区，他的第一个妻子就是一位黑马厩的姑娘。她已经死了好多年了。我从来没有见过她。他是个很有趣的老头。没有一点架子，你知道；据说在伦敦，人们都觉得他很了不起呢，在他死了以后，各家报纸上都是悼念他的文章；不过，在你跟他说话时，你绝对不会想到这一点。就像你我一样，他看上去就像个普通人。当然啦，他来这里后，我们总想让他坐得舒服一点，把他让在一把安乐椅上，噢，可他总要坐在酒柜那边；他说，他喜欢坐在高脚凳上把脚踩在横档上的感觉。我相信，他在这里比在其他任何地方都觉得开心。他总说他喜欢酒吧。他说，在那里你能见到真正的生活，他说他永远热爱生活。他是一个很有个性的人。他使我想起我的父亲，只是我的父亲一辈子也没有读过一本书，他每天喝一瓶法国白兰地，死的时候七十八岁，一辈子就得过这一回病。在德利菲尔德突然逝世后，我真的还怪想他的。我那天还跟布伦特福德太太说，将来我可能会把他的书读上一本的，人们说他的好几本书都是写的我们这个地方。”

24

第二天早晨，天气很冷，阴沉沉的，但没有下雨，我顺着大街向牧师公馆走。我认出了在那些店铺上方写着的店主们的名字，那都是在肯特郡里延续了许多世纪的姓氏——姓甘斯的、肯普的、科布斯的、伊古尔登的——可我却没有碰见一个熟人。我觉得自己像个鬼魂一样，沿街游荡，我曾经熟悉这里的每一个人，即便是没有说过话的，见了面也眼熟。一辆破旧的小汽车在驶过我后突然停下，并往后倒了一点，我看到车里的人正好奇地瞅着我。一个又高又魁梧的上了年纪的汉子下了车，向我走过来。

“你是威利·阿申登吗？”他问。

这时，我认出了他。他是医生的儿子，我和他一起上过学；我们一块儿同窗了不少年头，我早知道他继承了他父亲的职业。

“喂，这些年来你还好吗？”他问，“我正要开车去牧师公馆看我的孙子。那里现在开了一所小学，这个学期一开学，我就把他送到这个学校读书了。”

他穿的衣服很破旧，也不整洁，可他长得不错，我想他年轻时一定是位美男子。有趣的是，我以前从来没有注意过这一点。

“你已经当爷爷了？”我问。

“已经是三个孙子的爷爷了。”他笑着说。

这让我的内心一下子受到了震动。他降生到人世来，没几年学会了独立地行走，不久便长大成人，婚娶，有了孩子，现在他们的孩子又有了孩子；从他沧桑的面容看，他生活得很贫穷，工作得也很辛苦。他有乡下医生的那种特征，率直、热心、处事圆滑。他的生活已经定格。而在我的脑子里却还有着许多计划要写的书和剧本，我对未来还充满着憧憬；我觉得在我的前面，还有无限的精彩和生活的乐趣；可是，我想，在别人眼里，我看起来一定也像我看我的这位老同学那么老了。我的思想受到深深的触动，再没有心思去问他的那几个与我小时一起玩的兄弟，或是从前常在一起的老朋友。我走到了牧师公馆，那是一座宽敞可又布局凌乱的住宅，对于把责任看得比我叔叔更重的现代牧师来说，这房子显得有些偏僻了，而且对于现代的生活水平来说，它的开销也过大了。它坐落在一个很大的花园里，周围都是绿色的田野。门口挂着一个很大的四方形的牌子，上面写着这是一家为当地的世家子弟开设的私立小学，还写着学校校长的姓名和学位。我从栅栏上望过去，看到花园里又脏又乱，我以前常常钓石斑鱼的池塘已经被填埋了。原属于教区牧师的土地已经被规划成了一块块的建筑用地。有一排排的小砖房，通向那儿的几条路都修得坑坑巴巴的。我走进了欢乐巷，那里也盖了房子，都是面朝大海的平房；以前路上的一个关卡现在成了一个体面的茶馆。

我四处走着。好像有无数条的街道通向那些黄色的小房子，可是我不知道谁在里面住着，因为外面一个人也没有。我朝港口走了过去，那边的景象也很荒凉。只有一条不定期的货船停在离船坞不太远的地方。有两三个水手坐在仓库外面，在我走过时都盯着我看。这儿的煤炭生意也一蹶不振，那些运煤船再也没有光顾过黑马厩。

现在该是我去弗恩大宅的时候了，我踅回到熊与钥匙客店。店老板告诉过我，说他有个戴姆勒牌的汽车可供出租，我已和他说好用这辆车送我去参加午宴。在我进来时，它就停在门口，是我所见过的最老式、最破旧的戴姆勒牌子的车；一路上，它丁零当啷、吱吱呀呀、轰轰隆隆，发出各种怪声，有时还像发痉挛似的抖动一阵子，我真怀疑我乘坐它是否还能到达了目的地。不过，最特别，最令我感到惊讶的是，这辆车里的气味跟我叔叔每个星期天早晨去教堂时用的那辆旧四轮马车的味儿太一样了。就是那种刺鼻的马厩里的味道，那种刺进马车底部的腐烂稻草的味道；我很奇怪，也很纳闷，为什么这么多年过去了，这辆汽车里竟还会有这种味儿。什么东西也不会比一种香气或是臭味更能唤回你对过去的记忆。我忘了眼前正在穿过的乡野，仿佛看到自己又成了一个小男孩，坐在马车的前座上，我旁边放着圣餐盘，我婶婶在我对面坐着，她的身上微微散发出一种洗得干干净净的衣衫和她抹的科隆香水的味道，她穿着黑色的丝绸斗篷，帽子上插了一根漂亮的羽毛。我叔叔则是穿着法衣，在他宽阔的腰间系着一条宽宽的有罗纹的丝带，他脖子上的长长的金链子使他的金十字架一直垂到了他的肚子上。

“喂，威利，你今天一定要很好地表现。你不要来回地扭动身体，在你的位子上坐直了。教堂是上帝的殿堂，在里面是不能懒懒散散的，你必须记着，你要给那些没有你这样优越条件的孩子树立个榜样。”

在我到了弗恩大宅的时候，德利菲尔德太太和罗伊正在花园里散步，见我从车上下来，他们俩朝我走过来。

“我正让罗伊欣赏我园中的花儿，”德利菲尔德太太一边说着，一边跟我握着手。临了，她叹了一口气：“现在，就剩下它们跟我作伴了。”

我六年不见她了，她的模样儿还跟那时一样，一点也没变老。她还穿着丧服，丧服的领子和袖口都是白绸纱做的，显得很别致、素雅。我注意到，罗伊穿着一身整洁的蓝衣服，配着一条黑领带，我想，也是在对这位名扬天下的逝者表示着尊重吧。

“我想让你们看看我培育的这草本植物的花坛，”德利菲尔德太太说，“完了，我们就去吃饭。”

我们在花园里绕了一圈，罗伊的知识面很广。他能叫出花园里所有花儿的名称，这些拉丁语的名称从他的口里滑落出来，就像一根根香烟从卷烟机里出来一样顺溜。他告诉德利菲尔德太太，她在哪里可以找到一些她绝对应该拥有的品种，以及哪一些花的品种特别可爱。

“我们从爱德华的书房那边进去好吗？”德利菲尔德太太建议说。“我把书房收拾得完全和他在世的时候一样。里面的东西什么都没有改变。你想象不到有多少人来参观这所房子。当然啦，他们最想看的还是他写作的屋子。”

我们从一扇开着的落地窗走了进去。屋子里的书桌上摆着一盆玫瑰花，在扶手椅旁边的一张小桌子上放着一份《观察者》刊物。在烟灰缸里是大师用过的烟斗，墨水池里还盛着墨水。一切都布置得很完美。可我却不知道为何这间屋子里显得死气沉沉的；它已经有了博物馆里的那种发霉的味道。德利菲尔德太太走到了书架那里，半开玩笑半伤感地笑了笑，用一只手很快地在五六本蓝色封面的书脊上滑过。

“你知道吗？爱德华非常喜欢你写的书，”德利菲尔德太太说，“他把你的这些作品读了好多遍。”

“听你这么说，我感到非常荣幸。”我客气地说。

我心里很清楚，我上次来的时候，书架上还没有我的作品（那五六本蓝色封面的书——译者注），我像是很随意地从这中间抽出一本，用手在书头上摸了摸，看看有没有尘土。没有。然后，我又拿下一本夏洛蒂·勃朗特的作品，一边跟他们说着话，一边又用手摸了摸。没有，上面也是没有尘土。从这里我只能得出，德利菲尔德太太是个优秀的家庭主妇。另外，她还有个勤快尽责的女仆。

我们进到里面，去吃午餐，那是一顿很丰盛的英国式的午餐，有烤牛肉和约克郡布丁，用饭期间，我们谈到了罗伊正在搞的这部传记。

“我想尽可能地为罗伊减轻他的工作量，”德利菲尔德太太说，“我一直在尽可能多地收集着资料，做得很辛苦，但是，非常有意义。我找到了很多旧照片，我得给你们看看。”

午饭后，我们来到了客厅，我再次注意到了德利菲尔德太太在布置房间上的无可挑剔的情趣。客厅的陈设更是与一个著名作家的遗孀而不是与一个妻子相称。那些印花棉布，那一盆盆熏房间的百花香，那些德累斯顿的人物瓷像——似乎都在向外散发着一种遗憾的气息；它们似乎都在忧伤地缅怀着已逝的荣耀。我真的希望在这样一个寒冷的天气里，客厅的壁炉里能生起火来，但是英国人是一个既保守又能吃苦的民族，为了恪守他们的原则，他们是不会顾及给别人带来的不便的。我不相信德利菲尔德太太在十月一号之前会可能有生火御寒的念头。她问我最近是否见到过上次带我来这里吃饭的那位夫人，从她那略带酸楚的语气里我能猜出，自从她成就卓越的丈夫逝世后，这位时尚高贵的夫人显然倾向于不再理会她了。我们开始坐下来谈这位伟大的逝者；罗伊和德利菲尔德太太在巧妙地提出各种问题，想诱使我讲出尘封了许久的记忆，我却是极力让自己保持警觉，以免一不留神说出了我决心要保留在自己脑子里的东西；就在这个时候，那个穿戴整齐的客厅女仆突然走了进来，在她端着的托盘里，有两张名片。

“门口有两位乘轿车来的男士，夫人。他们问，他们能进来看看这房子和花园吗？”

“你看，这有多烦！”德利菲尔德太太喊，可语调听上去却是蛮开心的，“你们说这有趣没有，我刚才正要提到来这座宅子里的络绎不绝的人群呢，我从来没有一刻空闲的时候。”

“哦，你为什么不对他们说，抱歉，我不能接待你们，”罗伊说，语气里带出了一些尖刻。

“噢，我不能那么做。爱德华是不会让我那么做的。”她看着名片说，“我不戴眼镜，看不清楚。”

她把名片递给了我，我看着其中的一张，念道，“亨利·比尔德·麦克杜格尔，弗吉尼亚大学”；下面用铅笔写着“英国文学助理教授”。另一张上印有“让·保尔·昂德西尔”，名片底部有一个纽约的地址。

“是美国人，”德利菲尔德太太说，“去告诉他们，他们能来我非常高兴。”

不一会儿，女仆带着陌生人进来了。他们俩都是那种高大、宽肩膀的年轻人，黧黑的大脸盘上胡子刮得很干净，眼睛也很漂亮；他俩都戴着角质架的眼镜，都是一头从前往后梳的浓密黑发。两人都穿着来英国后刚买的新衣服；两个看起来都稍有点拘束，可是话却不少，也特别有礼貌。他们解释说，他们正在英国做一趟英国文学研究的旅行，因为都很崇拜德利菲尔德，所以在去往拉伊访问亨利·詹姆斯故居的路上想停一下，希望能被允许看看这个为那么多学会视为神圣的地方。他们提到的拉伊之行，德利菲尔德太太听了并不是那么舒服。

“我想这两处地方之间是有着一些很好的联系的。”她说。

她把这两位美国人介绍给罗伊和我认识。对罗伊应付这类场合的能力，我一直是钦佩有加。他似乎以前在弗吉尼亚大学做过演讲，并住在一位很有名望的教授家里。那是一次非常难忘的经历。无论是那些风度迷人的弗吉尼亚人对他的盛情款待，还是他们对文学艺术的很好的修养和兴趣，都给他留下了深刻的印象。他向他们问起某某人可好，某某人现在怎么样了；他在那里交了不少的知心朋友呢，从他的话里你好像听出他在那里接触过的每一个人都是那么友好，那么聪明和优秀。不久，那位年轻的教授就在告诉罗伊，他是多么喜欢他的作品，罗伊很是谦虚地告诉他，在这本和那本书里他的目标和宗旨是什么，而他又是如何清醒地意识到他的作品离实现他的意图和宗旨还差得很远。德利菲尔德太太表示理解，面带笑容地听着。不过，我觉得她的笑渐渐变得有些勉强了。或许罗伊也感觉到了这一点，因为他突然停住了。

“可你们一定不愿意听我唠叨我的这些东西，”他热忱、大声地说，“我来这里，只是因为德利菲尔德太太委托给我一项非常重要的工作，让我来写爱德华·德利菲尔德的生平传记。”

他这一说自然又引起了造访者很大的兴趣。

“老实说，这是件艰苦的工作，”罗伊用美国人开玩笑的那种口吻说，“幸运的是我有德利菲尔德太太的鼎力支持，她不仅是一位十全十美的妻子，而且还是一个出色的抄写员和秘书。她所收集起来的供我使用的材料非常的丰富，留给我做的事其实很少了，我只要利用好她勤辛的劳动成果和她的——她的爱的情感和热忱，就足够了。”

德利菲尔德太太很是矜持地看着地毯，两位年轻的美国人把他们又黑又大的眼睛看到了她的身上，从他们的目光里，你能读出他们的理解、钦羡和尊重。在又聊了一会儿以后——聊文学，也聊到了高尔夫球——因为这两位访问者说他们想在到了拉伊后打一两场球，这又说到了罗伊的一个强项，他告诉他们要注意球场上这样那样的障碍，希望等他们回到伦敦后在森宁代尔和他们打一场；在这之后，德利菲尔德太太站了起来，想请他们看看爱德华的书房和卧室，当然啦，还有花园。罗伊也站了起来，显然是想着陪他们一块去的。可是德利菲尔德太太朝他笑了笑，笑得很友好，却又很坚决。

“不用麻烦你了，罗伊，”她说，“我带他们去吧。你留下来跟阿申登先生说会儿话。”

“哦，好的。”

两位陌生人跟我们道了别，我和罗伊又坐在了套着印花布椅罩的扶手椅上。

“这房间很舒适。”罗伊说。

“是的。”

“埃米费了很大的力，才把房间收拾成现在的样子。你知道，这位老人在他们结婚前的两三年买下了这套房子。她想说服他卖掉它，可他不愿意。在某些方面，他是非常固执的。这个宅子原来是属于一个叫沃尔夫的小姐的，德利菲尔德的父亲曾是这里的管家，他说在他还是个孩子的时候，他就立志将来要自己拥有它，现在他买下了它，他就不打算再将它卖掉。人们原以为，他最不愿意做的事情就是住在人人都知道他的出身和他的底细的地方。有一次，在不知情的情况下，可怜的埃米差点儿就雇了爱德华的一个侄孙女做女佣。在埃米来到这里的时候，这所房子从地下室到阁楼都以托廷纳姆行宫的式样装饰一新了；你知道那种风格的，土耳其地毯，桃花心木餐具柜，长毛绒面子的客厅家具，加上现代的精工细作。这就是他所认为的一个上流人士的家应该具有的样子。埃米说在她看这简直是太糟了。他不愿意让她改变这里的任何东西，她只得极其小心地来做这件事；她说她简直在这家里待不下去，她下决心要改变它，她不得不一件一件地来更换这里的东西，以免引起他的注意。她说最不好做的工作是他的那张写字台。我不知道你是否注意到现在摆在他书房里的那张书桌。那是一件很好的古式家具，我自己也不反对要一张这样的桌子。哦，他以前用的是一张很难看的美国拉盖式书桌。那张桌子他已经用了很多年，他有十几部作品都是在那张书桌上写成的，他怎么也不愿意跟它分开，他倒也不是就喜爱这类家具，只是因为跟它相伴的时间太长了，有点儿舍不得了。你可以让埃米告诉你，她最终是如何设法换掉它的。那真是妙极了。你知道，她是个很了不起的女人；她总能按照自己的意愿行事。”

“我已经注意到这一点了。”我说。

在罗伊表露出想要陪参观者一同去看看时，她很利落地就把罗伊给拒绝了。他给了我一个会意的眼神，哈哈地笑起来。罗伊并不傻。

“你不如我了解美国，”他说，“美国人宁愿要一只活老鼠，也不要一头死狮子。这正是我喜欢美国的一个原因。”

25

德利菲尔德太太在送走两位朝圣者后折了回来，她的腋下夹了一个文件袋。

“这些年轻人真好！”她说，“我希望英国的年轻人也对文学有这样强烈的兴趣就好了，我送给他们一张爱德华的遗容照，他们也要了我的一张照片，我为他们在照片上签了我的名字。”然后，转过身来很亲切地对罗伊说，“你给这两位美国人留下了很好的印象，罗伊。他们说能遇到你，他们很荣幸。”

“我在美国曾做过多次演讲。”罗伊谦虚地说。

“噢，可他们都读过你的作品呢。他们说喜欢你作品中的阳刚之气。”

文件夹里有许多旧照片，有张一群学校孩子的照片，只是因为他的遗孀指出了他，我才认出那个头发乱糟糟的小顽皮是德利菲尔德，还有一张是一个十五个人的橄榄球队，此时的他年龄稍长了点，然后是一张穿着运动衫和厚呢短夹克的年轻水手的照片，这时的德利菲尔德已经出海谋生了。

“这里有一张他刚刚结婚时拍的照片。”德利菲尔德太太说。

照片上的德利菲尔德留着络腮胡子，穿着一条黑白格子的裤子；

在他上衣的纽扣眼里插了一朵很大的白玫瑰，在玫瑰后面还衬着一些孔雀草，在他旁边的桌子上放着一个高顶礼帽。

“这是新娘。”德利菲尔德太太说，尽量不让自己笑出来。

这是可怜的罗西在四十年前让一个乡下的摄影师拍出来的照片，上面的她是一副怪怪的样子。她直挺挺地站在一个豪华的大厅里，手里拿着一大束花，她的裙子上很精致地打了许多褶子，腰间束得很紧，衣裙里面有一个撑架。她的刘海长得遮到了眼睛那里。在她梳得高高的发髻上面，戴了一个香橙花的花环，后面拖下一条长长的白纱。只有我知道，她当时这样的装束会使她显得有多么可爱。

“她看上去很粗俗。”罗伊说。

“是的。”德利菲尔德太太低低地附和了一句。

我们看着爱德华的更多的照片，那些在他开始有了名气以后拍摄的，在这些照片上，有的还留着八字须，有的——尤其是他后来照的——胡子都被刮掉了。从这些照片中你能看得出来，他的脸在渐渐地变瘦，皱纹在一点点地增加。他早年照片中的执拗和平凡渐渐变为一种略带着倦意的儒雅气质。你能看到他的经历、思想和已实现的抱负给他身上带来的变化。我又看了一眼他还是年轻水手时拍的那张照片，觉得那时的他已显露出些许超然的神态，这种神态在他晚年的照片中看得非常明显，而且，多年以前我也曾从他本人身上隐约感觉到过这一点。你看到的脸只是个面具，他做出的各种行为也毫无意义。我有一个这样的印象：德利菲尔德其实一直都很孤独，至死也没有多少人能够了解他，真实的他好像一个幽灵，一直悄然地、不为人知地徘徊在作为作家的他和实际生活中的他之间，带着一副嘲讽的、超然物外的笑容，看着这两个被世人认作是德利菲尔德本人的傀儡。我心里很清楚，在我对他的这些描写中间，我并没有能够把他作为一个活生生的人呈现出来：让他脚踏大地，成为一个受着各种动机驱动和行事符合逻辑的有血有肉的人；我就没有想着那么去做：我很高兴我把这件工作留给了更有才干的阿尔罗伊·基尔去做。

我还看到那个演员哈里·雷特福德给罗西拍的照片，随后又看到了莱昂内尔·希利尔给罗西画的那幅画像的照片。它让我心头感到一阵绞痛。常常出现在我记忆中的就是罗西的这个美好的形象。尽管穿着老式的衣服，可她却是浑身充溢着激情，栩栩如生地立在那里。仿佛已准备好让自己去迎接爱情的冲击。

“她给你的印象就像是一个粗壮的乡下女人。”罗伊说。

“就是那种挤奶姑娘的类型，”德利菲尔德太太说，“我总觉得她就像一个白皮肤的黑人。”

这正是巴顿·特拉福德夫人对罗西的称呼，罗西长着厚厚的嘴唇和宽宽的鼻梁，她们的这一描述里有着点儿恼人的真实。但是，她们不知道她的金发闪烁着怎样的银色光芒，她的银白色的皮肤是怎样的光彩照人；她们不知道她的笑容多么娇媚、迷人。

“她一点儿也不像黑人，”我说，“她像清纯的黎明。她像青春女神，像一朵白玫瑰花。”

德利菲尔德太太听着笑了，跟罗伊交换了一个会意的眼神。

“关于她，巴顿·特拉福德夫人跟我聊过很多。我并不想诋毁她。不过，我恐怕还是得承认她不是个好女人。”

“在这一点上，你恰恰错了，”我反驳说，“她是一个真正的好女人。我从未见她发过脾气。你想跟她要什么，只要她有，她没有不给的。我从来没听到她说过谁的不是。她有一颗金子般的心。”

“她的懒惰是出了名的。她的家里从来没有整洁过；进了她家你不愿意坐，因为椅子上都是灰尘，你也不敢往她家的犄角旮旯里看。说到她本人，也是如此。她穿裙子从来没有穿正过，她里面的衬裙总是从裙子的一边拖下来两英寸长。”

“她从不屑于为这样的事情操心。这并不能减少她一丝一毫的美丽。她善良又漂亮。”

罗伊一下子笑出声来，德利菲尔德太太把手掩在了嘴上，不让自己的笑显露出来。

“噢，好了，阿申登先生，你扯得有些远了，让我们来面对事实。不管怎么说，她是一个色情狂。”

“我认为你把这个词用到这里很荒谬。”我说。

“哦，那么让我来这么说吧，她那样对待可怜的爱德华，几乎不可能算是个好女人。当然啦，这是件因祸得福的事。她要是不从他身边跑了，或许他后半生还得背着这个包袱呢，有这么个累赘，他怎么可能取得他今天的地位呢？然而，事实总归是事实，她对他的不忠令人发指。从我所听到的看，她是个非常淫乱的女人。”

“你并不了解她，”我说，“她是个非常单纯的女人。她的天性是健康和坦诚的。她愿意让大家快乐。她愿意去付出爱。”

“你把那也称作为爱吗？”

“哦，那么就叫它爱的行为好了。她天生多情善感。当她喜欢某个人的时候，跟他一起睡觉，在她看来是再自然不过的事。她从不会再去考虑别的什么。这不是道德败坏，不是生性淫荡，这是她的天性。她这么做，就像是太阳给予光照，鲜花散发出芳香那么自然。这对她是一种愉悦，她也愿意把这份愉悦给予别人。这对她的人格没有任何影响；她依然是那么的真诚、纯洁、天真无邪。”

德利菲尔德太太看上去像是把蓖麻油喝进了肚子里，正在啃吃着一个柠檬，想把那个味道清除掉。

“我理解不了你说的话，”她说，“而且，我也弄不明白爱德华到底是看上了她身上的什么。”

“他知道她跟各种各样的人的那种往来吗？”罗伊问。

“我确信他不知道。”德利菲尔德太太赶忙回答说。

“你以为他会比我傻好多吗，德利菲尔德太太？”我说。

“那么，他为什么要容忍她呢？”

“我认为我能回答你的这个问题。她不是那种能激起人们爱情的女人。她给你的是温馨和快乐。你对她产生妒忌是荒谬的。她就像是森林空地中的一泓清水，深邃、清澈，你纵身跳入里面，那是一种天堂般的享受，它不会因为有一个流浪汉、吉卜赛人或是一个猎场看守人在你前面跳进去过，它的水就不清凉、不澄澈了。”

罗伊又笑了起来，这一次德利菲尔德太太也毫不掩饰地笑了一下。

“听到你这样一番情意的抒发，挺逗乐的。”罗伊说。

我不由得暗暗叹息了一声。我发现在我最为认真的时候，人们往往会觉得我好笑。的确是如此，在过去了一段时间之后，我重新去读我发自内心写出的那些段落，我都不由得想要去笑自己。这一定是因为在一种真挚的情感里面包含了一些荒谬的成分，尽管我也想象不出为什么会是这样；莫非是因为人本来就是一个不大的星球上的短暂的过客，他所有的痛苦和努力在永恒的思想看来，只是个玩笑而已。

我看到德利菲尔德太太想要问我什么事情，又好像有点儿难以启齿。

“如果她愿意回来，你觉得他还会接受她吗？”

“你比我更了解他。我觉得他不会。我认为在他的某种情感枯竭后，他对激起他这一感情的人也就不会再感兴趣了。可以这么说，他是一个强烈情感和极端冷漠的特殊的集合体。”

“我不知道你怎么会这么说，”罗伊喊起来，“他是我所见到过的最善良、最可亲的人。”

德利菲尔德太太盯着我看了一会儿，垂下了眼睛。

“我不知道她去了美国后又发生了什么。”他说。

“我相信她嫁给了肯普，”德利菲尔德太太说，“我听说他们换了名字。当然，他们再也不可能回到英国来了。”

“她是什么时候死的？”

“哦，大概十年前吧。”

“你是怎么知道的？”我问。

“从他的儿子哈罗德·肯普那里听说的；他在梅德斯通做生意。这么多年来我一直没有把这个消息告诉爱德华，我觉得没有必要再让他想起那段痛苦的过去。站在别人的角度想问题，往往对自己会有帮助，我对自己说，如果我是他，我就不想再让别人提起那段不幸的青春时光。你们不觉得我说得对吗？”

26

德利菲尔德太太很热心地说要用她的汽车送我回黑马厩，我谢绝了，说我想走一走。我答应第二天再来弗恩大宅吃饭，同时把我与德利菲尔德接触较为频繁的那两个阶段的往事，就我的记忆所及，写出来。我走在蜿蜒曲折的街道上，没有遇到一个熟人，于是，我边走边想着我应该讲些什么。人们不是常说风格就是省略的艺术吗？如果真是这样，我应该是能写出一篇好文章的，可罗伊竟然说只把它作为材料使用，这未免让我觉得有些可惜。想到如果我愿意，我可以给他们多么大的一个惊喜，我咯咯地笑了起来。这里有一个人可以告诉他们想要知道的有关德利菲尔德的一切，以及他第一次婚姻的详细情况。不过，这件事我想要保密。他们都以为罗西死了，他们错了，罗西还好好地活着。

因为到纽约是要筹划一场戏剧的演出，所以我的这趟纽约之行被我经纪人的新闻代表向社会各界做了广泛的宣传。一天，我收到一封信，是用手写的，笔迹很熟悉，可就是一时想不起来是谁。字写得又大又圆，刚劲有力，可也能看得出来写字人没有多少文化。它对我太熟悉了，可我却记不起这是谁的笔迹。不如马上拆开信封，是谁即刻便可知晓，可我却望着那信封，一直在脑子里搜索着。有些笔体我看了就觉得晦气，有些信件看信皮就生出厌烦，放一个星期也不愿意将它们打开。最后，当我撕开信封、阅读这封信时，信中的内容却令我感到了惊讶。信开始得很突兀：

> 我刚刚得知你在纽约，我很想再见到你。我不住在纽约了。不过，我住的扬克斯离纽约很近。如果是开车，你半小时就可以到达这里。我想你一定很忙，所以由你来定时间。尽管自从我们上一次见面后已经过去许多年了，可我希望你还没有忘记你的老朋友罗西·伊古尔登（以前是德利菲尔德）。

我看了一下地址，是阿尔拜马尔，显然是个旅馆或是个公寓大楼，后面跟着的是街道名和扬克斯市。我身上一阵战栗，好像是有人在我的坟头上走过。在过去的这些年里，我时而会想起罗西。可最近这段日子我总对自己说，她一定是已经死了。有一刻的工夫，我为这个名字所困惑。为什么是伊古尔登，而不是肯普？后来，我想这是他们俩离开英格兰时使用的假姓，也是一个肯特郡的姓氏。我的第一反应是找个理由，不去见她；对于很长时间不见的人，我总是羞于再见到人家；可后来我就被我的好奇心打动了。我想看看现在的她是什么样子，想听听她来这里后发生的事情。我正计划要到多布渡口去过周末，到那里会经过扬克斯，于是我回信说，我将在下个星期六四点钟左右过去见她。

阿尔拜马尔是一座比较新的庞大的公寓楼建筑，住在那里的好像都是些境况较为宽裕的人。看门的是一个穿着制服的黑人，他用电话通报了我的姓名，然后由另一个人把我送上电梯。不知怎么的，我觉得非常紧张。一个混血的黑人女仆为我打开了房门。

“请进，”她说，“伊古尔登太太正在等您。”

我被领进了一个兼做餐厅的起居间，因为在起居间的一端摆着一张满是雕刻的橡木方桌、一个碗柜、四把被有些木器制造商称作是英王詹姆士一世时代的椅子。在起居间的另一端是一套路易十五时代的镀了金的家具，垫套都是浅蓝色的锦缎；房间里还有许多张镀了金、上面有精致雕刻的小桌子，桌上是镀金的塞夫勒[1]花瓶和裸体女子的铜像，铜像上的饰带好像是被大风刮得飘了起来，恰好遮住了女子害羞的部位；每个铜像女子都很是优雅地伸出了一只胳膊，在手臂的终端擎着一盏台灯。唱机是我在商店橱窗里所见过的最好、最气派的那一种，上面镀着金，形状看上去像顶轿子，表面上画了华托[2]风格的大臣和他们的夫人。

在我等了大约五分钟后，一扇门开了，罗西欢快地走了进来。她把两只手都伸给了我。

“噢，这真是个惊喜，”她说，“我都不愿去想我俩有多少年没见过面了。请等我一下。”她去到门口喊，“杰西，你现在可以把茶端进来了。注意水要好好地烧开啊。”随后，她走回来接着说，“你真不知道，为教会这姑娘泡茶，我费了多大的劲。”

罗西至少有七十岁了。戴着不少的钻石珠宝和项链，她今天穿着一件非常好看的绿色薄丝绸无袖连衣裙，领口是方的，剪得很低；穿在身上紧绷绷的好像是撑鼓了的手套。从她的体形看，她里面应穿着橡胶的紧身胸衣。她的指甲涂成了血红色，眉毛也被修过了。她的身体比以前胖了，有了双下巴；她胸口的皮肤尽管扑上了许多粉，还是有些发红，她的脸也是。不过，她看上去气色还是那么好，还是那么健康，精神饱满。她的头发依然很浓密，只是变白了，剪短后电

① 塞夫勒，法国北部城市，以产高级瓷器而闻名。

② 让-安托万·华托，Jean-Antoine Watteau，1684—1721，法国画家。作品多与戏剧题材有关，画作具有抒情性。

烫了。在她年轻的时候，她的头发柔软，带些自然卷，现在她头上的这些经过电烫的有些僵直的卷儿，使她显得像是刚从理发店里出来似的，这头发似乎是她这么多年来的最大的一个改变了。她的笑容没有变，还是那孩子似的调皮的甜甜的笑。她的牙齿天生不好，长得既不整齐，又不好看，现在都被一排整齐、匀称、雪白的烤瓷牙所代替了。这显然是金钱所能买到的最好的烤瓷牙。

那个黑人女仆端来了可口丰盛的茶点，有肉末饼、三明治、甜饼干、糖果以及精致的刀叉和餐巾等。一切都摆放得有条有序的。

“有一样东西我这一生都不能少——那就是茶点，”罗西说，顺手拿起一个烫烫的黄油烧饼，“这是我最爱吃的一顿饭，尽管这顿饭我是不应该吃的。我的医生总是说我：‘伊古尔登太太，如果每天你都要在茶点当中吃掉六七块甜饼干的话，你就不要想让你的体重减下来了。’”她朝我笑了笑，这时我突然隐隐觉得尽管罗西烫成了波浪形的卷儿，变胖了并涂了粉，可罗西本人却一点儿没变。“可我总认为，享受一点儿你喜欢的东西，对你有好处。”

我总觉得跟她谈话不拘束。不久我们便打开了话匣子，畅快地聊了起来，仿佛我们彼此之间只是几个星期没有见过面似的。

“接到我的信，你感到惊讶吗？我后面加上了德利菲尔德，是想提示你信是谁写的。来美国时我们用了伊古尔登这个姓。乔治当年离开黑马厩时，在那里留下了些不愉快，或许你也听说了，他觉得到了一个新国家，最好用个新名字来开始新的生活，你懂得我这话的意思吗？”

我含糊地点了点头。

“可怜的乔治，他十年前就死了，你知道吗？”

“听到这件事我很难过。”

“哦，他年纪大了。过了七十了，尽管单看他的相貌，你怎么也不会相信他有七十了。他的死对我打击很大。他是世上对我最好的男人，是女人们最想要的那种丈夫。从我们结婚的那一天到他逝世，他没有跟我吵过一次嘴。我还可以庆幸地说，他给我留下的钱财能够让我过充裕的生活。”

“我也为你高兴。”

“呃，他来到这里后，干得非常好。他进了建筑业，他一直都喜欢这个行当，他与坦慕尼协会[①] 的人关系不错。他总是说他最大的错误就是没有早二十年来美国发展。他从第一天踏上美国的土地时，就喜欢上了这个国家。他有充沛的精力和干劲，这是生活在这里的人最需要的品质。这个国度能让他这种人施展才干。”

“你再也没有回过英国吗？”

“没有，我从来就没想过要回去。乔治有时说起过回去看看，可从未能成行，现在他走了，我连这样的想法也没有了。我想，在纽约生活了这么多年后，伦敦对我既会显得死气沉沉，又是个能触到我痛处的城市。你知道，在乔治去世后，我才从纽约搬到这里来的。”

“是什么让你选择了扬克斯这个地方呢？”

“哦，我一直都喜欢这个城市。我常常跟乔治说，在我们退休以后，就到扬克斯去生活。在我看，它有点儿像我们英国的城市，你知道。比如说梅德斯通、吉尔福德，或者别的什么城市。”

我朝着她笑了笑，我明白她的话的意思。尽管扬克斯也嘈杂，有叮当响的电车、嘟嘟叫的汽车声、有人群聚集的电影院、有炫目的霓虹灯招牌等，可它的街道弯弯曲曲，看上去略微有点儿像一个爵士乐化了的英国城镇。

“当然啦，有的时候，我也很想知道黑马厩的乡亲们怎么样了。我想，和我同龄跟我熟悉的人现在大部分都死了吧，我想他们会认为我也死了。”

“我也有三十年没有回那里了。”

---

① 坦慕尼协会，成立于1789年的纽约市民主党实力派组织。

我那时还不知道罗西逝世的传闻已经传到了黑马厩。我敢说，是有人把乔治·肯普逝世的消息带了回去，结果误传成了罗西的死讯。

“我想这里没有人知道你是爱德华·德利菲尔德的第一个妻子吧。”

“噢，没有；要是他们知道了，那记者们还不一窝蜂地跑到我住的地方来。你知道，当我出去玩桥牌人们谈论起特德的小说时，我有时候几乎要忍不住笑出声来。美国人对他的作品喜欢得不得了。我自己从来没有这么看重过他的作品。”

“你从来就不爱读小说，不是吗？”

“我以前更喜欢看历史书。不过，我现在似乎没有那么多的时间了。星期天是我的好日子。我认为这里周日的报纸很好看。在英国没有这样的报纸。当然啦，我常常打桥牌；我迷上了约定桥牌。”

我记得在我还是个学生、刚刚认识了罗西的那个时候，她玩惠斯特牌的那种高深莫测的技巧便给我留下了深刻的印象。我能想象到她是怎样的一个桥牌手，敏捷、胆大，很少失误，与自己的一方配合默契，却又是对方的一个危险的对手。

“特德去世的时候，在美国竟会引起这么大的反响，真是出乎人的意料。我知道人们认为他了不起，可是我怎么也想不到他竟是这样的一个大人物。报纸上都是悼念他的文章，都是他和他弗恩大宅的照片；他总是说，他有一天要住进这幢房子。是什么让他娶了那个医院的护士，我本想他会娶巴顿·特拉福德为妻的。他们结婚后从未生过孩子吗？”

“没有。”

“特德是想要孩子的。在我生了第一个后没能再给他生出孩子，这对他也是个很大的打击。”

“我不知道你还生过孩子。”我惊讶地说。

“哦，我生过的，这也是特德为什么会娶我的原因。不过，我生这个孩子的时候，是难产，大夫当时就说我不能再生了。如果她还活着，我的可怜的孩子，我想我是不会跟着乔治一块跑掉的。她六岁的时候就死了。她真是个可爱的小东西，就像画上的女孩那么漂亮。”

“你从来没有提起过她。”

“没有，说起她我会受不了的。她得了脑膜炎，我们把她送进医院。大夫把她安排在一个单人病房里，让我和特德陪着她。我怎么也忘不了她受病魔折磨时的痛苦，她一直厉声地叫着、叫着，没有片刻停息的时候，而医院的人和我们却谁也没有一点儿办法。”

罗西的声音变得哽咽起来。

“这就是德利菲尔德在《人生的悲欢》所描写的那场死亡吗？”

“是的，就是这个。我总觉得特德的这一行为怪怪的：他跟我一样都忍受不了提及此事，可是他把它全部写下来了；没有漏掉任何东西；他甚至把我当时没有太留意到的细节都写了进去，在看了他的描述后我才又记起了它们。你会以为他无情、冷酷，可他不是，他像我一样受着失去爱子的情感的煎熬。每天晚上从医院回来，他都会像个孩子似的恸哭。很怪的一个人，不是吗？”

就是这部《人生的悲欢》引起了人们暴风雨般的抗议声；正是因为对孩子之死和孩子死后发生的事情的叙述，恶毒的攻击和谩骂铺天盖地地落到了德利菲尔德的头上。我清楚地记着那段描述，真是太恐怖了，里面没有一丁点儿感伤的成分；它所激起的不是读者的眼泪，而是读者的愤怒：那样的折磨和痛苦竟会施加到这么小的一个孩子身上。你会觉得，在最后审判日里，上帝一定得为这样的事情做出解释才对。那段文字写得非常有力量。如果这件事情是取自生活，那么，接下来的那一件也是真实的吗？正是这后一件事震惊了19世纪90年代的公众，批评家们谴责这样的描写不但有伤风化，而且令人难以置信。在《人生的悲欢》里，丈夫和妻子（我忘记了名字）在孩子死后从医院回到家里——他们是穷人，住在公寓房里，吃了上顿没有下顿的——喝了点茶。时间已不早了：大约是傍晚七点钟。一个星期以来的焦虑和紧张使得他们心力交瘁，孩子死亡带给他们的悲伤更是击垮了他们的身心。他们两人谁也没有说话，默默地痛苦地坐着。不知这样过了几个小时，妻子突然站了起来，进卧室去戴上了帽子。

“我要出去走走。”她说。

“好吧。”

他们住在维多利亚火车站附近。她先是顺着白金汉宫大街走，然后穿过了公园，到了皮卡迪利大街，沿街慢慢地往皮卡迪利广场走。一位男士看见了她，停下了，转过身来。

“晚上好。”他说。

“晚上好。”

她也停了下来，朝他笑着。

“你愿意到那边喝上一杯吗？”他问。

“我无所谓。”

在皮卡迪利大街旁边的一条小街上有一个小酒馆，这是妓女们的聚集之所，男人们通常都是来这里接上她们出去寻欢。他们俩进了这家小酒店，要了几瓶啤酒。她跟这个陌生人聊天，和他一起开怀地笑。她给自己编造了个荒唐的身世讲给他听。不久，他便问她是否愿意跟他一块儿去他家一趟；不，她说，她不去他家，但他们可以一起去旅馆。他们坐了一辆出租马车，去了布鲁姆斯伯里，在那里的旅馆里要了一间房过夜。第二天早晨，她乘公共汽车到特拉法尔加广场，随后穿过公园；在她回到家里的时候，丈夫正在吃早饭。早饭后，他们赶往医院去安排孩子的葬礼。

“你愿意告诉我一件事吗，罗西？”我问，“书中描写的孩子死后发生的那件事也是真实的吗？”

她用怀疑的眼神看了我一会儿，临了，她的嘴角上又浮现出她那美丽迷人的笑容。

“哦，这件事已经过去这么多年，就是讲出来也没有什么关系了。

我并不介意把它讲给你听。特德写的并不完全是事实。你知道这都是他猜想出来的。我很惊讶他的猜想在许多地方是对的，我从未跟他提起过这件事情。”

罗西取出一支烟，用纸烟的一端在桌子上敲着，像是在沉思，她并没有去点燃它。

“正如他所说的，我们从医院回到家里。我们是走着回来的；我觉得我不能一动不动地坐在一辆马车里，那样我会憋死的，我觉得我内心的一切都已死去。我哭得太多了，已经再也哭不出来，我疲惫了。特德想安慰我，但我说：‘看在上帝的分上，你住嘴吧。’在这以后，他再也没有说话。那个时候，我们住在沃霍尔大桥路的一幢公寓楼的三层楼上，我们租赁着一个起居间和一个卧室，这也是我们为什么非得把孩子放在医院里的原因；我们在寓所里无法照顾她；何况，那个女房东说她不愿意让得这种病的孩子留在公寓里，特德说孩子在医院可以得到更好的照顾。那个女房东也不是赖人；她从前做过妓女，特德常常几个小时地跟她聊天。在她听到我们回来时，她过来了。

“‘今晚孩子好吗？’她问。

“‘她死了。’特德说。

“我什么也不想说。随后，她给我们端上茶来。我什么也不想吃，可特德硬让我吃了根火腿。后来，我就坐到了窗户那里。在房东上来收拾茶具时，我也没有回过头来看上一眼。我不想让任何人打搅我。特德在读着一本书；也许是装着在那里读吧，他并没有翻动书上的页码，我看到他的眼泪簌簌地滴在了书本上。我一直望着窗户外面。这是六月末的一天，六月二十八号，那时，白昼已经变长了，我们住的房子就在街角附近，我看着街道上的人在酒店里出出进进，电车来来回回地行驶。我在想，这白天怎么就过不完呢？后来，突然之间，我发现天黑下来。外面所有的灯都亮了起来。街道上的人群熙熙攘攘。

我觉得我太累了，两条腿像是铅块一样沉重。

"'你为什么不点上灯？'我对特德说。

"'你想要点上吗？'他问。

"'黑着坐着有什么好？'我说。

"他点上了煤气灯。开始抽起他的烟斗。我知道这样能缓解他的情绪。我还是坐在那里，看着外面的街道。我也不知道我这是怎么了。我只觉得如果我再这样继续坐下去，我会疯掉的。我想到一个有人群有灯光的地方去。我想离开特德；不，确切地说，我是想避开特德现在在想和在感觉的一切。我们只有两个房间，我到了卧室，孩子的小床还在那里，我不能看它。我戴上帽子和面纱，换了衣服，回到了特德这里。

"'我要出去。'我说。

"特德看着我。我敢说他留意到了我换上了新衣服，或许是我说话时的坚决的口气使他意识到了我不想让他陪着。

"'好吧。'他说。

"在书中，他说我是穿过了公园，其实我是直接走到维多利亚火车站，叫了一辆马车，去了查令十字架广场[①]。这段路程只花了一个先令。然后，我沿着河滨路走。在我出来之前，我已经想好了要去哪里。你还记得哈里·雷特福德吗？哦，那个时候，他正在阿德尔费演出，他扮演一部喜剧中的第二主角。我走到后台的门那里，报进去我的名字。我一直挺喜欢哈里·雷特福德的。我想他做事不是那么瞻前顾后，虽说没什么钱，但花钱却很阔绰，他总是能令你发笑，尽管缺点不老少，可他却是个少有的好人。他死在了布尔战争[②]中，你知道吗？"

---

① 查令十字架广场，伦敦的一个不规则的广场。1291 年英王爱德华一世曾于此立十字架，以纪念其王后灵柩停留之地。

② 布尔战争，1899 到 1902 年英国人与南非布尔人之间的战争。

“我不知道。我只知道他失踪了，人们再也没有看到他的名字出现在演出海报上；我还以为他或许是做生意或做别的什么去了。”

“没有，战争一开始他就走了。他是在莱迪史密斯给打死的。我等了一小会儿，他就出来了，我跟他说：‘哈里，让我们今晚在罗马诺饭店吃晚饭吧，喝个一醉方休，怎么样？’‘好。’他说，‘你再等我一下，演出一完我卸了妆就过来。’看到他，我的心情好了许多；他扮演的是一个出售赛马情报的人，他那副模样看了就会令人发笑，他穿着格子布衣服，戴着圆顶礼帽，鼻子头上涂得红红的。哦，我一直等到演出结束，他从后台下来，然后，我们步行着去罗马诺饭店。

“‘你饿吗？’他对我说。

“‘饿。’我说，我也确实很饿。

“‘让我们来点最好的饭菜，’他说，‘管他花多少钱。我跟彼尔·特里斯说了，我是带我最好的女朋友出去吃饭，我跟他借了几镑钱。’

“‘我们喝香槟酒。’我说。

“‘好的，香槟酒万岁！’他说。

“我不知道你那个时候去过罗马诺饭店没有。这个饭店很好的。在那里你能见到戏剧界的人们和赛马的人，还有欢乐剧院的舞女也常来这里。那真是个好去处。还有饭店的老板那个罗马人。哈里认识他，他常常来到我们吃饭的桌子这里，用他那坑坑巴巴、听起来怪好笑的英语跟我们聊天，我相信他这样说英语，是因为他知道他能把大家逗乐。如果他得知哪个人身上没钱了，他会拿出一张五英镑的钞票给他。

“‘孩子怎么样了？’哈利问。

“‘好多了。’我说。

“我不想跟他说实话。你知道男人们多有意思，他们对有些事情理解不了。我心里清楚，要是哈里知道那可怜的孩子已经死在了医院，而我跑出来跟他一起吃饭、开心，他一定会觉得我这人有点儿不近人情。他一定会替我和孩子难过，可这不是我想要的；我想笑，痛痛快快地笑。”

罗西点燃了那支她一直用来敲着桌子的香烟。

“你可能也听说过，女人生孩子时有的男人实在不忍心看着妻子痛苦，就跑出去找别的女人了。当后来妻子发现了——有趣的是这种事常常能被妻子发现出来——她就会吵个没完没了；她会说她正在受着那么大的罪，而她的男人却会在那个时候出去寻欢作乐，真是是可忍，孰不可忍。我常常告诉这些女人，不要那么傻。那并不意味着他就不爱你了，也并不意味着他就不担心、不焦虑，这什么也说明不了，只是他的神经太紧张了；如果他不是心焦得厉害，他就不会想着出去做那种事了。我了解这一点，因为这就是我当时的感受。

“在我们吃完饭后，哈里说：‘喂，做那个怎么样？’

“‘做什么怎么样？’我说。

“那时候还不流行跳舞，真的没有什么地方可去。

“‘上我那儿去怎么样，看看我的相册？’哈里说。

“‘可以。’我说。

“他在查令十字架广场那里有一套不大的公寓房，只有两个卧室、一个洗澡间和一个很小的厨房，我们坐出租马车到了他家，我在那里过了夜。

“第二天早晨我回来时，早饭已经端在了桌子上，特德刚刚开始吃。我已打定主意，只要特德说我什么，我就冲他发火。我不在乎会发生什么。我以前曾自食其力，我准备着再次养活我自己。一旦吵起来，我立马就提上我的箱子走人。可我进来时，他只是抬起头来说：

“‘你回来得正好，我正准备吃掉你的这根香肠呢。’

“我坐在了餐桌前，替他倒上了茶。他继续看着他的报纸。吃过早饭后，我们去了医院。他从未问过我那天晚上我去哪里了。我也不知道他是怎么想的。那一段时间，他一直对我特别好。孩子的死让我很伤心，你知道。我觉得我真的很难熬过这痛苦了，为了让我心里好过一些，特德愿意为我做任何事情。”

“你看了这本书有什么感想？”我问。

“哦，看到他那么清楚那天晚上发生的事情，我惊了一跳。最让我想不到的是他竟然会把它给写了出来。你会认为这是他最不情愿写在书中的东西了。你们这些作家都是些怪人。”

这时候，电话铃响了。罗西拿起了话筒在听。

“呃，是瓦努奇先生，谢谢你来电话！哦，我很好，谢谢你的关心。哦，又美又好，如果你非要我这么说的话。等你到了我这样的年龄，什么样的奉承话都愿意听了。”

从她通电话的语气看，她现在和对方的谈话应该是带些调侃的，甚至带点儿卖俏的那一种。这个电话在一直地打下去，我没有太去注意地听。此时，我开始思考起一个作家的生涯，那真是饱受艰难和痛苦。一开始他必须忍受穷困和世人的冷眼；然后，在取得了一定的成功后，他又必须不失风度地忍受名利的起伏沉浮。他所依凭的大众是善变、喜怒无常的。他得仰仗那些想对他采访的记者，仰仗要给他拍照的摄影师们，还有催他交稿的编辑和催他交所得税的税务官们，还得仰仗那些请他吃饭的达官贵族和请他去演讲的协会秘书，还有想跟他结婚或想要跟他离婚的女人们，要他给签名的年轻人，请求他在他的剧本里给他们安排角色的演员们。他要仰仗的还有很多，比如说素不相识要向他借钱的人，想要在她们的婚姻上得到他的忠告的情感冲动的女人们，想在写作上得到他教导的那些认真好学的年轻人，经纪人、出版商、经理、令他厌烦的人、崇拜他的人、批评家，还有他自己的良心。但是，他至少能得到一样报偿：无论什么时候，只要他的脑子里有什么事情，不管是折磨着他的一个思想，一个朋友去世的悲哀，薄情的爱，受伤的自尊，为他真心对待的一个朋友的背叛而感到的愤怒等等，总之，不管是什么样的情感或是什么样的困惑，他只要把它作为一个故事的主题或是一篇散文的点缀，白纸黑字地记录下来，他就能将这一切的不愉快和痛苦统统忘掉。他是这世上唯一自由的人。

罗西打完了电话，向我转过身来。

“这是我的一个男朋友。今晚打桥牌，他打电话说他会顺便过来用他的车接上我。当然，他是个意大利佬。不过，他人的确不错。他以前在纽约开着一家较大的杂货店，现在退休了。”

“你想过再婚吗，罗西？”

“没有，”她笑着说，“不是没有人向我求婚。我现在这样子生活就很幸福。我是这样看待这件事的：我不想嫁给一个老头儿，可在我这样的年龄再找一个年轻人，也显得荒唐。我已经快乐幸福过了，我此生没有什么遗憾了。”

“是什么促使你跟乔治·肯普一起出逃的？”

“哦，我一直都很喜欢他。你知道，在我认识特德之前，我早就认识他了。当然，我从未想过我会有嫁给他的机会。因为他已经有老婆了，他要考虑他的身份地位。后来有一天他来找我，说一切都搞砸了，他破产了，这几天就会发出逮捕他的拘票，他要去美国，问我愿不愿意和他一起去。唉，我能怎么办呢？反正我不能叫他就这样子一个人去美国，或许他身上连钱也没有了，以前的他总是那样的神气十足，住着自己盖的房子，驾着自己的双轮马车。我自己也并不怕干活。”

“有时候我想，他才是你真正喜欢的那个男人。”我这么说。

“我敢说，你这话靠谱。”

“我不明白你到底看上了他的什么。”

罗西的眼睛看到了墙上的一张照片，我进来时并没有注意到。那是一张放大了的乔治爵士的照片，镶在一个雕刻镀金的相框里。看上去这是他在刚到美国后不久拍摄的，也许是在他们俩结婚的时候。那是一张多半身的相片。他穿着长长的大礼服，扣子扣得紧紧的，一顶很高的丝绸礼帽稍有点倾斜地戴在头上；在他的扣眼里插着一朵白玫瑰；他的一只胳膊下面夹着一根银头手杖，他拿在右手里的雪茄正冒着袅袅的青烟。他留着浓密的八字胡，胡须尖儿上涂着蜡，眼睛里满含着快活的神情，一副神气活现的模样。在他的领带上有一个马蹄形钻石别针。他酷似一个酒店老板，穿着最好的衣裳，要去参加德比赛马大会。

“我告诉你吧，”罗西说，“在我心目中，他永远是个十全十美的绅士。”